JOSEPH CONRAD

and the Fiction of Autobiography

康拉德与自传的虚构

〔美〕爱德华·萨义德 著

陈毓飞 译

著作权合同登记号　图字 01-2023-2368

JOSEPH CONRAD AND THE FICTION OF AUTOBIOGRAPHY

图书在版编目(CIP)数据

康拉德与自传的虚构 /(美)爱德华·萨义德著；
陈毓飞译. —北京：人民文学出版社，2023
ISBN 978-7-02-018123-0

Ⅰ. ①康…　Ⅱ. ①爱…　②陈…　Ⅲ. ①康拉德
(Conrad，Joseph 1857－1924)-小说研究　Ⅳ. ①I561.074

中国国家版本馆 CIP 数据核字(2023)第 140771 号

责任编辑　**胡司棋　何炜宏　邰莉莉**
封面设计　**钱　珺**

出版发行　**人民文学出版社**
社　　址　**北京市朝内大街 166 号**
邮　　编　**100705**

印　　刷　**上海盛通时代印刷有限公司**
经　　销　**全国新华书店等**

字　　数　**195 千字**
开　　本　**889 毫米×1194 毫米　1/32**
印　　张　**8.375**
版　　次　**2023 年 8 月北京第 1 版**
印　　次　**2023 年 8 月第 1 次印刷**

书　　号　**978-7-02-018123-0**
定　　价　**69.00 元**

献给我的父亲母亲

目　录

前　言

ix

在爱德华·萨义德作为文学评论家的整个职业生涯中，他持续关注的所有作家里，正如其所言，约瑟夫·康拉德“就像一段固定旋律（cantus firmus），是我所经历的许多事情的一个稳定的基础低音”。① 他写道：“没有人比康拉德更能代表迷茫和失落的命运，也没有人比他更善于对试图用安排和迁就（arrangements and accommodations）来取代这种状况的努力加以反讽。”[1]

从表面上看，约瑟夫·康拉德的生活中有很多事会获得萨义德的认同。他们都在外国或殖民统治的支配之下出生和生活。二人均被逐出了自己的祖国，用一种并非自己母语的语言写作。他们都经历过颠沛流离、背井离乡和边缘化的忧虑不安。他们被正在消失的旧政权（anciens régimes）或殖民世界驱逐出去，

① 固定旋律（cantus firmus），又称固定曲调，在音乐中是一个预先存在的旋律，是复调作品的基础。基础低音（ground bass），即 basso ostinato，又称固定低音、顽固低音，是指有一组在音乐中反复出现的低音组，低音部不断重复一些短小的主题动机，或者完全重复一个固定的旋律。——脚注均为译者注，下同

到达并最终留在陌生而不确定的新世界，陷于两个世界之间的脱节状态，他们在文化上和政治上都被连根拔起，被迫背井离乡，效仿萨义德的话来说，这要求调整并进行某些“安排和迁就”。流亡使得萨义德和康拉德都拥有了一种非凡的洞察力，在理解人类经验的多样性、丰富性和特殊性的同时，也能意识到其中的拒斥、缄默和偏见。而且在很多方面，流亡的境遇使他们的意识拓展得更为宽广；在他们对至少两种文化的觉知中，其视野多样性“产生了一种同时维度的觉知，这种觉知……［是］复调的”。[2]

然而，对于作为评论家的萨义德来说，他们在经历上的相似性远没有他们生活轨迹所显示的那么重要。[3]他说，没有其他作家能如此擅长传达“颠沛流离、动荡不安和陌生怪异的氛围”。[4]他在接受一次采访时评论道：“那些泛音、重音、滑音（overtones, the accents, the slippages），那种既在语言之中又在语言之外、既在不同世界之中又在不同世界之外的感觉，那种怀疑主义，那种彻底的不确定性，那种你总觉得有什么极为重要的事情正在发生，但你又不知道那是什么的感觉（那正是福斯特①所取笑的），比任何其他作家都更吸引我，从某些方面来说，就像一间回音室一般。”[5]

《康拉德与自传的虚构》是萨义德在哈佛大学门罗·恩格尔（Monroe Engel）和哈里·列文（Harry Levin）指导下所撰写的博士论文的修订版，是“一次对康拉德的意识的现象学探索”。这

① 福斯特（Edward Morgan Forster，1879—1970），英国作家、评论家，代表作有小说《看得见风景的房间》（1908）、《霍华德庄园》（1910），文学评论集《小说面面观》（1927）等。

本书持续而严谨地审视了康拉德的短篇虚构小说（short fiction）是如何通过他的书信进行调和与强化的。这些书信由 G. 让-奥布里①编辑，并在康拉德去世三年之后于 1927 年出版。然而，对康拉德书信的研究并非意在将作者的生活现实与其作品联系起来，或将康拉德的生活的叙述（narrative）简化为其短篇小说的叙事（narratives）。相反，萨义德利用信件和康拉德的短篇小说之间的动态关系，来研究表达其文学作品中威胁性的模棱两可和特有的令人不安的弦外之音的状况。如果说这些信件代表了康拉德与他自身的痛苦关系——一种以语言问题为中介来调和的关系——那么它们详细阐述了他的短篇小说中那些难以解释的张力和错综复杂的文学力量。

康拉德的书信把自己描绘成陷入自我冲突的困境，完全无法从中获得任何意义（其中最吸引人的是写给作家罗伯特·坎宁安·格雷厄姆②的信）。这些信反复表达着他的沮丧，因为词语的不足，词义的滑移，以及语言总体上的无能为力，无法用一个词或短语来明确或完全安放经验。他告诉他的朋友阿瑟·西蒙斯③，他是如何从某个“黑暗的深渊”“挖掘他的英语”的。[6] 在给爱德

xi

① G. 让-奥布里（G. Jean-Aubry），法国音乐评论家和翻译家让-弗雷德里克-埃米尔·奥布里（Jean-Frédéric-Emile Aubry，1882—1950）的笔名。他是约瑟夫·康拉德的朋友、译者和传记作者，著有《约瑟夫·康拉德在刚果》（1926）、《约瑟夫·康拉德：人生与书信》（1927）、《康拉德的人生》（1947）。

② 罗伯特·坎宁安·格雷厄姆（Robert Bontine Cunninghame Graham，1852—1936），苏格兰政治家、作家、记者和冒险家。他是英国自由党国会议员，英国首位社会主义国会议员，苏格兰工党的创始人之一和第一任主席，苏格兰国家党创始人，1934 年任该党第一任主席。

③ 阿瑟·西蒙斯（Arthur Symons，1865—1945），英国诗人、剧作家、评论家、期刊主编，他的开创性作品《文学中的象征主义运动》（1899）掀起了法国象征主义在英国的影响热潮。

华·加内特①的信里，他把写作的迫切状况描述为徒劳无益、白费功夫，犹如“不用支点就撬动地球”。[7] 在萨义德引用的一封信中，康拉德写道：“我什么也看不到，什么也不读。它就像一个坟墓，会变成地狱，在里头你必须写，写，写。”[8] 对康拉德来说，写作——如果它真的发生了的话——是从具体看无物呈现而从整体看万物缺席的情况下发生的。“写，写，写”的要求变成了一种近乎荒谬的需要，使得这一矛盾被暴露出来或说出来。文学活动本质上是一个捕捉那些在以任何形式短暂出现之前就消失在如鬼魅一般的混沌之中的词语特异性的过程。

语言主体与写作客体之间不相符的表现，本质上是一场模仿的危机（a crisis in mimesis），其唯一反讽性的解决办法是有意地运用各种安排和迁就。萨义德写道：

> 如果这个世界充满了任性的自我主义（egoism）冲突，那么，对认可的需要就是最初的自我主义，是其他一切事物产生的根源。然而，在寻求反思性理解的亲缘关系时，某一行动的执行者不可避免地被迫将自身降低到一种低于积极的人类生活的正常限度的水平。当过去的行动被反思的当下抽走所有内容，就会出现力量的枯竭。唯有周围的黑暗依然清晰可感。在当下，思想和诠释的腐蚀性力量完全吸收了已成为现实的情境，导致自我的无序扩张。喑哑或近乎喑哑的行为主体希望自己被完全理解，却变得更为简单而直接，变得更难被复杂的反思性头脑所理解。而反思性的衰弱头脑，渴

① 爱德华·加内特（Edward Garnett，1868—1937），英国作家、批评家，发掘了20世纪初多位英国作家，如约瑟夫·康拉德、D.H. 劳伦斯等。

望在行动中得到解脱，变得愈加复杂，愈发不能**如其所是**地理解事物。[9]

萨义德对这种现象学的关注（受制于意义）和存在主义的困境（受制于生活）的强调，提供了一组二律背反的坐标（一个深陷困局的主体与一个生机勃勃的动态客体之间的对立），并被转移至作品本身。他指出康拉德文学发展的三个不同阶段：1896年至1913年（从他决定成为作家到他被认可为作家）；1914年至1918年（战争的动荡和旧政权的瓦解）；以及最后的1918年至1924年（与欧洲一样，康拉德经历了一场暂时的和解）。

一旦他在这些社会历史进程的重要结点中重新定位康拉德，书信和短篇小说之间的积极互动就准确地揭示出一种模式，因为这种二律背反强化了萨义德描述并分析康拉德的文学程序和叙事策略的能力。因此，在康拉德早期的短篇小说中，有一种积极理解某种行为的意图，在这种行为莫名其妙地发生之时，顽固地抵制着思考。[10]这种“不祥的寂静”[11]引发了诸如《进步前哨》《“水仙号”的黑水手》《青春》《黑暗的心》《明天》《秘密分享者》和《七个岛屿的弗雷娅》之类的故事，而故事的背景设置在陌生偏远的地方，则更能引起人们的共鸣。在《法尔克》《礁湖》《台风》《卡伦》《黑暗的心》《“水仙号”的黑水手》等故事中以不同形式重复的回溯模式统合了这样一种观点，即现在的话语不可能包含或限定过去。[12]叙述条件与故事本身之间的张力往往产生“故事与叙述者都退隐”到彼此之中的文学怪现象。[13]此外，由于无法直接反映一系列既定特殊事件的原因，只能进一步寻找它们的原因和起源——这是一个有着无尽趣味却又毫无意义的无限过程，只能被理解为晦涩不明、高深莫测、难以洞穿、不可妥协。[14]一

xiii

般来说，故事记录了幻象，但它们背后真正的含义从未被提供，除非是以神秘的间接引语的形式："恐怖啊，恐怖。"

萨义德对康拉德技巧的首次考察所产生的影响，最有力地体现在他后来在《文化与帝国主义》（*Culture and Imperialism*）一书中《〈黑暗的心〉的两个视角》（"Two Visions of *Heart of Darkness*"）① 一文的诠释。虽然康拉德的这部中篇小说（novella）对帝国的征服态度以及随之而来的巨大破坏进行了非凡的描述，但使之区别于19世纪后期其他殖民作家作品的原因在于，对于马洛（Marlow）寻找库尔茨（Kurtz）的过程，康拉德并没有提供一个简单、直接的叙述。他认为《黑暗的心》是"马洛本人的戏剧化"。[15] 通过把马洛的叙述框定为一个讲述给一群在"内莉号"（*Nellie*）甲板上等待泰晤士河涨潮的商界人士听的曲折故事，康拉德强调了其偶然性。他说，马洛的叙述是演出，是"表演出来的"，唤起人们对故事讲述过程中涉及的多重语域（registers）活动的注意。虽然他的讲述是精心编排上演的，但也有"叙述者语言的错位"。[16] 马洛从来不直截了当，他似乎只会把故事搞得越来越晦涩不明。[17] 萨义德在其他地方指出，这一文本很复杂，因为其中包含了五六种"语言"或语域，每种都有自己独特的一套称呼方式和习语，都有自己的时间范围，都有自己的角度立场。他认为，这些区别是康拉德试图调和模仿危机的方式，这一危机使他的整个职业生涯不断受挫。他写道："通过排列和再分散，然后再组合，将语言变成声音，他可以以作家的身份展示自己的作品了。"[18]

xiv

这种文学张力扰乱了中篇小说中对现实的整体建构，但同

① 参看［美］爱德华·W. 萨义德著，李琨译，《文化与帝国主义》，北京：生活·读书·新知三联书店，2003年，第一章第三节，第23—40页。

时也暴露出作为一种将语言转化为文本形式的纯粹人类意志行为，写作所具有的偶然性。尽管如此，正是以此方式，“康拉德证明了人类的一切活动都依赖于控制一种完全不稳定的现实，而语言只能通过意志或约定俗成的惯例来接近这一现实，就帝国而言是如此，对理念的崇敬亦是如此。因此，跟康拉德一样，我们生活在一个或多或少同时既在被创造（being made）又在被毁灭（unmade）的世界。”[19] 萨义德认为，康拉德对语言模仿能力之危机的戏剧化，表现了帝国主义在历史上的罕见性和偶然性，同时也记录了支撑其占主导地位的最重要的理念。他写道，康拉德“允许他未来的读者将非洲想象为被分割成几十个欧洲殖民地之外的东西，即使……他并不太清楚那样的非洲会是个什么样子”。[20] 在康拉德进行创作之时（1898—1899），尚不存在其他有条有理的反殖民抵抗话语可用来挑战欧洲在非洲和其他地方犯下的造成了巨大人员伤亡的系统性暴力行为。但必须强调萨义德的观点，即康拉德在保留文本作为一件艺术品的自主性的同时，为一种“想象出来的”替代性意识提供了条件。只有在萨义德的关注点从文本涉及马洛叙事的戏剧化的特殊元素上移开之后，他才指出，《黑暗的心》为想象另一个不受帝国统治和征服的空间或地理提供了文学条件。

这一技巧的运用对萨义德的整个方法具有相当重要的意义，因为康拉德提出的这些问题包含了以非支配和非胁迫的方式来表现和认识世界的根本可能性——这在本质上正是萨义德全部作品（oeuvre）的主要目的和压倒一切的意图。此番观察使我们得以在其文学文化理论与批评的更大范围之内，管窥其研究工程的轮廓及整体批判动力之辩证法：从《康拉德与自传的虚构》（1966）到《东方学》（*Orientalism*，1978），再到他生前最后

xv

出版的作品《人文主义与民主批评》(*Humanism and Democratic Criticism*，2003)。

康拉德激进的语言观为批判性阐释提供了契机。这是一个得到持续关注的主题，经过多次重新思考[21]和各种理论转向，随后成为萨义德本人进行无休止的质询和怀疑的对象。可能他第一次发现这种怀疑是在开始阅读康拉德书信的时候，但无论其来源如何，对康拉德文学主题的兴趣贯穿了他的一生。康拉德的文学技巧及其提出的问题将萨义德引向尼采(Nietzsche)和福柯(Foucault)的作品。然而，至为关键的是，康拉德对语言的模仿能力和写作作为意志活动的执着，成为了《东方学》中的一个关键因素。

《东方学》中弥散着萨义德对康拉德激进的语言观的投入。“东方(the Orient)这个词(强调为笔者所加),”萨义德写道，“后来产生了广泛的意义、联想和内涵……这些并不一定是指真正的东方，而是指围绕这个词的场域”，使得“东方”成为西方话语的对象。[22]“通过表明人类的一切活动都依赖于控制一种完全不稳定的现实，而语言只能通过意志或约定俗成的惯例来接近这一现实”，[23]康拉德预见到了萨义德的尼采式主张：“东方”成为“一种意志……不仅是一种理解什么[是]非欧洲的意志，而且是一种控制和操纵明显不同的东西的意志”。[24]萨义德将康拉德比作尼采，[25]尼采问道：

> 什么是真理？只是一大堆流动的隐喻、转喻和拟人：简言之，即所有人际关系的总和，诗意化地在修辞上得到强化、转移和修饰，而且经过长期使用后，在人们看来是固定不变的，标准而典范，并具有约束力。真理是我们已经忘记是幻象的幻象；它们是已经磨损和被吸干了感官力量的隐

xvi

喻，是已经抹磨掉了浮雕图案的硬币，现在被视作金属，而不再是硬币。[26]

正如萨义德所观察到的，要理解人类关系并巩固这些关系的修辞技术，我们就要替换那些代表着存在和人类之间不平衡关系的词语。这样的阐释要求发明新的习语，通过在语言中被消声和埋葬的关于现实的记忆将其激活。[27]在“词语的空间”[28]中，一种对文化和传统的多重互动有批判意识的知识可以为解放创造条件，并为意识到存在想象中的替代方案创造条件，这是最为重要的，正如这本书和他的其他书所显示的那样，这些想象中的替代方案可以在文学中发现。

安德鲁·鲁宾

注释

1. Edward W. Said, “Between Worlds,” *London Review of Books* 20, no. 9 (May7, 1998): 3.

2. Edward W. Said, “Reflections on Exile,” *Reflections on Exile* (Cambridge, MA: Harvard University Press, 2000), 186.

3. 在《康拉德与自传的虚构》出版几年之后，萨义德对康拉德的流亡经历的了解有了更为充分的发展。在一次访谈中，他说：“关于康拉德的流亡和语言的整个问题，在1972年真正达到了顶峰，当时我第一次去波兰参加在波兰科学院召开的关于康拉德的会议。伊恩·瓦特①等人在那里，托马斯·莫泽②也在那里——很多人的文章我都

---

① 伊恩·瓦特（Ian Watt，1917—1999），英国文学批评家、文学史家，长期在美国任教，著有《小说的兴起》（1957）等颇具影响力的研究著作。在对康拉德研究中发表有《〈黑暗的心〉中的印象主义与表现主义》（1976）、《19世纪的康拉德》（1979）等文章。

② 托马斯·莫泽（Thomas C. Moser，1923—2016），美国学者，斯坦福大学英文系教授，康拉德研究专家，代表作有《约瑟夫·康拉德：成就与衰退》（1957）。

读到过，但从未谋面。那是在哥穆尔卡①统治结束后不久。形势非常压抑。我沉浸在一个对其一无所知的世界里，发现自己在向一群波兰听众讲述康拉德，而他们不一定理解我在说什么。那是一次极为古怪的经历。那段经历并未形成某种简单的模式，而这一事实自此一直困扰着我。在那之后，我继续研究康拉德，而康拉德似乎总是以这样或那样的方式回到我的身边。”1999 年 7 月 16 日对萨义德的访谈。

xvii

4. Said, “Between Worlds,” 3.

5. Edward W. Said, *The Edward Said Reader*, ed. Moustafa Bayoumi and Andrew Rubin (New York: Vintage, 2000), 421.

6. 引自：Edward W. Said, *Joseph Conrad and the Fiction of Autobiography* (New York: Columbia University Press, 2008), 55.

7. 同上，54。

8. 同上，51。

9. 同上，112—113。

10. 同上，88。

11. 同上，92。

12. 同上，92。

13. 同上，95。

14. 同上，95。

15. Edward W. Said, *Culture and Imperialism* (New York: Knopf, 1994), 23.

16. 同上，29。

17. 同上，29。

18. Edward W. Said. “Conrad: The Presentation of Narrative,” *The World, the Text, and the Critic* (Cambridge, MA: Harvard University Press, 1983), 99.

19. Said, *Culture and Imperialism*, 29.

20. 同上，26。

21. 参看，例如：Edward W. Said, *Beginnings: Intention and Method* (New York: Basic Books, 1975); “Conrad: The Presentation of Narrative,” *Novel* (Winter 1974); Edward W. Said, “Conrad and Nietzsche,” *Joseph Conrad: A Commemoration*, ed. Norman Sherry (London Macmillan, 1976); Edward W. Said, “Two Visions of Heart of Darkness,” *Culture and Imperialism*, 19–43.

22. Edward W. Said, *Orientalism* (New York: Pantheon, 1978), 203.

---

① 哥穆尔卡（Władysław Gomułka，1905—1982），波兰工人运动活动家、政治家，1956 至 1970 年间任波兰统一工人党第一书记，后因所推行的经济政策导致国内政治动荡而去职。

23. Said, *Culture and Imperialism*, 29.

24. Said, *Orientalism*, 12.

25. Said, "Conrad and Nietzsche," 70–82.

26. Friedrich Nietzsche, "On Truth and Lies in a Nonmoral Sense," *The Nietzsche Reader*, ed. Keith Ansell Pearson and Duncan Large, trans. Daniel Breazeale (Malden, MA: Blackwell, 2006), 117. 萨义德在《东方学》一书中引用了尼采这段话的大部分内容，但他用的是考夫曼（Walter Kaufmann）的译本，这与我在此处引用的布雷泽尔（Breazeale）的译文略有出入。 *xviii*

27. Edward W. Said, "Identity, Authority and Freedom," *Reflections on Exile*, 404.

28. Edward W. Said, *Humanism and Democratic Criticism* (New York: Columbia University Press, 2003), 83.

序　言

xix

康拉德的书信（现已出版八卷）为我们提供了一个丰富到几乎令人尴尬的证据，证明了他的智性生活的强度和多样性。然而，他的批评者们并未充分加以利用。他的传记作者引用它们只是为了说明他在某一特定时刻的心境，或者是为了就他在某个问题上的想法提出一个附带的观点。他的注释者们在很大程度上忽略了这些书信，理所当然地主张说我们要么应该与这一整批书信发展出一种工作关系，要么就别管它们。我选择了第一种，也是更为有趣的那一选项，因为在我看来，如果康拉德以如此持久的紧迫感来书写他自己，书写自我定义的问题，那么他所写的某些东西肯定对他的小说是有意义的。简而言之，我很难相信一个人会做如此不划算的事，会在一封接一封的信中倾诉心声，然后在他的小说中却并不使用和重新表述他的见解与发现。

我首先按照时间顺序研究这些书信。一段时间之后，它们似乎既形成了一个有机的整体，又自然而然地分成几个组别，与康拉德作为一个人和一个作家的发展中的自我意识各阶段相对应。某些主导性的主题、模式和意象反复出现，正如它们在其高度模式化的小说中所发生的那样。此外，我还发现了记录在书信中的康拉德生活上的一个奇特现象。这就是一种公共人格（public personality）的创造，用以掩饰他与自身及工作之间更为深层、更成问题的困难。当这些书信被视为康拉德的个人史之时，其思想和精神的高潮，不仅与他自我发现欲望的实现相符合，而且与欧洲历史上一个重要阶段的高潮相符合：那就是第一次世界大战时期。他的观念发生了根本性转变，影响到他的精神和艺术活动，直至他 1924 年去世。

xx

康拉德书信中的内在动力似乎与他短篇虚构小说（shorter fiction）中的情况尤为相似。首先，康拉德一直相信（或许是让自己相信），艺术上的卓越性在短篇作品中比在长篇作品中更能有力地表现出来。其次，他觉得自己对篇幅更为短小的作品类型比对长篇小说（novels）更有掌控力，因此他在自己的短篇作品中才下了真功夫；这一见解的源头可以从他对自身的不确定之中找到，这是他书信中的一个具有强迫性的关注点。他相信自己的一生如同一系列短小插曲（而非一个连续有序的长篇叙事），因为他自己就是如此多各不相同的人，每个人都过着一种与其他人毫无关联的生活：他既是波兰人又是英国人，既是水手又是作家。因此，对他来说，在短篇作品中可以更有效地表达自己是很自然的，即使他的短篇故事不完美的程度并不总是真的比小说低。但是我希望我对其信件和短篇小说的共同研究，就其主要关注点而言足够大，可以为整体阅读康拉德的全部作品提供一个大纲。我发现，这大约三十个故事伴随着他的私密写作，兼以反思和批评，因为这些故事几乎每一个都是以一种可称为“回顾性模式”（retrospective mode）的不同变体写成的，而这种模式，同样也在变化，正是他在书信中所使用的。如此一来，人们不仅有可能把这些故事当作文学对象来阅读，并且借助信件，还可以把这些故事当作对康拉德本人具有精神用途和意义的对象来阅读。此种阅读不仅为虚构小说（the fiction）的难以理解之处提供了新的见解和解决方案，也在很大程度上解释了这些作品的成功和力 *xxi* 量。最后，我希望此番解读能够丰富和加深我们对康拉德这位极具自知力和责任感的严肃艺术家的钦佩。我认为，本书对他的思想和作品的写照将平衡目前视其为一名“幻想的”或“无意识”小说的作家的观点。

这项研究最初的形式是在哈佛大学完成的一篇博士论文。我非常感谢门罗·恩格尔和哈里·列文（他们二位都阅读并评论了原始手稿）的慷慨鼓励和关怀。E. 邓肯·阿斯韦尔（E. Duncan Aswell）非常友好地评阅了手稿；他的建议对我进行最后的修改助力极大。我非常感谢哈佛大学出版社的乔伊斯·莱博维茨（Joyce Lebowitz），感谢她富有同情心的专业编辑指导。对于我的妻子梅尔（Maire）永不言弃的支持和关心，“恩义”和“感谢”这两个词仍是言不尽意。

E.W.S.

纽约

1965 年 10 月

缩略语表

xxiii

Blackwood——《约瑟夫·康拉德致威廉·布莱克伍德与大卫·S.梅尔德伦书信集》(*Joseph Conrad: Letters to William Blackwood and David S. Meldrum* [Durham: Duke University Press, 1958].)

Curle——《约瑟夫致一位友人：约瑟夫·康拉德致理查德·柯尔的150封信》(*Conrad to a Friend, 150 Selected Letters from Joseph Conrad to Richard Curle* [New York: Doubleday, Doran and Company, 1928].)

Garnett——《约瑟夫·康拉德来信，1895—1924》(*Letters from Joseph Conrad, 1895–1924* [Indianapolis: Bobbs-Merrill Company, 1928].)

Lettres——康拉德，《法文书信》(Conrad, *Lettres françaises* [Paris: Gallimard, 1930].)

LL, I或II——G.让-奥布里，《约瑟夫·康拉德：人生与书信》(2卷)(G. Jean-Aubry, *Joseph Conrad, Life and Letters*, 2 vols. [Garden City, NY: Doubleday, Page and Company, 1927].)

Poradowska——《约瑟夫·康拉德致玛格丽特·波拉多夫斯卡书信，1890—1920》（*Letters of Joseph Conrad to Marguerite Poradowska, 1890–1920* [New Haven: Yale University Press, 1940].）

罗马与阿拉伯数字——康拉德,《作品全集》（26卷）（Conrad, *Complete Works*, 26 vols. [Garden City, NY: Doubleday, Page and Company, 1925].）各卷内容如下：

I.《金箭》（*The Arrow of Gold*）

II.《机缘》（*Chance*）

III.《人生与文学札记》（或译《生活笔记》, *Notes on Life and Letters*）

IV.《大海如镜》（或译《如镜的大海》, *The Mirror of the Sea*）

V.《继承者》（*The Inheritors*）

VI.《人生札记》（*A Personal Record*）

VII.《罗曼司》（或译《传奇》, *Romance*）

VIII.《不安的故事》（包括《卡伦：一段回忆》《白痴》《进步前哨》《礁湖》，或译《环礁湖》,《回归》）（*Tales of Unrest* ["Karain: A Memory," "The Idiots," "An Outpost of Progress," "The Lagoon," "The Return"]）

IX.《诺斯托罗莫》（或译《我们的人》, *Nostromo*）

xxiv

X.《潮汐之间》（包括《马拉塔的种植园主》《伙伴》《两个女巫的旅馆》《缘起美金》）（*Within the Tides* ["The Planter of Malata," "The Partner," "The Inn of the Two Witches," "Because of the Dollars"]）

XI.《阿尔迈耶的愚蠢》（或译《奥迈耶的痴梦》, *Almayer's Folly*）

XII.《拯救》（*The Rescue*）

XIII.《密探》（或译《间谍》《特务》，*The Secret Agent*）

XIV.《海隅逐客》（*An Outcast of the Islands*）

XV.《胜利》（*Victory*）

XVI.《青春》（包括《青春》《黑暗的心》，或译《黑心》，《走投无路》）（*Youth* ["Youth," *Heart of Darkness*, "The End of the Tether"]）

XVII.《阴影线》（*The Shadow Line*）

XVIII.《小说六篇》（包括《加斯帕尔·鲁伊斯》《告密者》《残暴的人》《无政府主义者》《决斗》《伯爵》）（*A Set of Six* ["Gaspar Ruiz," "The Informer," "The Brute," "An Anarchist," "The Duel," "Il Conde"]）

XIX.《海陆之间》（包括《幸运的微笑》，或译《幸运女神的一次微笑》《幸运的一笑》，《秘密分享者》《七岛的弗雷娅》，或译《七个岛屿的弗雷娅》）（*'Twixt Land and Sea* ["A Smile of Fortune," "The Secret Sharer," "Freya and the Seven Isles"]）

XX.《台风》（包括《台风》《艾米·福斯特》《法尔克：一段回忆》，或译《佛克》，《明天》）（*Typhoon* ["Typhoon," "Amy Foster," "Falk: A Reminiscence," "Tomorrow"]）

XXI.《吉姆爷》（*Lord Jim*）

XXII.《在西方目光下》（或译《在西方的注视下》，*Under Western Eyes*）

XXIII.《"水仙号"的黑水手》（或译《"水仙号"上的黑水手》，*The Nigger of the "Narcissus"*）

XXIV.《漫游者》（或译《流浪者》，*The Rover*）

XXV.《悬疑》（*Suspense*）

XXVI.《传闻故事》(包括《勇士的心》《罗曼亲王》《一个故事》《黑人大副》)(*Tales of Hearsay* ["The Warrior's Soul," "Prince Roman," "The Tale," "The Black Mate"])

获许引用约瑟夫·康拉德的《作品全集》，以及G.让-奥布里的《约瑟夫·康拉德：人生与书信》，已获J. M.登特父子有限公司（J. M. Dent and Sons, Ltd.）、约瑟夫·康拉德遗产执行人拉尔夫·韦奇伍德（Ralph Wedgewood）爵士和理查德·柯尔（Richard Curle）先生授权。获许引用《约瑟夫·康拉德来信，1895—1924》，由爱德华·加内特编辑，1928年鲍勃斯—梅里尔出版社（The Bobbs-Merrill Company, Inc.）出版、1955年大卫·加内特（David Garnett）版权所有，已获出版者及无双出版有限公司（The Nonesuch Press, Ltd.）授权。

第一部分　*1*

康拉德的书信

语言围绕着每个说话的主体，就像一个有自身惯性、自身 2 需求、自身约束和内在逻辑的工具，而且尽管如此，仍对该主体的主动性持开放态度（对入侵、潮流和历史事件的野蛮贡献亦是如此）。

梅洛–庞蒂①，《人的形而上学》（“The Metaphysical in Man”）

---

① 梅洛–庞蒂（Maurice Jean Jacques Merleau-Ponty，1908—1961），法国存在主义哲学家，知觉现象学的创始人，主要著作有《行为的结构》（1942）、《知觉现象学》（1945）、《意义与无意义》（1948）、《可见的和不可见的》（1964）等。

个体性的诉求

1906年11月1日，亨利·詹姆斯[①]在收到康拉德寄来的一本亲切题词的《大海如镜》之后，写信给这位古怪的波兰裔英国同行："无人知晓过——出于智识用途——你所知晓之事，在所有艺术家中，你拥有一种无人曾企及的权威。"[1]康拉德在这本小小的海洋小品文集中，有意识地调和记忆和技巧的要求，他对自己的精通此道，几乎无法希冀得到比这更有说服力的赞扬了。不过，《大海如镜》是康拉德从詹姆斯称之为"你过去经历的奇迹"之中打造出的一件讨人喜欢的作品。在漫不经心的旁观者看来——詹姆斯不在此列——康拉德的经历主要是关于船舶、外国港口、海洋和风暴等事物：总之，《大海如镜》看似正是如此。然而，对于康拉德，以及一样旅居他乡的同路人詹姆斯，从"受苦的存在（afflicted existence）"这一共同群体的角度来说，经

① 亨利·詹姆斯（Henry James，1843—1916），英籍美裔小说家、文学批评家、剧作家。代表作有长篇小说《一位女士的画像》（1880—1881）、《鸽翼》（1902）、《使节》（1903）等。

验是一种精神上的挣扎，填满了福楼拜所说的艺术生活的漫长耐心。在《大海如镜》中，当康拉德把他深刻的经验掩藏在一个表层之下，这一表层几乎不会显露他的生活让他真正付出了多少代价，他表现得如他笔下的人物阿尔迈耶（Almayer）一般，抹去女儿留在沙地上的脚印，是在否认她所带给他的痛苦。

即使是在康拉德最好的小说中，也经常出现一个令人分神的修辞过度、情节剧式的散文表层，像 F.R. 利维斯①之类对语言的精确和最高效使用很敏感的批评家，都曾对此嗤之以鼻。然而，我认为，把这些不精确之处视为作家意在博人眼球的表现而进行批评是不够的。相反，康拉德将自身藏匿于修辞之中，出于个人的需要而使用修辞，并未考虑后来的作家们所希望他能拥有的语气和风格上的细致考究。他是个有自我意识的外国人，用一种陌生的语言书写着幽晦的经验，而他对这一点也极为明了。因此，他那夸张恣肆或漫谈式的散文——在其最为显而易见的时候——是一个不自信的盎格鲁—波兰人对最不笨拙、最“具文体风格”的表达方式的暗自摸索。这也是最为简单的方法，可以掩盖作为一个自我放逐、讲着法语而又极为能言善辩的波兰人在一塌糊涂的生活中的尴尬与窘困，他曾经当过水手，如今出于连自己也不太清楚的原因，成了一个写作所谓的冒险故事的作家。康拉德的散文不是一个粗心作家随意写就的冗长之作，而是他与自身艰巨斗争的具体而独特的结果。如果说有时他使用过多的形容词，那是因为他未能找到更好的方式来说清楚自己的经验。在他最早期的作品中，这一失败才是他小说的真正主题。在写下文字的时

① F.R. 利维斯（F. R. Leavis，1895—1978），英国文学批评家，主要著作有《大众文明和少数人文化》（1930）、《伟大的传统》（1948）、《小说家劳伦斯》（1955）等。

候，他未能从他散漫无序的经验中拯救出意义。他也未能从他生活的困境中拯救出自身：这就是为什么他的书信对于全面理解他的小说是必要的，在这些书信中，所有上述问题都得到了明确的处理。

痛苦和极度努力是康拉德精神史的深刻基调，而他的书信证明了这一点。我们有充分的理由回顾纽曼在《生命之歌》[①] 中慷慨激昂的提醒：任何自传性文件（书信当然亦是如此）不仅是一部心智状态的编年史，而且是一种展现个人生命能量的尝试。自 1927 年让–奥布里的《约瑟夫 · 康拉德：人生与书信》一书出版以来，这种能量已分外明显，并亟待关注。

然而，书信中充斥着的大量困难却是康拉德精神生活上的困难，因此评论家们几乎被迫将他生活的问题和他小说的问题联系起来；这里的任务虽然不同，但仍然相关，那就是首先看这些书信与其人有何关联，其次看与其作品有何关联。每一封信都是康拉德个体性（individuality）的施展，它通过锻造自我意识的新纽带，将他的现在与过去连接起来。从现有全部内容来看，康拉德的书信呈现了对其心智、气质和性格缓慢展开的发现过程——简而言之，这一发现即康拉德本人书写的康拉德之精神史。

准确把握他人最深层的关切从来都不是一件易事。但即使是像康拉德这样对自我的关注如此强烈的作家，也有可能从一些基本的甚至简单的反映其内在性情的词语来看待这些信件。举例来

---

① 纽曼（Saint John Henry Newman，1801—1890），英国神学家、教育家、文学家，原为英国国教牧师，后皈依天主教，于 1879 年被罗马教廷擢升为枢机，2019 年追封为圣人。《生命之歌》（*Apologia pro Vita Sua*，1865）为其自传，又译为《为吾生辩护》。另著有《论基督教教义的发展》（1845）、《大学的理念》（1852，1858）、《赞同的规律》（1870）等。

说，将“痛苦”和“努力”作为康拉德经历的标志性特征，除了认识到他允许自己不断遭遇会造成痛苦并需要努力的事件之外，几乎没有揭示这个人的具体特征。不过，有一种方法可以借独特而一致的存在之立场或态度来描绘康拉德，使我们能够感知到他所抗争的究竟是什么，这种方法就是运用理查德·柯尔①的明智观察，即康拉德“埋首专注于……存在的整个机制之中”[2]。用这些术语不仅可以理解康拉德的痛苦和努力的程度与性质，还可以发现其直接原因。当然，假定柯尔的说法可能无意间闪现着睿智，假定这些书信是非正式的、私人的，而非正式的或有系统的，但是在康拉德的书信中，一种特殊的“专注”随处可见，尤其因为在他所致力于的存在之中，考验的持久性是如此明显。康拉德之所以如此专注，正如我的理解，一方面是因为他清醒地感觉到对生活的复杂性抱有一种在很大程度上不安的顺从；而另一方面，他仍然对这种顺从保有兴趣，不是将其作为一个既成事实（fait accompli），而是作为一种不断更新的生活行为，作为一种合乎人性的境况（condition humanisée），而非一种人的境况（condition humaine）。“存在的整个机制”通过允许他假设生命本身就是一系列特定事件的总和，进一步解释了康拉德的关注点。这些事件中的某一些，尤其是那些与他自身幸福相关的事件，是由一种机械而反常的必然性联系在一起并引发的；没有什么能像宇宙乐观主义（cosmic optimism）那样归因于这类事件的结构。他觉得自己只不过是一个被一定数量的极为固定的情境所折磨的

6

① 理查德·柯尔（Richard Curle，1883—1968），苏格兰作家、旅行家和藏书家。他是约瑟夫·康拉德的通信人，在其晚年担任助手，写了一些关于康拉德的最早的评论和传记。

人，他似乎永远要回到这些情境中去，而这一事实本身就对他产生了一种奇怪的吸引力。正是这些顽固持续的情境的动力吸引住了康拉德，几乎贯穿了他创作的开端直至尾声。而无论是这些情境本身，还是它们展开的方式（其隐喻性表达），这些书信都记录了惊人的细节。

关于“存在的整个机制”这一萦绕心头的短语，仍言犹未尽。从康拉德的角度来看——因为这句话在书信中存在同情的回声——这是关于某种意识心理学的陈述。乍看之下，它让人想起 18 世纪的机械心理学，比如哈特利①的联想理论（theory of association）和基础决定论（elementary determinism）。然而，对于当代人来说，这一短语很容易迎合弗洛伊德或荣格心理学的老生常谈，迎合无意识的“机制”，以及每个个体多多少少有所牵连的情结、神话、原型和仪式。然而，让-保罗·萨特②在其非凡的研究著作《情绪理论纲要》（*The Emotions: Outline of a Theory*）中，指出了那种局限于无意识的心理学的内在矛盾。他在书中写道：“整个精神分析的深刻矛盾在于，它在其所研究的现象之间既引入因果性联系，又引入理解性联系。而这两种类型的联系是无法相容的。”[3] 萨特对因果性和理解性之间的区分是一个有用的方式，可以说明对一个假设的原因在逻辑上并不能使其效果得以理解。如果可以说是无意识最终决定了意识——这一点不存在

① 哈特利（David Hartley，1705—1757），英国医生、经验主义哲学心理学家，以生理学为桥梁，把洛克的观念联想说和牛顿的振动说相结合，形成了所谓联想主义的生理心理学。

② 让-保罗·萨特（Jean-Paul Sartre，1905—1980），法国存在主义哲学家、剧作家、小说家、文学批评家、政治活动家，20 世纪思想界领袖。代表作有小说《恶心》（1938）、哲学著作《存在与虚无》（1943）等。

争议——那么当意识在我们面前呈现其自身，我们几乎并未更接近于理解它。我认为，文学评论家最感兴趣的是理解，因为批评行为首先是一种理解行为：对书面作品的特殊理解，而非在一般的无意识理论意义上的对其起源的理解。此外，理解是一种意识现象，而且正是在有意识的心智（mind）处于开放状态之下，批评家和作家相遇并参与到了解并意识到某一经验的行为中去。只有这种出于对文学和历史的忠实而从事的活动，才能避免康拉德所说的“我生活在噩梦中”被接受（或被摒弃）为一种夸张的倾吐，而非一个真实而强烈的经验事实。

作为一名作家，康拉德的工作就是对他已知的东西加以智识上的使用，而“使用”，在詹姆斯式的对这个术语的用法上，意味着呈现，使之公开。此外，如果我强调康拉德认识到，呈现个人经验一方面是为供公众消费，另一方面是供二三亲密好友一览，此二者有别，那么便并非是过度解读詹姆斯的赞美了。现在，康拉德的书信以及随后我的讨论，正与这种为了让他的亲密伙伴受益而使经验公开化和可理解的过程有关。首先，我们应考察康拉德用以表述自身经历的习语（idiom）：他选择用来表达自身的字词和意象。从哲学的角度来看，本研究试图对康拉德的意识进行现象学的探索，从而使他所拥有的那种心智在其特点上和能量上都得以清晰可见。因此，这些书信的巨大价值在于，它们揭示了增强小说的思考和洞察力的背景，从而使这一研究成为可能。[4]

当“知晓”（“knowing”）和“出于智识用途的知晓”（knowing for intellectual use）被同时提及时，当被描述之物和用以描述这一事物的习语被当作一个不可分割的统一整体时，康拉德本人作为一个大大发展着的智识和精神现实，从书信中显现出来。他所描述的存在机制以及他描述这些机制的方式都是完全属于康拉德自己的。在其最富修辞之处（当然，在这一点上，书信往往胜过作品），有一种可被发现的心智在习惯性地工作，尽管可能比平常少花些精力。更多的时候，他使用的那些“大”词纷至沓来——如“生命”“不可思议之物”“灵魂”——都带着欧洲经验主义道德传统中引以为豪的强力，因为这里反复出现的重要试金石是康拉德对“生活过”（*vécu*）的理解：他经历过他所描述之事。他常常会给自己那永无休止的思维活动某种短暂而紧张的停顿，就像一个正在提出详细论证的人停下来一样，因为他需要反思，对自己所说的话进行评估。接着，他的思想活动又恢复了。比如，康拉德在某些小说中看到了一种朴素的简洁品质，其更深的隐蔽处，就像他自己在那些充斥在信件中的总结性停顿间所看到的一样，掩盖着生活知识的一个重要机制。然而，他对一段丰富叙事的优雅性感到困扰，这一叙事如此流畅地向前推进，同时又隐藏了其内在的运作。无怪乎莫泊桑（Maupassant）是一位令人气馁的大师：“恐怕我受莫泊桑的影响太大。我研究了《两兄弟》（*Pierre et Jean*）——思想、方法和一切——怀着极其沮丧的心情。这看起来算不上什么，但其机制如此复杂，简直要让我揪光自己的头发。你读这本书的时候会气哭。这就是事实！”（*Poradowska*, 84）

9

不过，尽管存在如此这般的修辞及其造成的停顿，谈论康拉德的精神和智识现实也是为了确认他对持久关注之事的长期而显著的连续性。因为这种连续性，尤其是康拉德自己的连续性，正是他显露出来的个体性，这也是他对存在机制的专注程度及了解程度。康拉德的个体性存在于不断将他对自身的感觉暴露于对不属于其自身之物的感觉之中：他使自己臃肿笨拙，问题重重，对立于充满动态、流变不居的生命过程。那么，正因如此，康拉德的人生之所以对人们具有如此巨大的吸引力且与众不同，正在于其戏剧性的合作精神，无论多么不自在，多么不体面，他的生活就是他本人与外部世界之间伙伴关系的例证。我说的是他的灵魂对它在自身之外所觉察到的广阔的存在之全景的充分展现。大多数时候，他都觉得这个世界充满威胁，令人不快，但他敢冒险与这样一个世界全面对抗。此外，这种辩证法的结果是在替代性和潜在性的最深层次上对存在的现实进行一次体验，这才是真正的心智生活。如今，表述这种经验的词汇和修辞（我称之为“习语”）是这些书信提供给我们的，使我们足以能够发现康拉德心智的轮廓，因为它使自身参与到与存在的伙伴关系之中。因为心智和灵魂的“暴露”有其文学范式：那是一种习惯性的言语练习（因此称为“习语”），目的是对一个成问题的主体和一个动态的客体之间的关系进行仲裁。一个人的心智越是与众不同，就越需要对这种习惯性的练习加以规训，由源自此人个人经验的严肃而令人满意的道德规范来加以调控。当然，基本上，我把心智的区别等同于心智的个体性。毫无疑问，康拉德就有这样一种心智，而规训的问题是他作为一个人和艺术家都深感关切的一个问题。

10 我认为，这一切都正因如此。因为康拉德会在自己最出色的文章中称赞詹姆斯是“有高尚良知的历史学家”（VI.17），并认可他是自己在创作上的师父，那么康拉德自己必须明了，书写良知的历史，记录赋予人行为的道德意识的能力的成长，都意味着什么。而且除了在他自己的头脑中之外，他的学徒生涯还能在哪里进行呢？因为他在关于詹姆斯的文章中写道：

> 行动就其本质而言，一个虚构小说作家的创作艺术可以比作在黑暗中迎着把一大群人的行动吹得东倒西歪的狂风进

> 行的救援工作。这就是救援工作，用优美的语言伪装起来，一把抓住湍流消失的阶段，把它从原生的晦暗不明中抢夺出来，进入到光明中，在那里，斗争的形式可以被看到，可以被利用，赋予它们在这个相对价值的世界上唯一可能的永恒形式——记忆的永恒。而众人也隐隐感觉到了这一点；因为个人对艺术家的要求实际上是一声呐喊："把我从我自身解放出来！"真正的意思是，把我从我易逝的活动之中解救出来……但一切都是相对的，意识之光只是持久，只不过是地球上最经久不衰的东西而已，只是相对于我们勤劳双手的短命作品来说是永存不灭的。（III.13）

正是为他小说中的人物赢得了一种"真实感、必然感——首当其冲是行为感"，作家才真正拥有了他的主题——良知的历史。当作者的价值观本身必须被从过于黑暗且混乱的"原生的晦暗不明"中解救出来，以便于易于接受时，这项任务就更为困难了。康拉德的生活中真正的冒险在于从其自身的存在之中拯救出意义和价值的"斗争的形式"。正如他必须拯救他的经验，以满足他的意识，必须相信自己已写下所看到的真理的重要部分，所以他的批评者也不得不再次体验那种拯救，不带有英雄主义，唉，但要有同样的决心。

当然，康拉德并没有使这个任务变得轻松。在他的自传性声明中，混合了回避与看似单纯质朴的坦率，给研究他小说的学生带来了错综复杂的问题。他对自己的生活作出修正性、间或任性的解释的倾向，目前只需要最简短的回顾。R.L. 梅格罗兹[①]讲

11

① R.L. 梅格罗兹（Rodolphe Louis Mégroz，1891—1968），英国诗人、批评家、传记作家、剧作家，著有《约瑟夫·康拉德的心智与方法：艺术中的人格研究》（1931）一书。

过一个故事，关于康拉德和他妻子之间的一次对话：“有一天他又调皮了，他说《黑人大副》是他的第一部作品，当我［杰西］说‘不，《阿尔迈耶的愚蠢》是你写的第一部’，他突然爆发了：‘如果我想说《黑人大副》是我的第一部作品，我就这么说。’”[5]康拉德常常故意搞错关于他作品和生活的记忆——这几乎肯定是其中的一个例子——这是个难以掩盖的顽习。根据赫伊津哈①的说法，他选择像一个历史学家考虑他的问题那样来考虑他的生活事实，就好像实际的事实尚未确定。赫伊津哈写道：

> 历史学家……必须始终对他的问题持一种不确定的观点。他必须不断地把自己置于过去的某个点上，在这个点上，已知的因素似乎仍然允许不同的结果。如果他说到萨拉米斯（Salamis）海战，那就必须是波斯人仍有可能获胜；如果他谈到雾月政变，那么对拿破仑·波拿巴是否会被不名誉地驱逐仍需拭目以待。只有不断地认识到可能性是无限的，历史学家才能公正地对待生活的丰盈。[6]

康拉德在（我前文所提及的）每一封信中塑造的自我意识的链接，实际上描述了他在将自己过去的存在与现在的存在联系起来看待时所进行的精神理解行为。赫伊津哈提到的非决定论者的观点是康拉德回忆自己的过去时的一贯特征，也必然是一种令人疲惫不堪的不安全感的作用，这种不安全感促使这位

① 赫伊津哈（Johan Huizinga，1872—1945），荷兰文化历史学家，著有《中世纪的衰落》（1919）、《游戏的人》（1938）等。

小说家兼历史学家作出判断。那么，康拉德的生活和他的小说之间，存在着与他生活的两个部分（过去和现在）之间相同的关系。批评家的工作正在于找出这两组关系的共同点。正如康拉德的过去历史之于他的现在，他作为一个人的历史存在之于他的小说亦是如此。而唯一能够阐明这种关系的方法，正如我之前所说的，就是识别从这些书信中涌现出来的某种动态运动或经验结构（机制）。在他早期的作品《历史与阶级意识》（*History and Class Consciousness*）中，格奥尔格·卢卡奇[①]描述了与此类似的结构：吕西安·戈德曼[②]称它们为重要的动态结构，因为它们维持了一种背景，通过这种背景，人类的每一个行为都保存了个人过去的演化，以及驱动他走向未来的内在倾向。[7]但马克思主义的结论，即阶级意识，与本研究的偏向并不相宜。因为我更关注个体，所以我将专注于康拉德个人处境的迫切问题上。

12

康拉德在他所创造的经验结构中的分量绝对是至关重要的，因为它根植于人类的渴望之中，要为自己塑造一个属于其自身的品格（character）。正是品格使得个体能够在世上破浪而行，它是调节世界和自我之间交流的理性的自我控制能力；身份越是清晰有力，行动路线就越确定。历史上有个奇怪的事实，正是那些强迫性的行动者比那些尚处在行动边缘的人更强烈地感到对品格的

---

① 格奥尔格·卢卡奇（Georg Lukacs，1885—1971），匈牙利哲学家、美学家、文学史家、批评家，代表作有《心灵与形式》（1910）、《小说理论》（1916）、《历史与阶级意识》（1923）等。

② 吕西安·戈德曼（Lucien Goldmann，1913—1970），法国哲学家、社会学家、马克思主义理论家，开创“发生学结构主义”文学研究，代表作有《隐蔽的上帝》（1955）、《文学社会学方法论》（1964）等。

需求。T.E. 劳伦斯①，臭名昭著的康拉德同时代人，曾被 R.P. 布莱克穆尔②描述为一个只会为自己创造人格（personality）的人：布莱克默认为，他未能铸造出一个品格，这是他生活和写作的秘密。[8] 我认为，康拉德的困境与劳伦斯并无二致：他也是一个行动派，迫切需要一个角色（role）来扮演，这样他就可以在存在中稳稳地给自己找到定位。但劳伦斯失败了，康拉德却成功了（尽管付出了巨大的代价）。这是康拉德的冒险生活的另一面。对康拉德来说，他似乎必须拯救自我，而且并不令人惊讶，这也是他短篇小说的主题之一。举两个例子，马洛（Marlow）和法尔克（Falk）面临着可怕的两难境地，要么让自己消失在“原生的晦暗不明”中，要么同样压抑地，承诺通过自我主义（egoism）的妥协性欺骗来拯救自己：一边是虚无，一边是可耻的骄傲。也就是说，一个人要么失去身份感，进而似乎消失在混沌无差别、晦暗无名的如流岁月之中，要么他无比强烈地坚持自我，以至于成为一个冷酷而可怕的自我主义者。

因此，区分康拉德经验结构的主导模式是很重要的：很简单，它可以说是这些经验结构激进的非此即彼的姿态（radical either/or posture）。对此，我指的是一种对经验的习惯性看法，它要么允许向混乱屈服，要么允许相当可怕地向自我中心的秩序投降。没有中

---

① T.E. 劳伦斯（Thomas Edward Lawrence，1888—1935），英国军官、外交官、考古学家、作家，因在第一次世界大战期间对奥斯曼帝国的阿拉伯起义（1916—1918）以及西奈和巴勒斯坦战役（1915—1918）中的角色而闻名，被称为“阿拉伯的劳伦斯”，著有《智慧七柱》（1926）等回忆录。他曾与约瑟夫·康拉见面并评价其作品。

② R.P. 布莱克穆尔（Richard Palmer Blackmur，1904—1965），美国文学批评家、诗人，代表作有诗集《第二世界》（1942）、《好欧洲人》（1947），批评集《狮子与蜂巢》（1955）等。他是萨义德在普林斯顿大学学习期间的导师。

间道路，也没有其他解决这些问题的方法。我们要么允许毫无意义的混乱成为对人类行为的无望限制，要么必须承认秩序和意义只取决于人们不惜一切代价活下去的意愿。当然，这就是叔本华式的困境，我们将在后面讨论康拉德与这位德国悲观主义之父有多么接近。然而，现在我们将追溯康拉德对非此即彼的困境的推测，以追踪他解决这一问题的历程。因为他的解决方法总是有一个目的——成就品格，而他的小说是对他不断发展的品格的重要反映。从书信中可以看出，康拉德的存在机制是他在生活过程中对自己的写照。它们是一出长剧的一部分，里面布景、表演和演员的安排都是康拉德在追求品格平衡的斗争过程中的自我意识。

康拉德现存最早的一封信是1885年9月27日写给卡迪夫（Cardiff）的一位波兰钟表匠斯皮里迪恩·克利什切夫斯基[①]的，后者曾欢迎这名年轻水手前往英国海岸，信中有如下几句话："时光老人，一向勤于工作，已让人把许多人、事和回忆抛诸脑后：然而，我不相信他会从我的头脑和心灵中抹去关于您和您家人的回忆，那是出于遥远的民族同胞联系而对一个陌生人表达的好意。我担心没有向您妻子和您本人充分表达我的感激之情：我现在并不想装腔作势，因为就我而言，当内心充盈，言语便贫乏，而当我想表达的感情愈是强烈，便愈发如此。"（*LL*, I.80）这几行字散发着伯特兰·罗素[②]在康拉德的举止风度中注意到的

14

① 斯皮里迪恩·克利什切夫斯基（Wladislaw Spiridion Kliszczewski，1819—1891），波兰裔英国钟表匠、珠宝商，定居威尔士首府卡迪夫。1885年起与康拉德成为至交，是唯一一位与康拉德进行通信的在英波兰人。

② 伯特兰·罗素（Bertrand Arthur William Russell，1872—1970），英国哲学家、数学家、逻辑学家、历史学家、文学家，分析哲学的主要创始人，著述甚丰，代表作《数学原理》（与怀特海合著，1910）、《哲学问题》（1912）、《西方哲学史》（1959）等。曾与晚年的康拉德相交，引为知己，并请求康拉德做自己第一个儿子的教父。

“贵族”式宫廷优雅风范。[9]然而，除了表达善意的显贵者应有高尚品德（noblesse oblige）之外，这里还包含更多：对一个被认为处于社会下等地位的人的感激，是的，但也是对准确的自我意识的摸索。康拉德说，他满腔的感激之情诉说得不够充分，因为它所能做的只是从奔流的时间中抢救出他所被给予的善意的记忆。这是我们见到的闪烁在所有信件中的两个意象：一颗饱含感情的心，其自我表达能力会随着感情增强而减弱，以及与之相关的，从时间和混沌中拯救出的有效抵抗。

在这些写给克利什切夫斯基的早期信件中（仅有六封，都是在 1885 年 9 月到 1886 年 1 月之间写的），康拉德所描述的背景是对当代事件被遗忘的方式感到绝望。1885 年 10 月 13 日，他写道：

> 事件正投下阴影，多少有些扭曲，阴影深到足以让人联想到不久的将来某个战场上将会出现的刺眼的光，但所有这些重大的决定性行动的预兆，都让我陷入了一种绝望的漠然状态：因为无论活着的国家命运如何变化，对于已亡的国家来说，既无希望，亦无救恩。我们已经穿过那用血与火的字母书写着“把一切希望抛开①”的大门，除了遗忘的黑暗，什么都没留给我们。（*LL*, I.80–81）

两个月后的 12 月 19 日，他通过指责社会主义的“地狱教义（infernal doctrines）”正占据上风来阐明这种感觉。“这个国家和

15

① “把一切希望抛开（*lasciate ogni speranza*）”，《神曲》地狱篇第二章，但丁随维吉尔走入地狱时所看到的镌刻在地狱之门上的诗句。

所有国家的命运，”他写道，“将在黑暗中完成，在无数悲泣和咬牙切齿中实现，在军国主义［原文如此］专制的铁腕统治下，历经抢劫、平等、无政府状态和苦难！”（*LL*, I.84）目前这地狱——它被热情地描绘出来——是一直困扰着康拉德的事情，至少在第一次世界大战期间是如此。之后在1914年11月15日写给高尔斯华绥[①]的信中，他写道：“至于你所谓的‘地狱’，凭良心讲，实在是太邪恶了：但它可能更具有炼狱的性质，如果只是从它不会永存这一点来说。”（*LL*, II.163）

正是出于这种态度上的全面转变——从对地狱的完全信仰到对炼狱的自愿信仰——康拉德对自身在存在之中的角色的戏剧性理解中，可以区分出被一个关键的插曲所隔开的两大场景：到1914年为止的年份，从1914年到1918年的四年间歇，以及从1918年到1924年他去世前的几年。对于这样一个时或声称自己对政治和文学一无所知的人（*LL*, I.264），他在作家生涯的早年曾坚持声称“我对任何事情都一无所知（je ne savais rien de rien）”（*Lettres*, 57），康拉德对政治存在的历史和动态的迫切兴趣实属非比寻常。然而，他从未仅仅满足于自身存在的心理问题。康拉德始终是规范视野的不倦追求者，为完成自己指定的任务，动用了每个经验领域。

康拉德致克利什切夫斯基的信是出于他对混沌所带来的威胁的烦忧感；认识到这一事实后，批评家即可“立定跳远”，一跃进入小说。古斯塔夫·莫夫（Gustav Morf）的著作《约瑟夫·康拉德的波兰遗产》（*The Polish Heritage of Joseph Conrad*）一书正

① 高尔斯华绥（John Galsworthy，1867—1933），英国小说家、剧作家，代表作有长篇小说《福尔赛世家》三部曲等。获1932年诺贝尔文学奖。

是基于此观察的一个方面，把康拉德从精神到肉身均被驱逐出波兰这一事实（这导致其存在处境的不确定性）作为他生活和工作中的基本主题（donnée）。然而，人们不禁会感到，莫夫未曾触及书信中的大量内容，因为有给（donnée）就有拿（tenu）。比如，我想到 1890 年至 1895 年间，在康拉德向他的舅母玛格丽特·波拉多夫斯卡①所作的那些复杂的独白中，就像哈姆雷特一样——而她本人也注意到了这相似之处（*Poradowska*, 48）——他是在试图将自己带往一个有意义的行动点。（事实上，莱茵霍尔德·尼布尔②关于自我与自我自身对话的描述完全适用于这些信件。[10]）简而言之，这必须是一个点，在这个点上，他内心的充盈能够最终使他选择（拯救）用来对抗周遭混乱的那些经验片段连贯起来。如何使他的记忆（实际的经验）和他的意志（经验的价值）恰当地服务于不连贯的印象，种种错综复杂便是写作《阿尔迈耶的愚蠢》的背景，他在《人生札记》中说，此作始于 1889 年，成于 1894 年。正是这一背景延续到了他的下一本书《海隅逐客》之中，而且它将我们和康拉德本人引入了经过细致审视后所承诺投入的事业之中，这将是他的写作生涯。

16

① 玛格丽特·波拉多夫斯卡（Marguerite Poradowska，1848—1937），生于比利时的法语小说家，代表作有《雅加》（1887）、《玛丽卡》（1895）。她是文森特·梵·高（Vincent Willem van Gogh，1853—1890）的医生保罗-费迪南德·加谢（Paul-Ferdinand Gachet，1828—1909）的堂妹。她是康拉德的一位远方亲戚孀居的妻子，康拉德称她为“舅妈”。二人在 1890—1895 年间的通信对于康拉德作家生涯的开启有着重要影响，有《约瑟夫·康拉德致玛格丽特·波拉多夫斯卡书信，1890—1920》（1940）。

② 莱茵霍尔德·尼布尔（Reinhold Neibuhr，1892—1971），美国基督教神学家、思想家，20 世纪美国公共知识分子领袖，代表作有《道德的人和不道德的社会》（1932）、《人的本性与命运》（1939）等。

总体而言，在康拉德在写作这两本书的六年里，他所经历的斗争构成了他精神史上的第一个里程碑。为抵御时间的洪流而建造一座不朽纪念碑的努力，使康拉德对自己产生了一种亲密而又成问题的认识。面对存在，他忠实于从自身经历中拯救出来的东部丛林中那些鲜为人知的事件，他不得不回顾过去，面对驱使他做出救援努力的冲动以及这种努力的结果。如果他不曾在文学作品中如此面对自我，他可能会像《诺斯托罗莫》中的查尔斯·古尔德（Charles Gould）那样，成为郁郁寡欢地重复着行为的受害者，仅仅得到作为报偿的安慰（IX.66）。这类内省性的研究似乎给他留下了一种我称之为“成问题的认识”——一种关于他自身的某种东西拒绝被“解决”或解开的感觉。他在 1891 年 8 月 26 日写给舅母的一封信中对此有所表达：“做令人讨厌的工作毫无振奋之感。它太像劳役，不同的是，当你滚动西西弗斯的石头的时候，你并没有获得回想自己犯罪时曾得到过的快感那样的慰藉。正是在这一点上，连罪犯都比我这个您卑贱的仆人更有优势……人缺什么才艳羡什么。”（*Poradowska*, 33–34）

17

但康拉德的内心总是充斥着未说出口的想法和情感。他曾在 1890 年 2 月 16 日致信玛格丽特，提到如果继续用这种充盈他的心的语言来说话会是何种情形：“我用法语给您写信，因为我用法语想着您；而这些想法，表达得如此糟糕，是从这颗心里涌出来的，这颗心既不懂语法，也不懂故作怜悯的拼写。”（*Poradowska*, 6）几周后的 3 月 23 日，我们又有了如下一段话，这是理解他的困惑的另一次努力：

> 生活在痛苦的洪流中滚涌向前，就像乌云密布的天空下阴冷残暴的海洋，有些时日，那些已踏上沮丧航程的可怜人

会想象，从未有一缕阳光能冲破那沉闷的面纱；太阳再也不会普照；它甚至从未存在过！被刺骨的悲伤之风吹得满是泪水的双眼必须得到宽恕……如果它们拒绝说出希望之语。尤其必须宽恕那些不幸的灵魂，他们选择徒步朝圣，他们绕过海岸，不解地凝视着斗争的恐怖、胜利的喜悦和被征服者的深深绝望；那些唇边带着怜悯的微笑、说着谨慎或责备的话语来接纳乘船遭难者的灵魂。他们尤其必须得到宽恕，“因为他们不知道自己在做什么”！（*Poradowska,* 8）

在被他视为某种尼采式景观的世界里，似乎没有任何地方能令他找到终极意义。当然，1890 年 5 月 15 日，他所获得的“生活是由让步和妥协组成的”（*Poradowska,* 11）这一认识与当时的紧迫压力并不十分相宜。他在同一封信中暗示，尚有另一个阴影般的康拉德在欧洲游荡——这是他将要在战后去感受的那个充满激情的欧洲主义（Europeanism）最为迷人的早期暗示。

18

一个月后，正是康拉德在刚果可怕的逗留期间，出现了一次最早期的关于伟大意志行动的提法。然后，在 6 月 10 日至 12 日，他主动提出了这样一种观点，几乎称得上傲慢的玩世不恭，他说“如果有人能摆脱他的心和记忆（以及大脑），然后得到一套全新的这些东西，生活就会变得实在很有趣”（*Poradowska,* 12）。他补充道，只有在引人入胜的创造性工作中，这才成为可能。如果先前他身边有这样的工作，他就能以一种新的身份来隐藏自己。他在刚果的经历是如此可怕（他身后出版的刚果日记的每一页都证实了这一点[11]），以至于他对存在之厌恶甚至使他无法忍受自身。稍后，1891 年 2 月 8 日在伦敦，他能够为自己拥有足够的力量生活而欢欣雀跃（*Poradowska,* 21）：他顽强地经受住了一段消磨斗志的经历，就像尼采一样，他会承认杀不死你的东西使你更强大。但在这一点上，他要求玛格丽特注意到存在之单调乏味。在经历了一段时间的疾病和沮丧之后，他又于 1891 年 5 月 28 日致信，要她“让您自己（在您的生命中）受纯粹理性之光的引导，这种光类似于电的冷光”（*Poradowska*, 27）。有人认为，这是一个在瑞士温泉疗养院的舒适惬意中写作的人所发出的轻轻松松的告诫，但它却在康拉德后来的通信中反复出现，值得在此进一步加以思考。

当然，显而易见的是，“理性（reason）”第一次取代了“心（heart）”。我想我们应该明白，康拉德是在教导他的舅母了解这个世界的计算方式。但有趣得多的是，这封信预示了康拉德后来对于理性在他的作品中并无一席之地的过度恐惧。例如，1903 年 8 月 22 日，他写信告诉 A.H. 达夫雷[1]，说写作《诺斯托罗莫》使他头脑发昏（*Lettres*, 50）；这使他成了——他在同一天提醒高尔斯华绥——“精神和道德的弃儿”（*LL*, I.317）。在 1891 年的声明中，在他正式开启写作生涯之前，我们必须处理一种新唤醒的对某种能力的个别兴趣。通常可以说，在一个混乱压抑、毫无意义的世界里，对康拉德来说，正是理性，或者说才智，才能够照亮并控制混沌所造成的所有威胁：智慧的冷光指引着人在世界上的进步。但这只是才智最有益的馈赠，因为它的负担同时也具有腐蚀性：有智识上的怀疑主义，还有它的幻象之网捕获整个自我。因为在 1891 年下半年，康拉德似乎已经接受并依赖才智的服务，这服务有好有坏，他的精神姿态反映了这种变化。然而，

① A.H. 达夫雷（A. H. Davray，1873—1944），法国文学批评家、翻译家，最早在法国译介康拉德作品。

这些姿态并不能使他享受到自我主张（self-assertion）和智识鉴别力共同作用的充分合作。他依然无法完全放心地进行创造性的努力。他仍然是一个关于人类生活命运的思索者，唯独确信存在一种合理的方式，可以调和他的心智力量和世俗生存问题。

他无法长期处于这种优柔寡断的处境之下。也许正是由于康拉德对才智的坚定审视所产生的催化作用，才使得他的观点再次发生了重大转变。他那重新觉醒的焦躁不安最初显露的迹象是在 1891 年 9 月 15 日致玛格丽特信中的这几行字里：

> 我们是凡人，只拥有我们应得的幸福；既不多，也不少……你认为我有能力接受甚至承认通过受苦来赎罪的教义（或理论）。这种教义，这种高人一等的野蛮头脑的产物，但在被文明人宣讲的时候，简直成了臭名昭著的可憎之物。这种教义一方面直接导致了宗教裁判所，另一方面则揭示了与永恒讨价还价的可能性。希望以盗窃罪来抵谋杀罪也同样合理！……生命中的每一次行动都是最终的，并且不可避免地造成后果，尽管当软弱的灵魂面对自己行为的结果时，他们痛哭流涕、咬牙切齿、悲伤哀痛，恐惧攫获了他们。至于我自己，我将永远不需要为自己一生中的任何行为寻求安慰，之所以如此，是因为我有足够的力量来评判自己的良心，而非做它的奴隶，正如正统派想要说服我们成为的那样。（*Poradowska*, 35–36）

20

去感知每一个行动的后果就是勇气——只要才智将对自身力量的确信注满心灵。如果一个人仍然是拥有智慧的良知的主人，安慰就没必要了。然而，一个月后的 10 月 16 日，他写道：“我无所事事。我甚至不思；故我不在（根据笛卡尔的说法）。但是另一个人（一个知识渊博的人）说过：'没有磷就没有思想［原文如此］。'由此，似乎缺席的是磷，而对于我来说，我仍然在这里。但在那种情况下，我应该不经思考而存在，而这（根据笛卡尔的观点）是不可能的。我的天，我能当个潘趣①先生那样的木偶吗？"（*Poradowska*, 38）。此处与霍普金斯②晚期的十四行诗有着深刻的相似之处，在这些十四行诗中，颓唐的诗人"可怜的杰克"是虚弱的内省的受害者，在与自己的斗争中精疲力竭，败下阵来。霍普金斯确实从自身痛苦的形式和状态中找到了上帝，而康拉德则更多地将自己交给了由才智编织的幻象。

几天之后，他的勇气和坚韧得到了回报。

> 当一个人了解了孤独，孤独就丧失了它的恐怖；对于那些毫不畏缩地把杯子举到唇边的勇者来说，这是一种磨难，它变成一种甜蜜，其魅力是无法用全世界任何东西来交换的。
>
> 所以，不要畏缩，喝吧；勇气会来，伴随着对过去的遗忘，或者更确切地说，抹除。让你气馁的并不是正中的房间没有炉火；你在不知不觉中怀疑你内在的神圣火花。在这一点上，你和其他人一样。你会不会和大家不一样，拥有那种信念，要把火花扇成明亮火焰的信念？（*Poradowska*, 39–40）

21

他坚定地正视自己的新困境，这激发了他的勇气：他意识到，只有

---

① 潘趣（Punch），英国著名的传统手套式木偶戏《潘趣和朱迪》（*Punch and Judy*）中的主角。

② 霍普金斯（Gerard Manley Hopkins，1844—1889），英国诗人、耶稣会神甫，在诗歌技巧的变革上影响了20世纪的诸多诗人，有作品集《诗集》（1918）。

通过行动上付出巨大的努力，才智才可能具有创造性，同时又不会以病态的强度中消耗自身。这就是后来他对 E.V. 卢卡斯[1]说“一本好书是一个好的行动”（*LL*, II. 89）这句话的源头。因此，他才会带着自己赢得的信念，在 1892 年 9 月 4 日告诉玛格丽特：“一个人的价值既不高于也不低于他所完成的工作……只有这样，一个人才是他良知的主人，才有权称自己为人。”（*Poradowska*, 45–46）

在 1893 年上半年，康拉德似乎以向存在作出积极贡献为条件，接受了存在这回事。并不是说他能够完全理解他所做的实际工作和计划工作的全部意义，但如果承认“一个人不能总是一直停歇在自己的原则的高跷上”（*Poradowska*, 51），就像他在 2 月 3 日所做的那样，那么就有大量事物有待发现和学习。他比以往任何时候都更拒绝接受被他视为传统或宗教道德的陈词滥调，至少对他来说，这些仍然是无关紧要的。极为漂泊的特殊生活经历，加上他自己整体上的聪明才智的能量，即刻便耗尽了一切现成物品。在他工作时的头脑中，他不断地需要一种生成的电流，他称之为神秘的“磷”，使他能够伸出手来拯救这段经验的“心（heart）”，这段经验在性情气质上对他很重要，需要这样的拯救。这无疑就解释了他对评论家的看法，他的工作就是（用阿纳托尔·法郎士[2]的话来说）在杰作之间进行灵魂冒险（VI.95–

① E.V. 卢卡斯（Edward Verrall Lucas，1868—1938），英国散文家、剧作家、小说家、诗人、出版商，长期担任幽默讽刺杂志《笨拙》（*Punch*）的编辑。代表作有散文集《炉边与阳光》（1906）、《人物与喜剧》（1907）、《闲逛者的收获》（1913）、《冒险与热情》（1920）等。

② 阿纳托尔·法郎士（Anatole France，1844—1924），法国作家、文学评论家、社会活动家、记者，本名雅克·阿纳托尔·法朗索瓦·蒂波（Jacques Anatole François Thibault），有诗集《金色诗篇》（1873），小说《波纳尔之罪》（1881）、《苔依丝》（1890）等，1896 年成为法兰西学院成员，并于 1921 年荣获诺贝尔文学奖。

96)。在 1893 年 5 月 17 日的一封信中，他的航海经历和他的智识经验之间的隐喻关系控制了冒险向他人伸出援手的想法： *22*

> 在造物主亲手刻下的那个完美圆圈中移动，我始终是圆圈的中心，**我随着波浪起伏的路线前行**——这是我唯一确信的运动——并想到了您生活**在精神的动荡之中，在那里狂怒的风暴源自思想的澎湃**；我在远方分享着您的快乐——也准备分享您的失望，同时祈祷您能免于这些失望。(*Poradowska*, 52；黑体是笔者所加)

1893 年 12 月至 1894 年 6 月，写作《阿尔迈耶的愚蠢》这本书时所经历的最后阶段的阵痛，也见证了这样一种观念（在 12 月 20 日）的诞生，即一个人"必须在某个地方立足，如果［他要］对生存有一知半解"(*Poradowska*, 57)。也许是因为他开始把自己思想的不安定归咎于年轻时的漂泊生活。然而，到了这个时候，他又一次认定"生活是错误的"(*Poradowska*, 56)。

如今，正如艾伯特·格拉德①所说，[12] 这几个月的所有智识活动都得到了描述，尤以近十五年后写成的《人生札记》为最。在这里，对康拉德初次文学创作的长篇详述，完全是以抵抗厄运的持续肆虐并得以幸存的作品中神秘力量来呈现的。但要将信件中发现的《阿尔迈耶的愚蠢》一书的历史与《人生札记》中所提供的主要情节片段严丝合缝，几乎是不可能的。在后一本书中，康拉德设计了一个简化版，将他激烈的个人斗争加以掩盖或忽

① 艾伯特·格拉德（Albert Guerard，1914—2000），美国文学批评家、小说家、斯坦福大学教授。著有《小说家康拉德》(1958)、《小说的胜利》(1976) 等。

视。尽管在事实上，康拉德在1889年到1894年间确实进行了大量旅行，但1889年至1894年间的旅行的奇特意义以及《人生札记》中所作描述的奇特意义在于:《阿尔迈耶的愚蠢》这本书的实际写作过程，被认为是一种深思熟虑的持续性意志行为，完全被关于康拉德的身体行踪的喧嚣忙乱的叙述所掩盖。他从未带领我们进入其精神经验的内部。他对1908年的正式回忆中，只保留了一副骨架的形象，而对它的解释则取决于这副骨架为其过去的全部现实所填充的状态。因此，康拉德在《人生札记》一书中，看到自己正在进行一场旷日持久的努力，要从意外和厄运中挽救出自己的手稿。我们会看到，这种以简释繁的叙述方式对他来说成为了一种特殊惯例，一种文学速记。从某种意义上说，这种惯例成了他对现时的理解的"圆圈"(circle)，圆周边缘正好触及他早已抛诸身后的"思想澎湃"和"精神动荡"——我的意思是，正是这边缘将他与精神动荡的中心切断了。例如，他说，他在《人生札记》中说他是"一个忧心忡忡的人"(VI.8)。这是描述他后来所称的"创造性黑暗(the creative darkness)"最为准确的方式(*Garnett*, 273)。

这还不是全部。如果《阿尔迈耶的愚蠢》的手稿在《人生札记》中的长途冒险之旅类似于桑塔亚纳①所谓的哲学家的面具[13]——确定某物为参照点，能动的头脑立即从该点远离——叙事本身是一种简明扼要的诚实和逃避的混合体。因此，《人生札记》存在着两个方面(或层次):(1)其当代背景是1908年，即其写作年份，以及(2)其历史设定背景，即1889—1894年。

① 桑塔亚纳(George Santayana，1863—1952)，西班牙裔美国哲学家、散文家、诗人、小说家。代表作有《理性的生活》(1905—1906)。

在这里，我们关注的是第二个方面，真实的生活过的经验（the authentic *vécu* of the experience）。我们已注意到那早几年的激烈斗争，涌动在感觉上的混乱这一面和理性的自我信念的另一面这两个极端之间。然而，我认为，对于写作这项实际任务，康拉德多年来无法向自己充分解释清楚。尽管他在“引人入胜的创造性工作”中设想出种种承诺，但他无法为自己塑造一个完整的角色（character），这一角色足以容纳他的智力及执行力决断和他那极易受影响的心（heart）之间的距离。无论是哪种能力，是头脑还是心——也许是他后天习得的英国式理性，或是他那难以驾驭的波兰式感性——都使得他无法获得一种坚坚实实的身份认同感，也无法在经验及其文字实现之间达到一种称心如意的和谐。在《人生札记》中，作为自身的批评者，他隐晦地写到，理性的批评是在对心灵冒险缺乏信心的情况下完成的，并以悲剧的口吻对自己作为作家的早期声誉发表了意见：他只是一个聪明的表演者，一个灵活的手艺人。 *24*

> 我猜想，出于一种礼节感，也许是出于害羞，或是谨慎，或者只是出于厌倦而去坚守一种矜持态度的理想，会导致一些批评作家隐藏其职业冒险的一面，这样，批评就变成了一则纯粹的“短评（notice）”，仿佛是一段旅程般的关系，在这段旅程中，除了距离和一个新国家的地质情况之外，什么都不应被记录下来；瞥见奇怪的野兽，遭遇洪水和野地的危险，死里逃生，还有旅行者的痛苦（哦，痛苦也是！我对痛苦毫不怀疑）被小心翼翼地排除在外；阴凉之地或果实累累的植物也都不会被提及；因此，整个表现看起来就像只是一支训练有素的笔在沙漠中奔跑时的敏捷技艺。（VI.96–97）

然而，他的感受远超“一支训练有素的笔”所能应对的程度，在 1894 年 3 月 24 日的一封非同寻常的信中证实了这一点：

> 我正在与［《阿尔迈耶的愚蠢》的］第十一章作斗争；一场殊死搏斗，你懂的！一放松，我就输了！我在出门前给您写信。我有时也得出去，唉！我舍不得离开纸张的每一分钟……然后是激战；我的思想在充满模糊人影的广阔空间里徘徊。一切仍是混沌，但是，慢慢地，幽灵变成了鲜活的肉体，闪烁的迷雾成形了，而且——谁知道呢？——有些东西可能会在星云般模糊的想法的碰撞中诞生。（*Poradowska*, 64）

有两部小说是“在星云般模糊的想法的碰撞中诞生”的，即《阿尔迈耶的愚蠢》和《海隅逐客》。他的写作能够调和他头脑中（相信每一个行动都是最终不可更改的）和被淹没的心灵中（更深的阴影和星云）交战的信念。不知为何，它们被一种压倒性的欲望聚集在一起，想要从一种折磨人的停滞僵局中向前推进。去行动——去工作、去拯救、去揭示、去同情以及从智识用途上被认知的冲动——在某种意义上就是雪莱所说的自我向他人所作的“暂时舍弃”（“a going-out”）①。那么，正如康拉德所看到的，这就是他付出在拯救之上的创造性努力所包含的英勇高贵。与此同时，矛盾之处在于，正如事物是通过创造性行为而为世人所知，这一行为似乎意味着永久的止歇或至少是可用的信念，才智的深入调查能力在这一过程中被提升为一种强大的自我意识，照亮了

① 出自雪莱（Percy Bysshe Shelley，1792—1822）的《为诗辩护》（1821）。

处境，并引发全新的动荡领域。康拉德将自己作为作家的角色想象成如西西弗斯般被锁链捆绑的囚徒，睁眼看不到尽头地干着苦役。1894 年 7 月 20 日，他致信玛格丽特：

> 不过，记住，人永远不会完全孤独。您为什么害怕？怕什么？是怕孤独还是怕死亡？哦，奇怪的恐惧！唯独这两件事让生活变得可以忍受！但把恐惧抛去一边吧。孤独永远不会到来——而死亡往往必须在长年的痛苦和愤怒中等候。您更喜欢那样吗？
>
> 然而您怕您自己；怕那个永远与您同在的不可分割的存在——主人与奴隶，受害者与刽子手——既受苦又造苦。正是如此！一个人必须将困锁其自我的球镣拖到底。这是一个人为思想这魔鬼般的神圣特权所付出的代价；如此一来，在此生，唯有蒙拣选的才是罪人——一群得荣的人，他们领悟，他们呻吟，但却夹在许多姿态狂热、表情蠢怪的幽灵中间踩踏着大地。您会是哪个：白痴还是罪人？（*Poradowska*, 72）

一个知道自己做了什么却被束缚在他的所知之上的罪人，或是个一无所知的白痴，看见到处都是荒诞的空白，而且不管怎样都是被束缚着——当然，这些都是生存的艰难极限。正如我们所见，很可能是为了防御荒诞性的摧残，早在 1893 年 12 月 20 日，康拉德已经决定安顿下来。立足社会、成名成家是生活对时运不济的个人所做的保护性妥协之一，正是这一事实使其免于肉身的流浪，这种流浪使他接触到多得令人困惑的种种经历——因此他记起自己的懦弱时感到的可耻的悔恨与内疚，感到自己是一个身负枷锁的罪人。而且，正如他第一次谈及自己想要获得社会认可

26

的念头是向一个波兰人的妻子诉说的，也是在后来给其他波兰人的信中，他继续坦白自己对于成功的野心。1896 年 3 月 10 日，他写信给查尔斯·扎戈尔斯基（Charles Zagorski）说：“对我来说，只剩下文学这一种生存手段。你懂的，我亲爱的朋友，如果我做了这件事，那就是抱定决心要出人头地——而且我对此毫不怀疑，在这方面我一定会成功。”（*LL*, I.185）1908 年 3 月 24 日，他向冯·布鲁诺男爵夫人（Baroness von Brunow）坚称，至少他为自己赢得了名声：“在文学界，我拥有着显著的地位（Dans le monde littéraire j’ai une position marquee）。”（*Lettres*, 94）他因离开波兰而感到的羞耻（而非内疚）逐渐被一种令人困扰的自豪感和道德成就感所缓和。这并不是说在 1900 年后他公然蔑视波兰。相反，他是在试探性地暗示，如果波兰遵循他自己的权宜之计行事（自救），就不会“被剥夺……独立，……历史的连续性……［以及］明确的特性”（III.118）。然而，战争大大改变了他的态度。1914 年之后，波兰在他的信件中呈现出最为令人称道的历史特征，作为一个国家，其历史——尽管现状可悲可叹，而未来阴云密布——是英勇捍卫西方文明的明证。无怪乎战争恢复了康拉德的爱国心。而且，它以一种令人震惊的宗教体验的方式影响了康拉德。1894 年 9 月 8 日，他曾预言般地对玛格丽特说道：“别忘了，对我们［波兰人］而言，宗教近乎爱国主义。”（*Poradowska*, 78）

27 那么，到 1894 年底，康拉德已经果断开始了严肃的作家生涯，只是间歇性受到想要重返航海的未遂努力的干扰。他终于成功创造了一个精神和才智的领域，其价值取决于他对此道的熟谙程度。他必须赋予自己的工作以意义，不仅是通过对自身技艺的持续锻炼，而且是通过对工作投以同样持久的精神上的尊重。他逐渐意识到，写作不仅仅在于精通一门技艺，而且在于一种更为原始深刻的东西：它是掌控意识的高超技艺（maîtrise de conscience）。而技艺是专门技能知识（savoir faire）。每一次在写作上的尝试都是从“原则的高跷”下落到开阔的生活领域，即奥尔特加·伊·加塞特①所谓的进入多重犹豫的世界（the entry into a world of multiple hesitancy）。[14] 康拉德可以在 1895 年 1 月给他的新仰慕者和文友爱德华·加内特写信：“对我来说，尝试比成就更迷人，因为其中有无限的可能；在理念的世界中，尝试或实验是进化的曙光。”（*Garnett*, 31）这当然在理论上是正确的，在一个如此有序的世界上，进化成为可能，而在进化中渐成精通亦成其可能。因此，他相信在短篇小说中，进化、秩序和精通是可以实现的。几年前，他在给玛格丽特的信中说，正是“在简短的叙事（短篇小说）中才能展现大师的风范”（*Poradowska*, 50）。有趣的是，我们将看到，对于康拉德来说，小说写作的特点是无方向和无序的**生长**，而非进化。然而在 1895 年，在他职业生涯的早期，他头脑中严格的实用性和谨慎性使他专注于实际的写作手法。3 月 15 日，他在给加内特的信中称“理论是已逝真理平躺的冰冷墓碑”（*Garnett*, 34），就好像是说，真理本身完全是由与执行行动的人直接相关的运动所组成的。这是他的才智为自己刚占有的一切承担责任的体现。

28

也就是说，在康拉德 1895 年间的大部分信件中，主题是一种自觉的坚持，坚持作家的作品与其根本上的个体性之间的重要

① 奥尔特加·伊·加塞特（José Ortega y Gasset，1883—1955），20 世纪西班牙最伟大的思想家之一，著有《堂吉诃德沉思录》（1914）、《没有主心骨的西班牙》（1921）、《大众的反叛》（1930）等。

联系。7月17日、10月28日和11月2日致年轻作家爱德华·诺布尔[①]的三封信就是这种坚持的极佳例证。康拉德对诺布尔的慷慨建议是基于对丧失“个体性”的恐惧，即名声的本质是行动和努力，而非一个对普遍价值的简单假设。但康拉德的控制性观点源于他对一种有序而动态的存在的感受，在这种存在中，只有在自身意志和努力足够强烈的情况下，个人才能为自己实现特定价值。因此，他认为，作家的工作不是隐藏自己个体性的火焰，而是要用它来驾驭作品。最重要的是，他建议诺布尔从“一种向内的观点，我的意思是从你内在性的深处”来写作（*LL*, I.184）。这意味着一个人的观点当然是向内转向自身，而非向外转向他人。此外，他曾在9月24日致信加内特说，每个人都是“人类的典型，每个人都希望维护自己的权力，女人靠感情，男人靠某种成就——大多卑鄙无耻”（*Garnett*, 42）。如果他承认世界观和生活的秩序都是由个体性决定的，那么他极其诚实地保持着一种道德认识，知道天生雄心勃勃的个体性必然引发危险。当他完成了自己的前两部小说，康拉德最迫切关心的是在他已确立的道德边界内如何进一步实现其抱负。我们现在应研究的正是这一关于掌控的问题。

---

① 爱德华·诺布尔（Edward Noble，1857—1941），英国小说家，与康拉德一样有过多年海上经历。

第二章 29

性格、角色和编织机，1896—1912

现在我们将目光投向一位艺术家，他不再是一个初出茅庐的文人，而是拥有两本已出版的小说，已经认真地进入以小说创作为业的生涯。康拉德很幸运，能在他职业生涯的早期就遇到像爱德华·加内特这样欣赏他的批评家，尽管这种经历甚至让他无法理所当然地接受批评家的好评。加内特对他的信心常常提醒着康拉德，他已被诱骗进了一个错综复杂的困难丛林之中，在这里，他不可能指望自己是天真无邪的。即便如此，关于康拉德最值得注意的一点是，在年轻时的自我放纵方面，没有人比他更有负罪感。他完全成熟地从一个行业转入下一个行业，其间只受过几年的教育指导来支撑其职业过渡。

在海员的生活和小说家的生活之间，他曾经写道，"困难太多了（il y a trop de tirage）"（*LL*, I.253），但他所指的区别，我认为，仅仅在于工作的媒介。无论是作为水手还是作为小说家，康拉德都不能质疑自己工作的事实，以免在任何特定时刻失去对自己脚下最坚实之物的掌控。康拉德总是严肃而坚定，他只会为了协商一系列相关问题才会改变自己的反应。从 1896 年到 1912

30 年间，我们看到他积极地参与到自己的心智实验室中，不断探索其毕生事业的智识和精神设计。思考在很大程度上是他的经验核心。

他的思考热情鼓励他进入陌生的广阔天地去探索。1898 年 9 月 29 日，他对加内特发表了下面这一大通准科学的言论：

> 但是，难道你不明白吗，世界上没有任何东西可以阻止垂直波（vertical waves），任何角度的波，同时存在；事实上，有数学上的理由让人相信这种波确实存在。因此可以得出，两个宇宙可能同时存在于同一地点和同一时间——而且不只是两个宇宙，而是无限个不同的宇宙——如果我们所说的宇宙指的是意识的一系列状态。而且，注意，**所有**（这些宇宙）都是由相同的物质组成的，物质，**所有的物质**都只是那种不可思议的纤微之物，通过它传播各种波的振动（电、热、声音、光等等），从而产生我们的感觉——接着是情绪——然后是思想。是那样吗？（*Garnett*, 143）

这段话的直接起因是康拉德新近的格拉斯哥（Glasgow）之行。他告诉加内特，在那里，他与一群形形色色的船主和科学家讨论了“宇宙的奥秘”。值得注意的是，他似乎对整件事兴致盎然。关于不同宇宙——其现实即不同的意识状态——存在的可能性，引起了他的注意。他问自己，这一假定中究竟是有什么使他如此着迷。可能正是物质的“不可思议的纤微”，那种“东西”如此缺乏阻力，以至可以让感觉、情绪和思想顺畅地流过。总之，这是康拉德对任何像“永恒的某物”之类模糊不清且不尽人意的事物感到不满（他在同一封信中几乎指明了这一点）的一个假设性理由。

因为，一个如此专注于当下的人，怎么可能认真地信奉像宇宙基础之类如此令人厌烦的永恒之物呢？在这些年里，康拉德越来越依赖于自己，依赖于评估意识，而非感知意识，后者面临着一大堆纷扰矛盾的事实。因为每一个引起他注意的知识方面都要求获得认可，他发现不可能形成一个单一的现实观。套用济慈[①]书信中的一段话，当女性身患癌症时，人们如何能推测永恒或原始的起源？然而，不可否认的是，康拉德将他的大部分思考都指向了他自己迫切关注的问题——他作为一名小说家的成功，他面前的直达路径，等等。

31

他仍然相信，人类真正的命运既非悦事，亦非易事。然而，他的敏锐和诚实很少能让他满足于未经思索的坚忍克己（stoicism）。他对现实的认识，或对知识本身的认识，使他饱受绝望之苦。1898年1月31日，他写信给满怀理想主义的朋友罗伯特·坎宁安·格雷厄姆说：

> 是的。自我主义（egoism）是好的，利他主义（altruism）是好的，而忠于自然将是其中最好的，系统可以建立，规则可以制定，——只要我们能够摆脱意识。人类之所以悲惨，不在于他们是自然的受害者，而在于他们意识到了这一点。在这个地球的条件之下，成为动物王国的一部分是非常好的，——而一旦你了解到自身受着奴役，那份痛苦、愤怒和冲突，——悲剧就开始了。我们无法回归自然，因为我们无

① 济慈（John Keats，1795—1821），英国浪漫派诗人，代表作有《恩底弥翁》（1818）、《夜莺颂》（1819）、《希腊古瓮颂》（1819）。

法改变自身在其中的位置。我们的避难所是在愚蠢中，在各种各样的酩酊大醉中，在谎言中，在信仰中，在谋杀、偷窃和改造中，在否定中，在蔑视中，——每个人都尊奉自己那特定魔鬼的指示行事。无道德，无知识，无希望：只有我们自己的意识驱使我们在这个世界上徘徊，而这个世界，无论是从凸面镜里看，还是凹面镜里看，永远只是虚无飘渺的外表（appearance）。（*LL*, I.226）

康拉德对人的描写，其根源在于持续行动的道德问题——无论有可能是自我主义者，还是利他主义者。在康拉德的论证中，这一点没有进一步发展到他允许生活有一套人们可以遵循的规则的程度，而在他看来，这种程度根本不存在。格雷厄姆一开始曾提出可能的替代方案，因为拥有某种地位主要取决于知情的选择——但康拉德希望立即消除终极的本体论限制。通过这种方式，他巧妙地处理了这个问题，以解决现实中真正的道德问题，而非无休止地猜测几无可能之事。

32

不过，有一种品质使得康拉德这一论点的苛刻程度变得人性化，那就是他愿意让人类对避难的需求在道德问题中占据一个特殊的地位。他允许它成为一种不假思索的保护姿态，以缓解当前无法忍受的压力。至于无望的悲剧循环，则仍在继续。然而，他确实相信，在一种特定的止痛药中寻找和发现的避难所自有其回报：一个人可以面对避难的事实——无论是在偷窃、谋杀还是艺术中——也可以不面对。但勇敢的旁观者使自己关注种种迹象，关注自身之所见，而这些统统抵制乐观主义。

格雷厄姆进一步向他追问：一个人至少能有理想吗？康拉德自己曾经提到过“我们都有着一种对于事物适宜度的模糊

感”——这种感觉又有什么意义呢？1898 年 2 月的回信全然是悲观的预言：

你和你关于真诚、勇气和真理的理想在这个物质至上的时代，怪异得格格不入。它带来什么？有什么好处？我们从中得到什么？这些问题是每场道德、思想或政治运动的根源。在最为高尚的事业中，人们也能设法把沾上他们的卑鄙无耻的东西放进去：有时，当我在这里静静地想着你，你的勇气、你的信念和你的希望，在我看来都是悲剧性的。所有事业都被玷污了：你拒斥这一个，拥护那一个，好像一个是恶的，而另一个是善的；你所憎恨的同一种恶，二者兼而有之，只是伪装成了不同的语言。我对你的同情无以言表，但倘若我身上还残存一丝信念，我就会相信你是误入歧途了。你被对“不可能”的欲望（desire of the Impossible）所误导——而我羡慕你。唉！你想要改革的不是制度——而是人性。你的信念永远挪移不了那座大山。并不是说我认为人类在本质上就是坏的。那只是愚蠢和懦弱。现在你知道，怯懦乃万恶之源，尤其是我们的文明所特有的残忍。但是，没有它，人类就会消失。实在算不得什么大事。但你能说服人类扔掉剑和盾吗？哪怕你能说服我——一个满怀不可抑制的信念写下这些话的人？不能。我属于那帮可怜人。我们都是。我们奉神的名而生，世世代代牢牢抓住继承下来的恐惧和残暴，不假思索，毫不犹疑，毫无顾忌。（*LL*, I.229–230）

33

他既无法设想最关键的纯洁性的可能性，也无法设想简单抽象、淡然旁观的善的可能性。一般说来，男人除了对近在眼前、迫在眉睫的事情上有模糊的认识之外，几乎没有其他见识；他以自己的眼光为例。他认为，女人在这一点上和男人有所不同。1897年1月27日，他写信给沃森小姐[①]：“女人的眼光更为敏锐透彻，对生活中的种种反常也更为忍耐。但男人渴望现实——因为他不太能长远地看待岁月时日。”（*LL*, I.199）对现实的渴望，是所有人类活动极度不安且盲目的基础，是每个男人继承的遗产。他常说，如果一个有着如水手般行动力的人能够忘掉自己的苦厄，那么只要一个短暂的间歇，新的痛苦就会使他开始寻求新的解脱。

事实上，格雷厄姆仍然有充分的理由来询问理想主义在康拉德的大局中所处的地位。几个月前，在1897年12月20日，康拉德把存在描述为“从一堆乱七八糟的铁屑中自我进化出来的”一台巨大的编织机。这一描述本身便是怪诞的幽默和哀怨的自我评论的离奇混合。其独特的紧迫性体现在康拉德为了表达观点而进行的漫长幻想中，那种他暂时借鉴后又摒弃了的阴郁背景，以及他在整个场景中看到的可怕重复性。其中部分内容值得引用：

34

> 你不能借助任何特殊的润滑剂来让编织机做刺绣。最令人难堪的想法在于，这声名狼藉的东西已完成自我造就：使得自己没有思想，没有良心，没有远见，没有眼睛，没有心。这是一场悲惨的意外事故——而它已经发生了。你无法干涉。最后一点苦涩就是你怀疑自己甚至无法将它砸个粉碎。凭着那潜伏在使它涌现的力量中的唯一不朽的真理，它就是它——而且它坚不可摧！

① 沃森小姐（Miss Watson，Helen Mary Watson，1875—1967），苏格兰人，1898年与康拉德的挚友特德·桑德森结婚。

它把我们往里织，又把我们往外织。它编织了时间、空间、痛苦、死亡、堕落、绝望和所有的幻象——而这一切都不重要。不过，我承认，看看这冷酷无情的过程，有时也挺有意思的。（*LL*, I.216）

几个星期之后，康拉德被自己编造的寓言故事迷住了。随后他又给可怜的格雷厄姆写了一封“澄清”信，这次包含了更为明显的不快乐的信息。康拉德一旦陷入富于想象的震惊当中，持续的异想天开就成了他的一个可怕的优点，而这封信也不例外。但这里最为有趣的思想品质在于，康拉德试图分析全局的尝试彻底失败了。他似乎天生就不能立刻把握任何形势的整体性。康拉德沮丧地意识到道德和才智上的困境，深深受此困扰，以至一遇到什么情况就夸大最先冲击到他的那一方面。

他的心智所走的道路，似乎始于本能的忧郁，然后在观察悲观事件时，为自己的忧郁寻求认同；这些都是人类行为的典型例子，一个人或一群人“不假思索地牢牢抓住［他们］继承而来的恐惧和残暴”。然后它转至一个想象出来的背景（编织机），最终回到最初的现象，在绝望中回归，甚至更加坚定。这几乎一直是康拉德第一人称短篇小说的结构模式之一。想想《黑暗的心》，一群人在一片近乎诗意的忧郁场景中一起沉思。他们的船漂浮在一条河上，这条河激发了其中一人，使他若有所思地说起那条把人带往黑暗中心的小河。在这段叙述之后，所有人都意识到他们正被一种深沉得无边无际的黑暗彻底笼罩着。因为康拉德在 1898 年 8 月 27 日给格雷厄姆写信说：“如果这个悲惨的星球有知觉，有灵魂，还有心，它就会因愤怒而爆发，或者因纯粹的怜悯而灰飞烟灭。”（*LL*, I.246）因此，整个世界不能直接作为一个整体的

35

知识对象来理解。探究的心智被从中驱逐，因为没有任何直接的智力和精神功能可供个人使用。在心智的表象版本和所谓的现实之间是不可能存在对应的。如果“现实”就是生活，那么心智就不能成为它的一部分。

这一切汇集在一起，成为1898年1月14日致格雷厄姆信中一个可怕的启示：

> 这机器比空气更稀薄，如闪电般易逝。漠不关心的态度是唯一合理的。当然，理性是可恨的——可为什么呢？因为它（向那些有勇气的人）表明，我们，活着的人，却脱离了生活——完完全全地脱离。由火滴和泥块组成的宇宙有什么奥秘与我们毫不相干。一个注定最终要在寒冷中灭亡的人类的命运不值得操心。你若是把这放在心上，它就会变成一个难以忍受的悲剧。如果你相信进步，你必须哭泣，因为得到的完美必定终结于寒冷、黑暗和寂静。冷静地看，对改革、进步、美德、知识甚至美的热忱，都只是一种对徒有其表的坚持，就像有个人在一群盲人之中对自己衣服的剪裁忧心忡忡。
>
> 生活不了解我们，我们也不了解生活——我们甚至不了解自己的想法。我们使用的词语中有一半毫无意义，至于另一半，人们根据自己的愚蠢和自负来理解每一个词。信仰是一个神话，信念犹如岸边的迷雾般飘忽不定：思想消失：话语一旦发出了声，就会消亡：而昨日的记忆如同明天的希望一样影影绰绰——唯有我陈词滥调的弦似乎无终无尽。正如我们的农民所说：“祈祷吧兄弟，看在上帝的分上，原谅我吧。”而我们不知何为宽恕，何为爱，也不知上帝在何处。

36

够了（Assez）!（*LL*, I.222–223）

“生活”，在这番表述中，与我们如此接近，以至不可能毫不相干；我们也还未冷漠到足以忽视生活的地步。人类的存在是一种悲剧性的伙伴关系，在这种伙伴关系中，无论是人还是编织机都无法彼此受益。基督教的“伯利恒传说（Bethlehem legend）”泄露了虚假的起源（*Garnett*, 185），任何像基督教这样的权宜之计，都是人为制造的海市蜃楼，在细致度上过于欠缺，而使人无法逃避现实。总的来说，它给追随者带来了一系列额外的麻烦。

然而，康拉德也意识到像特德·桑德森①这样的朋友，后者在逆境中生活的英勇努力证明了康拉德在1900年3月17日所说的另一种“内在的静默生活（silent life within）”（*LL*, I.294）。在所有这些关于各类“生活”的令人困惑的混乱中，什么是真理（truth）？在个体性的培养方面，康拉德很早就提倡过，但他现在并不欣赏日常人格的一致性，也就是我们大多数人所尊崇的性格（character）“一致性”的从容气质。相反，他把目光投向每个人身上的细微差别，即那种只有通过特殊的努力才能从幽晦中拯救出来的本质特性。大多数情况下，正如他在1906年11月写给加内特的信中所说，“人类事物的凄美之处在于别样的选择”（*Garnett*, 196）。我想，他的意思是，处于骇人的编织机魔掌之下的我们每个人都渴望拥有另一种选择。每个人都希望自己能成为奥德修斯（Odysseus），能够根据自己个体性深刻的内在需求，冒

---

① 特德·桑德森（Edward Lancelot Sanderson，1867—1939），英国人，1893年与约翰·高尔斯华绥一起乘船回英国时结识康拉德，成为终生挚友，康拉德将《海隅逐客》（1896）献给桑德森。桑德森年轻时曾参加第二次波尔战争，并在英国在非洲的殖民机构工作多年。

险去雕刻自己的命运。我们很少有人真正去尝试，而成功的更是少之又少。但是，若是替代性选择真有可能，那么人又该如何去实现它呢？

37

对这一问题的回答包含在1901年11月11日致约翰·高尔斯华绥信中这几句话里："随你怎么说，人独自生活在他（所谓）的怪癖中。这些怪癖给他的人格注入了活力，这是纯粹的一致性无法做到的。一个人必须深入探索，相信不可思议之事，才能找到漂浮在一片无意义的汪洋之中的少数真理微粒。而在此之前，一个人必须舍弃掉对自身性格角色（character）的一丝丝尊重。"（*LL*, I.301）[1]他在此处所指的性格角色不仅是作者为其小说所创造的角色或人物，也是我们在绝望中死死坚守的对自身的个人观念。这种坚韧是我们的骄傲和荣光，尽管这一努力很快就变得机械呆板。如果能有片刻时间，我们能勇敢地放弃对自己这一骄傲的创造物的坚持——而且我们必须记住，他这是在对高尔斯华绥这位英国"品格（character）"的坚定捍卫者说的这番话——向自身强求得来的机械性的忠诚与紧张关系就得以放松。在从紧张到放松的变动乐章中，康拉德发现了生命的节奏，这使他认识到一种模式，那种模式是例如托马斯·曼①笔下的阿申巴赫②之类人物所无法感知的。"一位好心的观察者曾在同伴中这样评价他［阿申巴赫］——在他35岁那年，他在维也纳病倒了：'你看，阿申巴赫一直是这样生活的'——说到这里，说话者把左手的手指握紧成拳头——'从

---

① 托马斯·曼（Thomas Mann，1875—1955），德国作家，代表作有《布登勃洛克一家》（1901）、《魔山》（1924），1929年获诺贝尔文学奖。

② 阿申巴赫（Aschenbach），托马斯·曼的中篇小说《死于威尼斯》（1912）中的主人公。

来没有像这样’——他让张开的手放松地垂在椅背上。这挺贴切。”2

如果我们不把机械建构的性格角色视为我们在世界上的位置、我们存在的理由（raison d’être）和根本真理的唯一基础，我们就可以解放自己，对那些通常不占用我们注意力的事情进行超然的思索。康拉德自身的经历证明了这一点：这名水手故意忘记了自己的角色（character）和作为一名商船船长的“微不足道”的经历，开始探索小说家“不可思议”的奇幻世界。因此，在一个重要的意义上，康拉德已经为自己作为一个小说家尤为脆弱不适的姿态演变出一种合理化：他已故意忘记了水手这另一重角色。

38

康拉德思考这些问题的语气，暗含着比他所描述的知识体系更多的东西。比如，我们无法抗拒这样一种感觉：康拉德正处于一种令人不安的影响之下，他渴望为似乎不适合自己的小说家角色寻求合理的解释。他似乎在说，只有把他作为水手的另一个角色忘得一干二净，他才能够成为一名小说家。数年以后，他将这种双重生活的后果戏称为“双重人（homo duplex）”的命运（*Lettres*, 60）。更为有趣的是，康拉德有种不寻常的固执己见，认为从一个角色变换到下一个角色是古怪——而非必要——而狡猾的。一个人要么像阿申巴赫一样顽强不屈，要么像菲利克斯·克鲁尔①那样成了狡猾的乔装戏法大师。也许这两种近乎狂热的选择使康拉德觉得自己曾英勇地面对一种吃力不讨好的生活，然后在其中犯下滔天罪行。无论如何，如果他毫无他法，他就必须摆

① 菲利克斯·克鲁尔（Felix Krull），托马斯·曼的最后一部未完成的长篇小说《大骗子克鲁尔的自白》（1954）中的主人公。

脱人类共同命运的匿名性；这是确认他自身个体性的现实性的唯一途径。对他而言，他不像他父亲那样，有现成的反抗运动可以参与其中并发挥作用。他必须凭借一己之力去创造一个运动，创造他在运动中的角色以及反抗的姿态。在他看来，这就是历史对他开的一个残酷的玩笑，历史只给了他一个发育不良、残缺不全的民族身份遗产，消散在一个昏暗而混乱的世界里。

他因这种残缺不全的身份而感受到的屈辱，以及他为应对这种屈辱而制定的策略，使他一再描写生活，仿佛生活是一场乞求解脱的噩梦。1911 年 2 月，他在给阿瑟・西蒙斯的信中写道："生活是一场梦，或者，我应该说，是一连串甜蜜或可怕的梦（songes doux ou terribles）。好吧，如果是这样的话，那么即使在恐怖中，一旦我们重获足够的勇气，能将目光从它身上移开，我们也能找到灵感。不要回头看，因为事实上，要克服人类或命运的不公正，唯一的方法就是无视它。"（*LL*, II.126）如我所言，他所发现的那种灵感在于为自己创造另一个角色。除了仅仅是确立一个新角色之外，康拉德还必须证明这一点：他不仅可以说他已经成为了一名小说家，而且他必须是一名小说家。而且，如果小说家的角色未能带来完全的解脱，没有准确地与其存在的内在真实相契合，他也愿意承认，身为一名小说家有时是真实与伪装的混合体。他曾致信加内特称"每一个真理都需要一些伪装才能使其存活"（*Garnett*, 177）。

39

康拉德作为一名作家的工作来源于这样一种复杂的个人辩证法，以至他经常担心这项工作将如何被接受和理解。他在 1910 年 11 月 1 日给高尔斯华绥写了如下内容：

> 公众是无法在阶级、种姓、派系或类型中找到的。公众

是（单数还是复数？）很多的个人。找不到的公众（Le public introuvable）之所以找不到（introuvable），仅仅因为它就是全人类。而且没有艺术家能给它想要的东西，因为人类并不知道自己想要什么。但它会吞噬一切。它会吞下霍尔·凯恩①、约翰·高尔斯华绥、维克多·雨果和马丁·塔珀②。它是一只鸵鸟，一个小丑，一个巨人，一个无底的袋子。它崇高庄严。它显然没有眼睛，没有内脏，像条鼻涕虫，但它会哭泣、会痛苦。它已吞噬了基督教、佛教、伊斯兰教和艾迪夫人③的福音。而且鉴于其高度的世俗稳定性，它完全可以把艺术家仅仅视为一根看风向的稻草。（*LL*, II.121）

然而，像这样不加区别的接受并不能成为小说家可以不担责任的许可证。不管怎样，他依然保有作为一名执业艺术家的责任心，他的个人形而上学帮助他理解自身存在的意义，以使他可以继续写作。那么，写作之所以具有说服力，是因为它是作者对存在机制的诠释版本，也因此成了作者有可能相信的东西。 *40*

然而，有一个危险是，使虚构小说具有说服力的努力，可能会使作品沦为既带有奴性又缺乏想象力的文档。1902 年 3 月 10 日，康拉德写信给阿诺德·贝内特④，谈到后者写的《来自北方

① 霍尔·凯恩（Hall Caine，1853—1931），英国小说家、剧作家、文学批评家，写作 15 部通俗小说，销售破千万。

② 马丁·塔珀（Martin Farquhar Tupper，1810—1889），英国作家、诗人，著有《谚语哲学》（1837），负一时盛名，发行达百万。

③ 艾迪夫人（Mrs. Eddy），即玛丽·贝克·艾迪（Mary Baker Eddy，1821—1910），1879 年创建基督教科学派（Christian Science）。

④ 阿诺德·贝内特（Arnold Bennett，1867—1931），英国小说家，代表作有《来自北方的人》（1898）、《老妇人的故事》（1908）等。

的人》（*The Man From the North*）："你在绝对真实面前止步不前，因为你忠于你的现实主义教条。如今艺术上的现实主义将永远无法接近现实。而你的艺术，你的天赋，应该用来为一个更大更自由的信仰服务。"（*LL*, I.303）传统的文学现实主义准则是限制性的，既要为毫无感知的编织机服务，又要为公众这一机器所织就的无底的袋子服务。1905 年 2 月 10 日，康拉德在给他勇敢的朋友格雷厄姆——他一直在寻找一个属于他自己的独特习语——的信中详细阐述了乏味空洞的公众对个人主义者可能产生的不愉快的影响：

> 汝——汝生何其晚（Vous—vous êtes né trop tard）。未来的臃肿大太阳——我们维多利亚时代早期的未来——在地平线上徘徊，但它还是会升起来——一定会的——无所畏惧地（sans peur et sans reproche）用它那卫生之光照亮一个由完善的市政当局和厕所组成的沉闷世界。G.B.S. 和 H.G.W.[①] 正满怀希望地辛勤挖掘着个人气质的坟墓。喜剧落幕了（Finita la commedia）！[②] 好吧，他们可能干成大事，但为了拯救宇宙，我把信念押在愚蠢的力量这边。（*LL*, II.12）

---

① 两位康拉德同时代作家萧伯纳和威尔斯英文姓名的首字母缩写。萧伯纳（George Bernard Shaw，1856—1950），爱尔兰剧作家，代表作有《华伦夫人的职业》（1893）、《巴巴拉少校》（1905）、《卖花女》（1912），1925 年获诺贝尔文学奖。赫伯特·乔治·威尔斯（Herbert George Wells，1866—1946），英国小说家，新闻记者、政治家、社会学家和历史学家，对后世科幻小说创作影响深远，代表作有《时间机器》（1895）、《隐身人》（1897）、《世界大战》（1898）等。

② "喜剧落幕了（*Finita la commedia*）！"是意大利歌剧作曲家列昂卡瓦罗（Ruggero Leoncavallo，1858—1919）创作的歌剧《丑角》（1892）的结束语。

从性格上看，康拉德无法完全消除他对个体性可能困扰他这一点的恐惧，尽管他热衷于给个体性下定义。因为，如果真理需要伪装，如果小说家和其人都自欺欺人地生活在编造出来的遁辞中，如果对机械性格角色缺乏尊重成了一件大好事，那么结果确实令人不安。永恒的客观现实或真理完全成为个体性的功能，而非像他可能希望的那样，反之亦然。有两封信向我们展示了康拉德的心智在我所谈及的那些年里所穿越的令人不安的距离。第一封是1896年3月23日写给加内特的，总结了他问题的几个方面：

41

> 如果一个人从生活真实的方面来看待它，那么一切事物中令人不快的重要性都会大大减少，空气中飘过的那些形似壮观、实则只是无关紧要的迷雾也会被清除。一旦把握了真理，即一个人自身的人格只不过是对一种无望的未知事物的可笑而缺乏目的的乔装打扮，那么离达到安宁祥和的境界也就不远了。然后，就什么都不剩下了，只剩对自己冲动的屈服，对过往情感的忠诚，这也许是比任何其他人生哲学都更为接近真理的途径。而且为什么不呢？如果我们"永远都在生成——永远不会存在（ever becoming-never being）"，那么如果我试图生成为此而非彼，那我就是个傻瓜；因为我很清楚，我永远也成不了什么。我宁愿抓住我错误的头脑所带来的实实在在的满足，并朝那天堂那愚蠢的神秘挥我的拳头。（*Garnett*, 46）

第二封信是写给威尔斯的，日期在1903年11月30日至12月21日之间，这封信使他得出了一个相反的结论，认为"未来是我们自己创造的——而（对我来说）这个世纪最为显著的特征便是那种发展，我们的意识的成熟，它应该会让我们看清那真理——或者说那个幻象”（*LL*, I.323）。只有“意识的成熟”——更深入地看见存在的机制——才能清除这些问题。这仍然是一个非此即彼的问题：一个人要么屈服于“永远都在生成——永远不会存在”的不断流动，要么意识足够成熟，意识到秩序和未来是自我主张的结果。他相信只有一件事，一场爆炸，才有力量打破他仍被囚禁其中的替代性选择的陷阱。他在 1897 年 3 月 12 日给加内特的信中写道，爆炸是“宇宙中最持久的东西……它留下……行动的空间”（*Garnett*, 94）。而第一次世界大战正是这样一场爆炸。不过，在 1914 年之前的几年里，康拉德只能“可怕地感觉到［他的］个体性受到压迫”（*Garnett*, 94）。

第三章 42

虚构小说的主张，1896—1912

对残酷历程的悲观看法困扰着他，又处于一种几乎时时在怀疑自己的状态之下，康拉德在他的小说中经历了同样令人沮丧的困难。然而，在1896年到1912年之间，他创作了相当多的故事和小说，尽管从未有过安逸的时光，但他从来不缺素材。1911年10月20日，他在给加内特的信中说："主题到处都是，任谁都可以去捡。"（*Garnett*, 232）这是一位小说家在选择主题时装腔作势的沉着淡然和有意佯装的漫不经心。他希望引起关注的是他的处理方式，那么现在让我们来谈谈这个问题。对于康拉德来说，对一个主题的处理本质上就是如何从作品的开头到结尾开辟出一条路来的问题。这一过程耗费了他最多的心血，因为他正使用他所谓的"文辞的狡诈设计"（*Garnett*, 84）。在1900年2月20日写给他的出版商布莱克伍德[①]的信中，他以罕见的冷静表达了自己问题的要

① 布莱克伍德（William Blackwood，1836—1912），苏格兰出版商，长期掌管由其祖父创办的家族出版公司布莱克伍德父子控股有限公司（William Blackwood and Sons）。曾在《布莱克伍德爱丁堡杂志》（*Blackwood's Edinburgh Magazine*）上连载康拉德的《吉姆爷》和《青春》，之后成书出版。

点。此时他正在写《吉姆爷》（*Lord Jim*）："我不会催促自己，因为故事的结局是一个极为重要和困难的部分；对我来说最困难的，就是执行。它总是在故事开始之前就想好了。"（*Blackwood*, 86–87）

这极可能是某种理想的对策，但确实给了我们一些可以追踪的线索。他对小说形式的看法也有同样的定论。1902 年 12 月 12 日致欧内斯特·道森（Ernest Dawson）的一封信表明，他显然不愿意考虑在小说中进行形式实验；或者说，即使不是完全如此，至少是不愿意将他几年前所说的"艺术问题……如此无止境，如此复杂，如此晦涩"（*Blackwood*, 64）这一说法加以理论化。

43

> 关于你所说的伟大，我怀疑如今富于想象的散文作品是否能企及伟大。当它到来时，它将以一种全新的形式出现；以一种我们迄今尚未成熟的形式出现。在时机到来、此人出现之前，我们必须在既定的轨道上跋涉前行，我们必须从外部"反反复复地讲述（rabacher）"陈旧的表达方式。没有帮助，没有希望；唯有尝试的责任，永远去尝试，而不去考虑是否会成功。（*LL*, I.308）

康拉德关于形式的保守说法被他对重新使用继承自早期作家的传统形式的兴趣所支持。他自称的文学遗产是由注重行动和现实主义的作家所组成的——诸如库珀[①]、马里亚

① 库柏（James Fenimore Cooper，1789—1851），美国小说家，被视为美国民族文学的先驱者和奠基人之一，代表作有长篇小说系列《皮袜子故事集》。

特①和莫泊桑等作家。[1]虽然这些人可能都不是他真正的师承，但康拉德对自身承继的明确陈述是重要的。他反对"分析"，反对作者的解释，因为他认为现实只能通过行动来表述。比如，在一封给高尔斯华绥的信（*LL*, II.76–80）中，他对后者新写的小说《友爱》（*Fraternity*）加以礼貌的挑剔：康拉德的负面反应是基于对《友爱》中行动被分析所压倒的批评。康拉德说，在一个具体的例子中，由于作者的介入将背景与行动联系起来，造成了极大的损害。更令人满意的解决办法是通过发展行动本身来建立这种联系。有趣的是，多年之后，几乎在不可能的情况下，康拉德对普鲁斯特（Proust）所做的事产生了兴趣：他在1922年12月17日写给斯科特·蒙克里夫②的信中说，普鲁斯特有本事使分析既富创造性又充满生机（*LL*, II.291）。然而，目前，为了在小说中寻找一种统治性的规范，他的思想和亚里士多德（Aristotle）一样，采取了行动的立场，因为这是一种描述人们行为的方式，而不需要给它加上明确的道德负担；正是这种过于沉重的道德负担，使康拉德发现高尔斯华绥是在堆积素材。行动本身可能没有足够的力量来承受负担，或者小说家可能没有足够的超验视野（transcendental vision）来看待道德——这就是康拉德论点中的两个相等的选项。显然，没有必要仅仅选定二者之一。但是尽管在某个不相关的时刻具有中

44

① 马里亚特（Frederick Marryat，1792—1848），英国皇家海军军官、小说家，被认为是海洋故事的早期先驱。著有半自传体小说《海军军官易先生》（1836）和儿童小说《新森林的孩子们》（1847），同时以发明马里亚特商船用信号旗系统而闻名。

② 斯科特·蒙克里夫（Scott Moncrieff，1889—1930），苏格兰作家，他将普鲁斯特的《追忆逝水年华》的大部分内容译成英文。

立的道德内容，这一行动应该与书中其他单个行动保持积极的关系。在另一个场合，行动的最小单位被他称为“启发性情节（illuminating episode）”（*Garnett*, 64）。因此，在一个熟悉的表达程式中，由“一个单一方向上集中努力”所引导的启发性情节构成了一部小说作品的抽象结构。

正是在思考这一抽象概念之时，康拉德在1908年10月6日才会对E.V.卢卡斯说：“一本好书就是一个好的行动。它比好榜样的力量还要大。如果道德家说它没什么价值——那就让他说去吧。的确，我们不是为拯救自己的灵魂而写作。西班牙有谚云：‘人不应驯服。’而我要说：作家不是僧侣。但是，一个人将自己想象力的秘密公诸于世，就像是完成一个宗教仪式。”（*LL*, II.89）这里的第一个问题是要区分和澄清一本行动之书（an action book）中所谓的善。一项行动必须不仅仅是一个榜样，而且必须是超越其他事物的典范，我想，最常见的就是道德。一个特定的道德是绝对事物，而这，恰当地说，任何行动都不可能真正做到这一点。一项善的行动应该在它所藏匿的方面大胆，而不是在它所要宣扬的方面狂热。展示一个人想象力的秘密不是进行一场宗教活动，而是举办一个宗教仪式；也就是说，仪式暗示又藏匿了实际的活动事件。通过这种方式，小说家富于想象力的生活在其整体上被赋予了一种情节性结构（an episodic structure），这种结构虽然没有揭示作家的整个生活，却是对这种生活机制的一个离散的类比（a discrete analogy）。对于读者来说，这可以通过一部虚构作品的行动（或情节）来理解。

45

在这一点上，可以通过枢机主教纽曼的文章《宗教教义发展理论》（“The Theory of Developments in Religious Doctrines”）中

的一段话来澄清这一论点。在提出他的经济（Economy）[①] 概念时，纽曼着手处理的问题，几乎与小说家在寻求解放更大的现实——即其自身的现实——的一部分以使其独立存在时所面临的问题相同。转述过来，纽曼在释义中的论点是这样的：在人类事务中，存在着一种特殊创造性话语的位置，它可以被称为一种经济。在每个人的生活中，感觉、情感和思想的一般的扩散过程中，都有这种论述的必要性。这种扩散的复杂性，使人们的生活呈现出难以定义的混乱。出于论证和发现的目的，人们可以将这些令人困惑的线索集成一定的人物（figures）、形象（images）或寓言（fables），在经济上，它们类似于它们所源自的复杂整体。如果它们是延伸的人物，它们就像一个故事中自成一体的独立情节。在任何时候，这些新人物都不会包含或耗尽最初的整体——也就是说，创造它们的个人的心智。虽然在接下来的高潮段落中，纽曼谈的是无限的绝对真理和有限的表象（经济体）之间的关系，他的话很好地阐明了作者的心智和一本好书之间的关系，整个想象过程及其"仪式"呈现之间的关系，以及一个巨大的存在意识和由它衍生出来而又独立的方面之间的关系：

---

① 经济（Economy），这一概念源自希腊语 oikonomia，其字面意思是"安排""计划"，在古希腊指"家庭管理"，亚里士多德用这个词来指家庭经济、事务的筹划，一个家庭的"经济"包括家庭内部的角色或工作的分配。在基督教神学中，保罗首次在"oikonomia"与救赎之间建立联系。在圣经中，"oikonomia"不指代三位一体（Trinity），"economic Trinity"这一短语译为"经世三一"，又称为"救赎的三一"，也称为"福音的三一"，因为它出自于福音的模式，出自于上帝在历史中的救赎计划，指称在时间中的具有永恒位格分殊的上帝。因此，可以说"economy"强调的是三位一体各司其职的分配和安排关系。在中文世界里，在这一意义层面对这个词的翻译，除了"经世"，还有"经纶""摄理""安济"等几种。在本书中，姑且将这一词译为"经济"和"经济体"，请读者注意萨义德在这段话中所解释的他本人对这一词的借用所侧重的意涵。

46

它们［经济体］都是同一范围的观念发展；对于那些观念来说，它们都是发现的工具。它们代表真实的事物，我们可以用它们来进行推理，尽管它们只是符号，但仿佛它们就是它们所代表的事物本身。然而，它们没有一个能将真理贯彻到自身极限；首先，有一个停在分析中，然后另一个也这样；就像一些计算用表，作答了一千次，但在第一千零一次出错了。当它们作答时，我们可以把它们当作它们所代表的现实事物来使用，而不必去考虑那些现实事物；但最终，我们的发现工具会在某种巨大的不可能或矛盾中，或在我们所说的宗教中，生出一神秘之物。它已经到头了；其失败表明，它始终只是一种出于实用目的的权宜之计，而不是用它来研究那些深奥规律的真正的分析或充分的描绘。它从未探测过它们的深度，因为它现在无法测量它们的走向。与此同时，没有人会因为它无法做到无所不能，就拒绝在其作用范围之内使用它；没有人会说这是一个空洞的符号系统，尽管它只是不可见之物的一个影子。虽然我们使用它的时候小心翼翼，但我们仍然是在使用它，因为它是我们的条件所许可的最为接近真理的东西。[2]

对于小说家来说，这涉及詹姆斯所谓的“表达（rendering）”技巧。康拉德清楚地知道，如果他的技巧过于完美，小说家在公众的接受面前会面临怎样的危险。事实上，詹姆斯自己的作品就是一个很好的例子。1899 年 2 月 11 日给高尔斯华绥的信中载有如下解释：

> 对我来说，连 R.T.［“The Real Thing”，《真东西》］似乎也是从内心流淌而出的，因为且只因为那作品，如此接近完美，却并不让人感觉冰冷。技巧上的完美，除非有真正的光辉从内部照亮并温暖它，否则必定是冷的。我认为，在 H.J.［亨利·詹姆斯］身上有这样一种光辉，而且并不暗淡，但对于我们这样习惯于，绝对习惯于，以非艺术的方式表达美好、莽撞且诚实（或不诚实）的情感的人来说，H.J. 的艺术的确显得无情。轮廓是如此清晰，人物是如此精雕细琢，有棱有角，刻画得那么逼真，使我们不禁惊叹，——我们习惯了当代小说的色调，习惯了多少有点难看的色调——我们惊叹——石头！一点也不。我说是血肉之躯——呈现得非常完美——也许**方法**过于完美了。（*LL*, I.270–271）

这是亨利·詹姆斯的困境，而康拉德本人的困境则与此密切相关。康拉德所担心的是，他可能被认为只是一个注重细节准确的作家。1897 年 9 月 29 日，他致信加内特：“很明显，我的命运就是善于描写，而且只是善于描写。”（*Garnett*, 107）然而，最大的困难在于，他在 1897 年 8 月 5 日向格雷厄姆吐露：“生命漫长——而艺术是如此短暂，以至没有人看到这可悲之事。”（*LL*, I.208）生活中巨大的原子化的特殊性使相对较小的经济——即艺术——相形见绌，他担心艺术的有效性可能会被忽视。 *47*

在这一时期，有一部小说作品断断续续地占据了康拉德的心——并给他带来了无法克服的问题——它概括并集中体现了我所说的这么多内容，有充分的理由称其为他写作生涯这一阶段的核心经验。这部作品名为《拯救者》（*The Rescuer*），托马斯·莫泽在他的《约瑟夫·康拉德：成就与衰退》（*Joseph Conrad:*

Achievement and Decline）一书中对其风格和观念上的变化进行了煞费苦心的研究。莫泽遵循了康拉德本人的意见，认为这部作品直到 1918 至 1919 年才完成，并更名为《拯救》（*The Rescue*），为研究他的文学演进提供了合适的基础（*LL*, II.209）。我的目标与莫泽有异，因为我只考虑康拉德所述对这个故事的意图。这些话出现在写给布莱克伍德的信中，落款日期为 1897 年 9 月 6 日：

> 这个故事的人情味儿在于林加德（Lingard）这个头脑简单、技艺高超、天马行空的冒险家和一类文明女性——一种复杂类型——的接触。他是一个目标坚定的人，对事业充满热情，对友谊忠诚不渝……然后，当他牺牲了自己生活的所有利害关系完成救援行动之后，他必须面对自己的回报——一种不可避免的分离。他生命中的这一段插曲使他脱离了自身；我想通过故事的行动传达这个人在一种情绪的影响下产生的紧张和兴奋，这种情绪他难以理解，但却足够真实，能使他一往无前，不顾后果。直到最后，当救援和毁灭的工作结束时，他才完全开悟，除了尽力重续生活，什么也没有剩给他。（*Blackwood*, 9—10）

48

从康拉德的话语中，人们可能发现一个解决康拉德隐含的个人问题的范式。林加德，一位富有想象力和驾驭能力的冒险家：他这个角色是作为小说家的康拉德本人。个性复杂而文明优雅的特拉弗斯夫人（Mrs. Travers）：正是康拉德极为丰富的存在意识。为拯救特拉弗斯夫人而牺牲一切：正是写作经验本身。一个将林加德从他的生活中解放出来的插曲：这可以作为“全心全意”的隐喻，康拉德在创作最困难的时刻通常会使用这一意象。回报是分离：一旦作品完成，作家意识中被拯救的那部分就不再是属于他的一部分，因为严格意义上的个人联系已经被破坏。在最末尾还有一个完美的启迪：根据纽曼的观点，一个人只能在一定程度上使用一种经济体。因为在此以外的领悟所得，用宗教术语来说，即一神秘事物，正如霍普金斯所说，是一种“不可理解的确定性”。[3] 对于林加德来说，除了重新开始生活，什么都没剩下：通过揭示某种相当于神秘的事物来获得启迪，作家就可以在这种新视野的帮助下重返他的生活。

现在关于《拯救者》中所设计的行动，很重要的一点在于，康拉德将它设想为一个整体，一个完整的行动。而整体性意味着对经济的超越。但在康拉德能够充分描述这种完整的行动之前，已经过了约二十年。换句话说，他过去曾坚持认为，他从一开始就想好的“结局”，根本不能用在《拯救者》里。“完美的启迪”和“确定性”中有些东西令他格外反感。这就是为什么有着神秘莫测、不可确定的氛围的故事和短篇小说与他如此相宜。在创作《拯救者》期间，他给加内特的一封信尤为说明问题：

49

> 在这样的情况下，你可以想见，我实在没有多少心思写信。事实上，我连写最普通的便条都很难。我似乎已经失去了所有对风格（style）的**感受**，但我仍然被困扰着，被风格的**必要性**无情地困扰着。而这个我写不出来的故事，把它自身编织进了我的所见所闻，我的言谈，我的所思所想，以及我尝试去读的每一本书的字里行间。我好几天没读书了。你知道当一个人**感觉到**自己的肝或肺的时候，是有多糟糕。唉，我感受到了我的大脑。我清楚地意识到我头脑中的内

容。我的故事在那里以一种流体的形态存在着——一种逃避的形态。我把握不住它。它都在那儿——快要爆裂了，而我把握不住它，就像你抓不住一捧水一样。（*Garnett*, 135）

尽管小说的主题可能散落四周，任何人都可以捡起来，但这个特别的主题似乎一直都在康拉德心里。我们再次看到他被一种极富想象力的情感和智识复合体所吸引，却无法驾驭它，因为它太贴近他自己经验那扑朔迷离的轮廓。我们要记得，在一个人的内心深处，任何语法都是不可能的，而风格至简便是语法。

风格、秩序和语法都是精通技巧的不同方面，而且始终是激烈活动的形式，康拉德认为，它们最好被戏剧化，并以纯粹的物理术语来加以理解。比如，看看1903年11月30日和1905年10月20日写给威尔斯的两封信中的这些段落。第一封：

对我来说，写作——**唯一可能的写作**——仅仅是简单地把神经之力转化成短语。我相信，你也是如此，尽管对你而言，是纪律严明的智慧发出了信号——那种神经冲动。对我来说，这是一个机会问题，愚蠢的机会。但事实仍是，神经之力耗尽之时短语不见来——任何意志的张力都无济于事。（*LL*, I.321）

50

第二封：

至于以体面、有序且勤勉的方式规律地工作，我已经放弃了，因为根本不可能。这些该死的东西只有经过一种持续两三天或更久的精神痉挛——至多得两个星期——才会出

> 来。这让我完全萎靡无力，也不怎么高兴，表面看起来情绪上精疲力竭，但心里却暗自恼怒暴躁到了野蛮的地步。（*LL*, II.25）

因此，这种努力和纪律最能涵盖的行动是不完整的行动，也就不足为奇了——最值得注意的是，这种行动就是像《“水仙号”的黑水手》这样的故事中的那种行动。1896 年 11 月 29 日，康拉德曾致信加内特：

> 当然，什么也改变不了“黑鬼”的命运。就让它不受欢迎吧，如果它**必须**如此。但在我看来，这东西——对我来说很是珍贵——表面上微不足道，对大街上的人们来说却有一定的吸引力。至于缺乏故事冲突嘛——这就是生活。不完整的快乐，不完整的悲伤，不完整的英雄主义的无赖行径——不完整的苦难。事件不断推挤，却什么也没发生。你懂我的意思。这些机会持续的时间不够长。除非是在一本给男孩看的冒险故事书里。我的那些机会从未完成。在我有机会比别人做得更多之前，它们就草草收场了。告诉我你对所看到的这些有什么看法。（*Garnett*, 80）

在这一时期，“我的那些机会从未完成。在我有机会比别人做得更多之前，它们就草草收场了”这些话中所包含的不安全感和不确定性，敲奏出康拉德的想象力经验与他的作品之间的关系的基调。他自己生活的表面，就像一只手掌，上面的生命线在无数疯狂的方向上突破开来，提醒他在他自身的经历中，没有任何东西能提供给他一个确定的概念，让他明白完成一件事意

51 味着什么。他对自己复杂的性格毫无尊重：不仅在他的两种职业，他的两个国家，他摇摆不定的世界观，而且在他“经济的（economical）”小说画廊中，没有任何东西能让他获得一个完全可控的关于客观性的定义。这本应是对写作中“没完没了的不满”的一个恰当回报。从他的信件中可以看出，他的小说总是执拗地倾向于“越长越大”，连同它们真正“拯救”的东西一起解放了太多黑暗且不可估量之物。只有他的短篇小说才能够以相当可观的才智控制的方式逐步演化。如果行动是不完整的，那么基本上也是如此，其短小往往与艺术上的极度简洁相对应，因为它与存在相关。艺术是将生活和经验浓缩为易于理解的简约形式；小说作品有其结局，而生活却一直在继续。并且至少艺术和生活之间的差距隐含着一种征服，真正实际发生过（vécu）和实现过的征服：被解放和拯救之物已从一个奴役性重复行为的黑暗坟墓中被抬了出来。“孤独征服了我：它吸引着我。我什么也看不到，什么也不读。它就像一个坟墓，同时也是一个地狱，在里头你必须写，写，写。”（*Lettres*, 50）这就是写作《诺斯托罗莫》时的感觉。然而，写作的实际经验通常是如此可恨，创造伟大艺术的代价是如此高昂，结果又是如此无常，以至几年后，他情愿牺牲掉《诺斯托罗莫》中“焦虑地调解着的”部分章节（IX.viii），以应付翻译的迫切需要（*Lettres*, III）；他也清楚地认识到，这样一部长篇小说过于接近生活无定形的流动性。短篇小说就像一个矮个子男人巧妙地闪避，并通过不时地闪电般的重击，在某种程度上击败一个大块头，但这种打法削弱了对手，也使攻击者疲惫不堪。如果现在这些还不够，那么这样的策略还有一个更为犬儒的目标。1897 年 8 月 5 日，他在给格雷厄姆的信中写道：“直视（straight vision）是一种糟糕的形式——正如你所知。正确的做法是到角落里去找，因为即使真理不在那里，至少也有什么东西能分上几个舍客勒[①]。你还要什么东西能比贵金属更好的呢？”（*LL*, I.208）。 52

康拉德在1898年和1899年写的某些信件明确指出他如此频繁地遭受自我怀疑情绪的伤害。在写给好友桑德森夫妇的两封信中都有一段引人注目的段落，他描述起自己在一群不知姓名的不友好观众面前进行了一场注定失败的表演。第一封信的落款日期是1898年8月31日：“我就像一个走钢丝的人，在表演过程中，突然发现自己对走钢丝一无所知。在观众看来，他可能显得很可笑，但这种不合时宜的智慧认识的结果就是跌断脖子……对我来说，这件事的确够严重的了。”（*LL*, I.247）落款日期为1899年10月12日的第二封信写道：“一个人期待着自己随时都会掉下去，而且希望掉落时能蒙着脸，穿着华丽的绸料，不说比最伟大的人物更多的话。”（*LL*, I.282）这些段落是受恐惧和尴尬支配的，因为公开提供了一些不太好或太不体面的自我暴露。在这两段文字中，康拉德都把自己描绘成处在一个自愿的自我抑制的时刻，从现在和过去中寻找对即将来临的灾难性未来的解释或准备。在其他时候，他会义愤填膺地自我攻击，拒绝承认自己有着人类常见的失败倾向：“没有人有权利像我这样继续下去却不产出鸿篇巨著。看来，天上地下，我再无任何借口了。”（*LL*, II.33）。或者，当他屈服于一种可悲的孤独感时，他怪罪自己的生活中总是出现

① 舍客勒（shekels），又译锡克尔、谢克尔，原为古希伯来或巴比伦的衡量单位，1舍客勒约等于11.34克。后指重一个舍客勒的古希伯来金币或银币，也是现代以色列的基本货币单位。

错误的转变。一种补救办法是像他本想要对最近去世的朋友查尔斯·扎戈尔斯基做的那种毫无顾忌的坦白（如果可能的话）。1898 53 年2月6日，康拉德写信给扎戈尔斯基的遗孀安热勒（Angèle）："我发现自己没有一天不在想着你们俩——在最痛苦的时刻，想到总有一天我可以向他坦白我的一生，并得到他的理解：这个念想成了我最大的安慰。而现在，这个希望——最最珍贵的希望——已经永远消逝了。"（*LL*, I.228）

从他信件中出现的频率来判断，康拉德回首自己的人生历程时，总是带着悲伤和羞愧，这不仅仅是一种自怜的消遣。我们可以将其与卢梭（Rousseau）在《忏悔录》（*Confessions*）中自诩的目的进行比较，他不仅要向别人解释自己，还要亲自去发掘他眼下痛苦的真正根源。比如，回顾卢梭在一开头的高调承诺，他将要调查研究的人物"将是我（ce sera moi）"：它将是我，而非它是我。我们期待设计得如此坚定的一个人物的创作产生，在卢梭的敌人给他的生活所制造的一片狼藉之上，只有它才能建立起秩序。在他职业生涯的某个时刻，康拉德显然想到过卢梭，尽管让-奥布里版的《法文书信》中有一个简短的脚注，让我们不要把这个类比做得太过。让-奥布里说，康拉德"憎恶卢梭的精神"（*Lettres*, 144）。但是，如果说康拉德对卢梭的厌恶和众所周知的他对陀思妥耶夫斯基（Dostoevsky）的厌恶相同，那可能是因为康拉德觉察到，在这个喋喋不休的瑞士人身上有着令人不快的与他自己相似的性情。此外，假设他与卢梭之间存在这种相似性，我们就能更好地理解为何康拉德不断在寻找一个他必须维持的"起点"，一个与他自己的生活有足够联系的开端或"第一步（initiative）"（借用柯勒律治［Coleridge］的词[4]），从而赋予他所写的作品以方法和连贯性。他越是看到他的自我身份正在各种迥然不同的印象中消散，这种寻找就越是强烈。康拉德感到缺乏一个中心目标，因为目前他的性格角色看似不符合自己的理想，不符合一个对自身能力有信心并坚定走向真正成熟的自我，这是可耻的。1896年6月19日，他曾写信给加内特：

54

> 其他作家有某个起点。有可把握的东西。他们从一则轶闻开始——从报纸上的一段文字开始（一本书可能是从旧历书上随便一句话受到的启发）。他们依靠方言——或传统——或历史——或一时的偏见或风尚；他们利用的是其所处时代的某种纽带或某种信念——或者利用这些东西的缺失——对于这些，他们可以滥用或赞美。但不管怎么说，他们是一开始就知道些什么——而我却不知道。我曾有过一些印象，一些感觉——在我的时代：——对普通事物的印象和感觉。而这一切都褪色了——我的生命似乎也褪色了，消瘦了，就像一个多愁善感的金发女人的鬼魂，出没在满是老鼠的浪漫废墟上。我可悲至极。在我看来，我的任务就像不用支点撬起世界一样合理，即使是那头自负的蠢驴阿基米德（Archimedes）也承认这个支点是必要的。（*Garnett*, 59）

尽管没有起点，他还是坚持不懈地工作，多年后他写信给他的法文翻译德·斯麦[①]说“我做我的日常工作，就像一个苦役犯做他的苦役一样——因为必须这样”（*Lettres*, 107）。他似乎得到了补偿，因为他知道，即使他在做许多人做过的事情，他仍然可以

① 德·斯麦（Joseph de Smet，1846—1941），比利时律师、翻译家，将康拉德的《台风》《诺斯托罗莫》翻译为法语。

从这项事业的孤军奋战中获益。这就是说，他坚持诚实的怀疑，无依无靠，甚至对自己都无一丝肯定。1898 年 9 月 6 日，他写信给志得意满的威尔斯："我并不比我们中的其他人更勇敢。我们都喜欢在胆大妄为的时候觉得自己背后有什么坚实的东西支持着。这种感觉对我来说是未知的。"（*LL*, I.248）。他声称，面对写作和生活二者，他不仅带着谦虚的勇气，还带着一些那个在十字架上仍不妥协的盗贼①的不肯悔改，"桀骜不驯，激愤不平……我早期的英雄之一"（*Garnett*, 99）。然而，他并没有因过于桀骜不驯而未曾恭恭敬敬地向他热情的拥护者阿瑟·西蒙斯致以自己的"虔诚"（1908 年 8 月 29 日）：

55

> 我可以肯定的一点就是，我是以虔诚的精神对待我的任务对象，即人类事物的。地球是一座神殿，在那里正上演着一出神秘剧，幼稚而凄美，够荒谬又够可怕，凭良心讲。一旦进入，我就努力表现得体面些……我认为这还没有引起人们的注意……但是足够了。你，出乎意料地，像窃贼一样，撬开了保险柜的锁，我在那儿存放自己的妄自尊大，所以我不为这些毫无价值的发泄道歉……正如我最近给一个朋友的信中所说，我一直在漆黑的夜里挖掘我的英语，就像一个煤矿工人在矿井里工作。十四年来，我像是一直住在一个没有回音的山洞里。（*LL*, II.83–84）

无论我们如何轻描淡写地看待这段话前半部分的言过其词，

① 《圣经》中，有两个盗贼与耶稣一同被钉上十字架，其中一个悔改了，而另一个至死没有悔罪。

我们都无法忽视结尾的意象。因为正是这种梦魇般的感觉，通常会制造出康拉德洋洋洒洒而又虔敬诚心的自我赞美。然而，康拉德不可避免地回到了黑暗的意象中。正是在这同样的无望心境之下，约八年前1899年的耶稣受难日，他“在悲伤与磨难中”致信加内特：

> 鳞片正从我眼前落下。它相当可怕。然后我面对它，我面对它，但我越来越恐惧。看到怪物，我的胆量被动摇了。它一动不动；它的眼睛充满邪恶；它如同死亡本身般凝然静止——而且它将吞噬我。它的状态已经深深地、深深地侵蚀了我的灵魂。只有我跟它待在一条鸿沟中，两侧是垂直的黑色玄武岩。从未有如此垂直、光滑又高大的侧壁。上头，你焦虑的头顶着一点点天空向下凝视——徒劳——徒劳。没有足够长的绳索来进行这一救援。（*Garnett*, 153）

康拉德在这里渴望的是拯救自己，但似乎从未实现。然而，话语和“倾诉”使他更接近他朋友们那似乎无比轻松地栖居着的世界，这至少是痛苦地拒斥了他的现实所给的一些安慰。*56* 当一个人住在黑暗的山洞里，这也是一个“静谧的梦魇（quiet nightmare）”（*LL*, II.51），哪怕只是话语的声音——无论是什么意思——都有打破沉默的力量。他的意志被麻痹了：他提醒他的朋友们说“满心期待终成空”（*LL*, I.275）。

虽然要面对这些可怕的问题，他还是能够敞开自己，向最亲密的朋友们——高尔斯华绥夫妇、桑德森夫妇、加内特和格雷厄姆——描述这些问题。他认为，对于那些与他的友谊取决于其文学创作成果的人，随着时间的推移，他不得不采取其他的权宜之计。无论他们作为人类是怎样的人，对于康拉德来说，出版商首先是商人，对这些人而言，时间不是用怀疑的痛苦来衡量，而是用机械的生产效率来衡量的。总之，出版商是编织机的人类代理人。然而，在更为实际的层面上，我们应该记住，出版商还有其他事情需要担心，其中之一就是康拉德的迟缓，他无法产出更多的新书。因此，在康拉德与出版商，尤其是与威廉·布莱克伍德所打的交道中，当下特定的实际需求成了关注的重点。对康拉德来说，这些交往代表了他获得公众认可的道路，而他无比担心的正是这些公众会发现他赤身裸体、笨拙无能。正是在 1898 年 8 月写给布莱克伍德（康拉德当时的主要出版商）的文学顾问戴维·S. 梅尔德鲁姆（David S. Meldrum）的一封信中，康拉德对来自世界各地的直接需求的回应首次变得明显起来。他在 8 月 10 日写道：

> 我**从未有意要**慢慢来。这些东西是按它自己的速度面世的。我随时准备把它写下来；如果我**感觉到**有一句话——甚至是一个单词马上就在手边，什么都不能使我放下笔。问题是太多的时候——唉！——我必须得等待那个句子——等待那个单词。
>
> 那么，在漫长的空白时间里，疑虑悄悄潜入我的脑海，我问自己是否适合这份工作，又有什么好奇怪的呢。最糟糕的是，当我无力创作时，想象力却异常活跃：整段整段、整页整页、整章整章都在我脑海里穿越而过。一切都在那里：描述、对话、反思——一切——一切，除了信仰、信念，那唯一能让我动笔的东西。我曾在一天之内就构思出了一卷，直到我感到心烦意乱，就上床睡觉，累得筋疲力尽，却连一

57

行字都没写。我所付出的努力应该诞生出像山岳般的大杰作——而它却时不时地会带出一只可笑的老鼠……看起来我像唯利是图，但上帝晓得，其实不然。我对素材焦虑感到不耐烦，这也使我感到害怕，因为我觉得自己的表达能力是如此神秘地独立于我自身而存在。它就在那儿——我相信——还有一些思考和一点洞察力。这一切都在那儿；但我不像工人，能把工具拿起又放下。可以说，我只是一个靠不住的主人的代理人。（*Blackwood*, 26–27）

康拉德知道，作家应该尽力去做的那件事就是写出杰作；他还没有骄傲到意识不到这一要求的真实性。不过，现在要求他做的是一种类似商业性的存货盘点，他不能像原本为一位好朋友做事那样去做这件事。康拉德已经意识到，“承受断裂压力的材料最终会失去所有弹性”（*LL*, II.47）；现在，他承受着“素材焦虑”的断裂压力，加上布莱克伍德对此的严厉意见。因此，他必须制定对策来应付这一紧急情况，因为在金钱问题上，他头脑的弹性早已耗尽。现在，康拉德想让布莱克伍德明白——而且这就是他的策略——有两个康拉德：一个是被动的代理人，另一个是靠不住的主人。一个是礼貌的誊写员，恭候在侧，心甘情愿，希望取悦于人，而另一个则是不合作的恶魔。一个想要进化成为伟大的作家，而另一个的前程神秘而黑暗。1902 年，当康拉德认为布莱克伍德是在又一次要求他写得更快更多的时候，他毅然决然地写了一封充满挑衅的信予以回击。他说话时充满对那位受诽谤的忠实代理人的信心，他发现，从此以后，他与出版商及其他对他抱有不变的期望的人——那些不允许他出现更大问题的人——打交道时极其成功。这封信如今已众所周知，落款日期是 1902 年 5 *58*

月 31 日，其中有些部分值得引用：

> 我向你保证，我从未对自己的价值抱有任何幻想……那——在不确定的未来的压力下，为焦虑的明天而努力。我有时会为写完的一页感到安慰，重拾信心，振作起来——我不否认。然而，这并非陶醉……至于其他，我意识到，我是在精神完全清醒的状态下，痛苦而辛劳地追求关于一个明确理想的冷静构思……现在，我已不再拥有青春的活力来支撑我度过消沉的深夜……现在我的性格已经形成；它已受过经验的试炼。我已见识过生活中最糟糕的事了——我对自己很有信心，甚至可以面对穷困潦倒之下的心灰意冷。我很清楚自己在做什么……这并不纯粹是性情上的恣意妄为。其中有许多明智的举动，都是在对所要达到的效果的深思熟虑的指导下进行的，正如在任何商业企业中一样。因此，我有胆量说，我的命运**不会**是最终无可挽回的失败。（*Blackwood*, 152–155）

这些精心斟酌的短语，如冷静构思、明确理想和完全清醒，其排列近乎利喙赡辞，尽管这段话潜在的情感更是极富感染力。

1902 年之后，康拉德想要通过人为制造呈现给公众的个人印象，就是他是一个从容自若的人。意料之中，他被引导去写作了《大海如镜》和《个人札记》，这两部难以捉摸的杰作是关于真正非个人化的亲密关系，正如他曾说过的那样是在“［正确的］心理时刻”（*LL*, II.88）写就的。此外，在新摆出的姿态中，他充分利用了自己所谓的“异域性（foreignness）”。但是，在表面的背后，在黑暗的洞穴里，绝望和疲惫的斗争仍在无情地继续。几年前，当他痛苦地宣称人生就是一个“让步和妥协”（*Poradowska*, 11）的问题时，他可能不会相信自己能够做出既有利可图又务实可行的妥协。现在他明白了，即使写作上持续的努力没有带来什么别的东西，它仍必将为他在当代文坛上争得小小的一席之地：他会对此满足。他在1907年7月30日写给经纪人J.B.平克①的信中说：“一个人可以读所有人的书，但最终还是想读我写的——可以换换口味，即使不为别的。因为我不像任何人……我一无所有，唯有一种心智的转变，无论其是否有价值，都是无法模仿的。”（*LL*, II.54）另，在1908年8月，有给西蒙斯的以下这段话：“事实上，我真的是一个简单得多的人……在我内心的单纯中，当这些事实出现时，我试图了解它们……我从来没有问过自己，没有审视过自己，也没有想到过自己。”（*LL*, II.73）

59

当然，仅凭出版的需求，并不能迫使他如此自如地创造他的自我形象。此外，这一形象可能是一种有效的方式，可以满足他1905年3月23日在给埃德蒙·高斯②的信中所说的“那些困难时刻，波德莱尔愉快地将其定义为‘神经质作家的不育症（les stérilités des écrivains nerveux）’”（*LL*, II.14）。如果说波德莱尔为康拉德的疾病提供了一个名称，他也可以为后者提供《大海如镜》的书名和修辞手法，这是康拉德写的第一部公开承认具有自传性质的作品。那么，这个新的、“诚实的”甚至爱唠叨的康拉

① J.B.平克（James Brand Pinker，1863—1922），英国文学经纪人，曾代理詹姆斯·乔伊斯、亨利·詹姆斯、斯蒂芬·克莱恩以及这个时代的许多其他著名英美作家，被认为是最早的现代意义上的文学经纪人。约瑟夫·康拉德于1899年8月起聘请平克为其经纪人。

② 埃德蒙·高斯（Sir Edmund William Gosse，1849—1928），英国诗人、作家、文学批评家，易卜生作品在英国的重要译介者，代表作有《父与子》（1907）。

德可能是一种策略，用以隐藏他在世人面前所感到的无尽的不确定性：尽管他未得到公众的认可，但在公众面前，他仍然是一个作家，一个在危险行动中走钢丝的舞者。他没有消失——现在这已经不可能了——而是从高处的有利位置指着自己在地上的影子，试图引起观众的兴趣。如此一来，他的高人一等得以维持，但他在上面空中的表演仍是他自己需要完成的。也许是赞同波德莱尔说的海洋是一面“我绝望的巨镜”①，他意识到，把自己映照在大海里，以海为镜，向公众投射出自己误导性的倒影，这更容易，比起让公众去发现一个真实的自己这件无比艰难的事，要容易得多。

将康拉德在文学上自我伪装的动机和方法与莱昂·埃德尔②在其令人钦佩的《文学传记》(*Literary Biography*)一书中对亨利·詹姆斯的评价进行比较是很有趣味的。康拉德和詹姆斯一样，都认为有必要过一种“掩盖私人生活的公开的仪式化的生活”。[5]1902年以后，他有意在自己身上编织了一张保护网：《大海如镜》和《个人札记》是这项活动的两大成果。对于广大无名公众贪得无厌的胃口的恐惧之中，有一种特别的东西。而且作为出版商旗下的一名作家，康拉德也总是被期望去赢得竞争，而公众正是放大了的出版商。这里有必要回顾一下詹姆斯那篇关于乔治·桑(George Sand)的文章中的一些话。埃德尔从中看到了詹姆斯公众形象的秘密，我认为这里也有很多与康拉德相关的

① “我绝望的巨镜(vaste miroir de mon deséspoir)”，波德莱尔诗集《恶之花》(1857)中《音乐》一诗的末句。

② 莱昂·埃德尔(Joseph Leon Edel，1907—1997)，美国和加拿大文学批评家、传记作者，亨利·詹姆斯研究专家。代表作有五卷本《亨利·詹姆斯传记》(1953—1972)。

内容：

> 报道者和被报道者都必须同样适时地明白，他们的生命掌握在自己手中。隐私和沉默都有秘密；让它们只在猎物身上得到培养吧，哪怕是用培养调查者对狩猎的热爱——或称之为历史意义——的方法的一半。它们被过多地留给了自然的、本能的人；但在人们开始注意到它们可以在文明的胜利中占据一席之地之后，其效力会加倍。到那时，这场捕猎将会变得公平。6

詹姆斯对作家（“被报道者”）的训诫建议培养秘密和隐私，这种培养不仅基于本能，也基于艺术的戒律：一个秘密应该深思熟虑，精巧细致，设制考究。唯有在培养这类秘密的过程中，艺术家才能与坚持不懈、聪明机灵的调查者（“报道者”）公平较量。我认为，康拉德也有过类似的想法，他在1903年和生活在巴黎的波兰人A.K. 瓦利泽夫斯基（A. K. Waliszewski）通过六七封信，后者想写一篇关于这位杰出同胞的文章。康拉德向他提供了一些“自传性”细节，都不过是真实的康拉德的苍白映像，隐藏的东西比透露的更多。在1895年之前，康拉德描述自己，他的生活过去一直“变故多发，却又晦涩难解（mouvementée mais obscure）”；他既不是冒险家，也不是流浪汉；写作《阿尔迈耶的愚蠢》只是为了充实早晨的时光；对他来说，做到极其真诚很容易（*Lettres*, 53, 56, 57, 61）。对出版商梅休因①来

61

① 梅休因（Algernon Marshall Stedman Methuen，1856—1924），英国出版商，曾担任文学与法语教师，1889年创办梅休因出版公司。

说，康拉德可能会拒绝——正如他在1906年5月30日所做的那样——去“定义”他的作品，他显然很满意地谈到了“气质写作（temperamental writing）”（*LL*, II.34）的无限复杂性，以便将注意力从写作转移到他的“形象”上。否则，在其他场合，他也会不受约束地根据需要为自己制造尽可能多的“官方”传记，每个版本都强调其生活不同寻常的异国情调式的浪漫主义及其来源。当他那些真假参半的故事遭到像F.M.许弗[①]这样的密友的抵制时，康拉德就会因被激怒而任性地固执己见。当他以这种方式对好朋友说话时，他是想阻止他们改变他已公开的故事，不是因为想愚弄他们，而是因为不想他们扰乱他所采取的公开姿态。不，他在1909年7月30日向许弗宣称，他的《个人札记》非常准确地描述了他的写作和航海经历之间存在着完美的相似性。（*LL*, II.101）几年后，这本书甚至成为康拉德官方的“核心和精髓”（*LL*, II.150）；看那儿，他对其他记者说，那儿有我生活的秘密。再追问下去，他会说自己不是一个写“按部就班”的传记的人，无论是“自传或别的”（*LL*, II.92–93）。他告诉自己的法语翻译A.H.达夫雷，所有这些都是为英国人写作而非关于英国人的写作的附带产物（*Lettres*, 87）。

62

“官方的”康拉德已经成为了他自己的一个经济，不仅在公共生活中为他服务，而且更巧妙地在他内心生活的迫切需要中为

① F.M.许弗（F. M. Hueffer，1873—1939），英国小说家、诗人、文学批评家，创办杂志《英国评论》（*English Review*）和《大西洋彼岸评论》（*Transatlantic Review*），以笔名福特·马多克斯·福特（Ford Madox Ford）闻世，代表作有小说《好兵》（1915）、小说集《行进的目的》（1924—1928）。与康拉德合著有小说《继承人》（1901）、《罗曼司》（1903）和《犯罪的本质》（1924）。另有回忆录《约瑟夫·康拉德：个人记忆》（1924）。

他服务。因为他关于存在、关于他的作品和生活的写作与思考，都汇聚在一种恐惧上，那就是他的自我拯救永远不会直接成为一种持续努力的结果：他过去的经历已极为残酷地证明了这一点。他意识到一个人必须在角落里寻找真理（*LL*, I.208），一个人总是在生成为（becoming）某物，而非就是（being）某物（*Garnett*, 143），他不断变化的人生观自然导致了一种精神错乱和疑病症的感觉——所有这一切共同促成了战前那些年煞费苦心的逃避和妥协策略。

康拉德知道，他所选择的国家为他提供了一些机会，使他能够与英国的自信十足相匹配，而这是政治动荡的欧洲大陆永远无法做到的。1905 年 4 月 11 日，他从意大利的卡普里岛（Capri）写信给高斯："我在这儿干得很糟糕。对于生来就继承了传统的英国人来说，把来自意大利的诗文扔回它们的故土，真是再好不过了。以我光荣的养子身份，我发现自己需要道义上的支持，需要英国氛围的持续熏陶，甚至每天都需要。"（*LL*, II.15）随后，在他埋头于工作的日常活动之中时，他意识到，精通英语是一个必要的先决条件；如果他在精通了这门语言技能之后，除了即刻满足之外看不到进一步的回报，那精通这门语言至少也是某种回报。这就是说，作为一名波兰人，他在波兰将无可救药地迷失，而在英国，为英国人写作，身为外国人的康拉德将被迫克服自己的怠惰与无能，要产出一些东西。正如他在 1907 年 1 月 5 日致玛格丽特的信中所说："我拥有所有波兰人都有的懒惰。我宁愿梦见小说也不愿写一部。因为关于作品的梦总是比现实中印刷出来的东西美得多。而且英语对我来说仍是一门外语，需要付出巨大的努力才能掌握。"（*Poradowska*, 108–109） 63

在掌握语言、获得胜利、拯救自我的斗争中，他没有——正如他曾经说过的——“停歇在自己原则的高跷上”，反而是不带先入之见地进入了一个未知领域。1907 年 10 月，他自豪地在给加内特的信中提及这一点：

> 你总是记着我是一个斯拉夫人（这是你的**执见**［*idée fixe*］），但你似乎忘记了我是一个波兰人。你忘记了，我们已经习惯于不抱幻想地去战斗。只有你们英国人才会“参战获胜”。在过去的几百年里，我们一直在“参战”，只是被揍得头破血流——这是任何冷静的智者都能看到的。（*Garnett*, 209）

他觉得自己必须向所有人证明，人生永远不可能被描绘成“一场库克船长亲自带领的旅行——从摇篮到坟墓”（*Garnett*, 214）。对他来说，写作和生活就像不带地图的旅行，是为了赢得并索取未知的土地而进行的战斗。康拉德看到他的个人奋斗反映在他周围的政治和历史发展之中。随着欧洲在自然地理和道德地理上的改变，他也改变了。而大灾变已迫在眉睫。

第四章

64

战火世界，1912—1918

至此，康拉德已发表二十四篇短篇小说和故事，包括《“水仙号”的黑水手》和《黑暗的心》，还有七部小说，包括《吉姆爷》《诺斯托罗莫》和《密探》，以及两部个人回忆录。然而，他只赢得过一次值得尊重的成功（succés d’estime）。1912年，随着《机缘》（*Chance*）的完成，康拉德发现自己已稳稳地成了公众的宠儿，这时他的心情一定混杂着难以置信和沾沾自喜。即便是在今天，由于对精湛技巧本身具有敏锐的批评倾向，没有人会忽视这种非凡的命运，它将康拉德最枯燥、最具技巧性的作品与他在公众面前最具戏剧性的成功联系在一起。亨利·詹姆斯有着不可思议的天赋，他在《机缘》中一眼就看出“肆意引发的困难”和“如此刻意地陷入威胁性挫折”这两个令人困惑的选择，以及过度却又成功的写作方法展示，这无疑使詹姆斯跻身于慧眼独具的少数二三人之列。[1]然而，1912年5月24日，康拉德却能自信地给弗雷德里克·沃森（Frederick Watson）写信称：“我对我的读者大众感到满意，他们充分了解我作品的总体意图。为什么要另找一批人呢？”（*LL*, II.139）。几个月后的11月25日，他写信给

阿诺德·贝内特说，他意识到有“某种坚韧的目标”（*LL*, II.142）
65 支撑着他度过整个文学生涯。现在，逐渐成为康拉德关注焦点的似乎是，他半真半假、半信半疑地意识到，在他的一生中，有一条作为约瑟夫·康拉德的发展路线，为了所有的公开的目的，最好是坚持下去。他似乎能够以一种清晰而简单的模式来看待自己的生活，就好像他的个人经历是莫泊桑笔下一个叙述得有条有理的故事的主题。当然，还有另一个同样重要的事实——他称之为“我的全部作品”（*LL*, II.139），那些与他的内心生活更为相关的作品——但他发现这也需要以他现在所看到的有序视角来加以安排。例如，作为他所设想的有问题的作品，现在可以带着喜爱的困惑和距离来看待。这种态度出现在6月21日他写给安德烈·纪德[①]的一封信中：“那是一个黑色的烤箱，您知道。我对这个巨大的机器抱有一种温情。但不奏效；这是真的。它出了点问题。我不知道是什么问题。此外，尽管我有温情，我自己也不忍去读它。”（*Lettres*, 120）如果《诺斯托罗莫》和他的其他一些作品并未满足公众的胃口，那么现在就没有理由对此喋喋不休：他只是为现在所得到的认可感到高兴，并希望尽其所能去滋养它。

除了将他不大的成功解释为来自公众认可的礼物之外，康拉德还从中看到了其他证据，可证明他精心实施的“巧妙利用经纪人和出版商”（*Garnett*, 180）之计划业已成熟。从1912年中期到1914年的最后四个月，康拉德行动的重点是保持他在读者大众之中的成功。在那段时间里，他大部分时间都在写作《胜利》，

① 安德烈·纪德（André Gide，1869—1951），法国作家，主要作品有小说《背德者》（1902）、《窄门》（1909）、《伪币制造者》（1925）等，戏剧《康多尔王》（1901）、《俄狄浦斯》（1931），散文诗集《人间食粮》（1897），自传《如果种子不死》（1926）。1947年获诺贝尔文学奖。

这当然和他所持的姿态有着密切的关系。在这个故事里，海斯特（Heyst）的难以捉摸暴露出这是一个面具，用于掩盖这个单纯的救援者无可救药的浪漫主义，他无法抗拒显而易见的烂俗套路的吸引力。因此，1913 年 7 月 30 日，康拉德在给积极进取的阿尔弗雷德·克诺夫[①]（当时是双日出版社［Doubleday］的雇员）的信中，热情地“揭开”了自己的面具，尽可能地展示出自己本人与人们心目中的超级文学大师之差异。他坚持认为，他是一个在风格上总是倾向于口语化的作家，他的观点同样纯粹是合乎人性、直截了当的（*LL*, II.146–149）。他接着说，一个作家可以和出版商建立起两种关系。在一种关系中，作家是出版商厚颜无耻的投机性赌博冒险，碰碰运气而已。在另一种情况下，他被视为一项稳健的投资：如果克诺夫能让康拉德与双日出版社签订合同，这种安排正适合他。最后他终于能够心平气和地展望未来，为了证明这一点，康拉德提出，理查德·柯尔现在可以作为他的经纪人来充当小说家和他的读者之间的一个能帮上忙的中间人。康拉德在理解成功之道这方面走了很长的路，才通晓这种表面上的对公众的关心。不过，这并不是说他有时不与更有见识的群体进行交流（对于他们，柯尔的服务不是必需的）。加内特、班尼特和高尔斯华绥都曾见过一位对自身非常缺乏信心的小说家的身影。康拉德在一封信中说，加内特看透了康拉德的灵魂，抓住了这个外国人无辜的不当行为（*Garnett*, 244）；根据另一封信，班尼特是康拉德真正为之写作的少数几个人之一（*LL*, II.151）。

66

1914 年 7 月，康拉德得以开启推迟已久的重返波兰之旅。这

① 阿尔弗雷德·克诺夫（Alfred Abraham Knopf Sr.，1892—1984），美国出版商，克诺夫出版社（Alfred A. Knopf, Inc.）的共同创始人。

是他的家人一直坚持的旅行，更重要的是，他们忠实的朋友雷廷格[①]已经做好计划，并在克拉科夫（Cracow）附近为他们租下一所乡间别墅，为期六周。7月25日，康拉德写信给高尔斯华绥：

> 至于这次波兰之旅，我是怀着复杂的心情启程的。
>
> 1874年，我在克拉科夫搭一列火车（维也纳快车），踏上了去往大海的路，犹如一个人踏入梦境一般。而如今这个梦还在继续。只是现在居住在这里的多数已是鬼魂了，而梦醒的时刻越来越近。（*LL*, II.157）

67 到目前为止，他一直设法使他那梦魇般的生活保持一种具有欺骗性但便利合宜的秩序。“现实”只是一个人为自己创造的东西。现在将要发生的事情将彻底破坏这种妥协所强加的平静。因为正是在康拉德逗留波兰期间，第一次世界大战在欧洲爆发：这一事件将大大改变康拉德的内心生活，具有决定性的意义。起初，主要的问题是在总动员期间应付突如其来的纷杂人事。接下来的问题是离开波兰去维也纳，从维也纳去意大利，再经意大利回英国。8月，他在加利西亚[②]给平克写信：“我从这件事中得到了精神上的刺激——我可以告诉你！如果不是因为无法避免的焦虑，我将从这段经历中获益良多。”（*LL*, II.160）当他回到英国，不仅

---

① 雷廷格（Józef Hieronim Retinger，1888—1960），波兰政治活动家、学者。雷廷格1912年至1914年间担任波兰全国委员会伦敦办事处的主任，在此期间，他结交了业已成名的约瑟夫·康拉德，并敦促康拉德访问波兰。著有《康拉德和他的同时代人》（1941）一书。

② 加利西亚（Galicia），东欧的一个历史地名，在今天乌克兰西部和波兰东南部地区。

是他在东欧突遭令人忧虑的经历，还有战争对全球更为广泛的影响，都让他陷入了困境。我们现在将讨论这一阶段。

在1915年初发表的《关于战争与死亡的时代思考》(“Thoughts for the Times on War and Death”）一文中，弗洛伊德提到一种麻痹性焦虑，这种焦虑似乎奴役了战争中非战斗人员的头脑：当史无前例的大屠杀在他们眼前恶化，这种奴役的主要后果便是恐惧和内疚。[2]与这一观察相符的是，自欧洲大陆饱受磨难的远行归来之后，从康拉德自英格兰寄出的头几封信中可以看出，他对这场战争的严峻性深感忧虑。他在1914年11月15日致信拉尔夫·韦奇伍德①：“不管一个人多么有理由保持乐观，战争的想法都会像梦魇一般压在他的胸口。我痛苦地意识到自己是残废，无所事事，百无一用，怀着一种荒谬的焦虑，仿佛这对帝国的伟大有多重要似的。”（*LL*, II.162）他用自己惯有的极度非现实的词汇——梦魇、鬼魂——来描述那些反映他在写作中曾面临过的挣扎的想法。然而，这里有一种强烈的感觉，这场战争揭示了一种令人不安的全新的经验维度，其强度和力度可与他所知道的其他经验相匹敌。不过，就在同一天，康拉德写信给他的朋友高尔斯华绥，说他确信这场战争将只是一个暂时现象。但康拉德不禁注意到其宗教意义：“至于你所说的‘这个地狱’，凭良心讲，已经够邪恶的了：但它也许更具炼狱的性质，如果在这方面它不会永远持续下去的话。这是各国必须为历史上在不同地区犯下的诸多

68

① 拉尔夫·韦奇伍德（Ralph Lewis Wedgwood，1874—1956），英国贵族，康拉德密友，从1924年康拉德去世到1944年，韦奇伍德与理查德·柯尔一起担任约瑟夫·康拉德的遗产执行人。

罪恶——违法罪和疏忽罪——所付出的代价，但仁慈之门并未关闭：它也无法扼杀对美好事物的希望。”（*LL*, II.163）

由于战争是在康拉德毅然进入文学市场并收获两年硕果之后发生的，这种说话方式可以被认为是一种关于新环境的恰当隐喻，他希望自己的作品在其中保持重要地位。不可否认这一想法对康拉德的思考有一定的影响。另一方面，我们也应该记住，他采取的任何姿态都具有纽曼所说的“经济”的性质：这是一个关于他自身的寓言，在现有条件下，他必须创作和生活。但寓言也只能在一定程度上有其用处，我认为战争对他心智产生的灾难性影响就像一场爆炸，是那种“宇宙中最持久的东西”（*Garnett*, 94），并赋予了他新的活动空间。在战争的四年间，可以看到，康拉德的心智处于一种持续的危机状态，这种危机让他从先前宿命般时时侵扰他的噩梦中惊醒。因为正如纽曼所说，经济的终结是为了抵达一种宗教神秘感。因此，康拉德抓住这场战争的炼狱性质，把它转化为世界正不得不接受的一场形而上的通过仪式。1916年3月，在为悉尼杂志《公报》（*Bulletin*）撰写的一篇社论中，他谈到“英联邦通过这场火的洗礼，成为了世界强国，虽然还够不上伟大，但必将在其所在地区引领世界上崇高理想的进步”。（*LL*, II.171）而在1918年11月11日，即停战协议签署的那一天，他写道：“伟大的牺牲已完成。”（*LL*, II.211）

69

有了这种宗教和精神上的解释，这场战争彻底震撼了他，而他的反应是长期的。在欧洲发生的令人印象深刻的突发事件吸引了他头脑中所有的力量，多年来在他的内心生活中类似戏剧的争论里，他的思维已变得更为敏锐。如今，他目睹着国家正在扮演过去由个人扮演的角色。正如弗洛伊德所言，这场战争似乎撕掉了民族性格和伦理那僵硬静止的面具，揭示了一场为争夺统治权而进行的激烈斗争。于是，各个国家都变得几乎像人类一样，诉诸于人类特有的习惯。在康拉德看来，欧洲各国起初似乎都在玩弄各种手段谋取“道德统治”的地位。他1915年2月10日写信给让·斯伦贝谢①，谈论法国对德国恰当的“道德统治”(domination morale)(*Lettres*, 132)。后来，当他试图解释多年来他对法国所抱有的发自本能的同情时，他一定已充分研究了这种统治的原因。1917年4月21日，在给悉尼·科尔文②的信中，他语带钦佩地将英国和法国称为两个伟大的西方国家，并补充道：“也许只有法国人因其政治生活不太稳定而遭受更多的考验。”(*LL*, II.190)

换言之，法国赢得了其政治和道德统治地位，因为它经受住了变化动荡的考验。这是一个值得钦佩的实际经验(vécu)，因为这个国家显现出了一种精神上的伟大，这是长期致力于自我拯救的结果。对康拉德来说，国家从来就不只是一种抽象概念，因为他一直觉得自己是跨民族国家的产物，但现在，他的注意力被一种新的强度所吸引。过去，作为一个痛苦的孤独者，他迫切地感受到把握世界并赋予其个人意义和超越性意义的重要性。现在，整个世界的意义形成过程都正在他眼前发生。整个欧洲终于凭一己之力振奋起来，准备进行一场激烈的战斗，就像他曾经历的那样。欧洲的既定秩序以前只是一种消极无意义的价值观，现在已经清除了他所认为的狭隘的民族主义，一场彻底的变革即将发生。1915年8月30日，他写信给许弗：“是的！我亲爱的

70

① 让·斯伦贝谢(Jean Schlumberger，1877—1968)，法国小说家、诗人。与安德烈·纪德和加斯东·伽利马共同创办文学杂志《新法兰西评论》(*Nouvelle Revue Française*)，代表作有《不忠的朋友》(1922)。

② 悉尼·科尔文(Sidney Colvin，1845—1927)，英国策展人、文学和艺术评论家。

(mon cher)！我们十五年前的世界已经支离破碎：取而代之的将会是什么，上帝知道，但我想他并不在乎。”(*LL*, II.169)

由于对战争的忧思常使他生病，他发现自己在1916年仍然无法确定以后的历史将会走向何方。然而，5月19日，他写信给纪德：“[在一次痛风发作后]接下来发生在我身上的一切是对未来不可动摇的信心，坚信日耳曼主义(Germanism)的阴影将从这片我曾如此徘徊的土地上消失。”(*Lettres*, 135)在康拉德的信中，我们第一次发现了这样一种说法：未来是自主的，甚至是坚实的，是可以相信的——而以前他对未来的看法要么心平气和，要么漠不关心。在以一个旁观者的客观超然来判断事物时，他现在能够看到事件中不依赖于他的模式。作为一个个体，只要普鲁士的压迫被消除，他就能对未来充满坚定的信心。(相形之下，1905年他曾称俄国为“虚无(le néant)”[III.94]。)这时，当他回到尚未完成的《拯救者》中，他有了额外的资源来完成二十多年前着手的任务。他在6月8日给平克的信中写下这段话：

> 这将是一本无比长的书。没办法……这将是一部相当可观的作品……我只希望我能完全沉浸其中，忘却自我——但这是不可能的。我既没有超脱的力量，也不对我的工作抱有强烈信仰，而这或许会使它成为可能。(*LL*, II.172)

71

他先前希望在《拯救者》中给予林加德“完美的启迪”，但仅仅是超脱力量和信仰不足就使得他无法呈现这一点。

在接下来的几个月里，康拉德的思绪经常回到彻底打击德国斗志的战术问题上，这个问题既需要远见又需要敏锐。他认为，除非有陆上胜利作为支撑，海军对德国激动人心的胜利本身并没有决定性的意义（*LL*, II.176）；而仅仅对协约国一方的个人“道德提升”进行分类，并不能取代陆上胜利。相反，有必要对德军的中心据点发动积极进攻，这样不仅可以给协约国的事业增加实质性的成果，而且德国本身也会被实质性地削弱。这种削弱必须如此直接而明确有力，以至没有人会怀疑德国的地位已经大不如前。征服德国不仅仅是一个让步和妥协的问题，或是一个逃避和欺骗的问题，他越想越觉得征服德国是一项本体论上的终极行动，在西欧对它的奉献中，将为一个充满希望的未来奠定真正的基础。德国战败之后，正如他在 12 月 4 日给 J.M. 登特[①]的信中所言，危险在于“人类的心理［不会］因这场战争而发生太大变化”（*LL*, II.180）。最大的危险在于人类的健忘。记忆必须维持一种行动，其目的是叙述发生过的如此有益的事情。仅仅是把一件发生的事情联系起来便已足矣，因为由受过启迪的记忆整理过的事件会有一个先验（a priori）意义和顺序。

可能正是基于这一基本理由，在 1915 年和 1916 年间，康拉德主要的想象力用在了他所谓的“精准的自传”（*LL*, II.181）领域。他在 1916 年 2 月 27 日给科尔文写过信，提及《阴影线》（*The Shadow Line*），谈到当他以自己的眼光审视这个世界的重要意义时，写作意味着什么，在现有条件下无条件地写作意味着什么：“我们从奥地利回来后，当我不得不写点东西，我发现在自己当时的道德和脑力状况下，我能写的就是这些；尽管那么点东西也是费了我好大的劲儿，回想起来还会不寒而栗。那时

72

① J.M. 登特（Joseph Malaby Dent，1849—1926），英国出版商，J.M. 登特出版公司（J. M. Dent and Company）创始人，曾出版《万人丛书》（Everyman’s Library）系列。

候，坐下来编童话故事是不可能的。”（*LL*, II.182）他现在写的是忏悔录，其中的一举一动都展现着“理想价值”（*LL*, II.185）。这与他早年创作隐晦莫测的寓言时相比有着天差地别。我们需要认识到的是，他的文学作品开始直接从某种“纯粹的”、不变的记忆中散发出来，在记忆这一固定的整体中，他可以辨别出独立的价值。这是一种他以前从未能见到的永恒形式。

有趣的是，在这种心态下，他再一次为自己不再泰然自若而悲叹（*LL*, II.197），尽管这一次他指责的是别的事情。当布莱克伍德采取行动增加了康拉德的“素材焦虑”时，就成了那台邪恶的编织机尤为令人不快的证据。另一方面，康拉德的战争经历似乎向他暗示，其机械性存在的前提是他自己刻板的受挫模式在宇宙中的投射。个人的失败和残缺在他早年的生活中无限放大，需要并且建立了一套无视机制的场景。但是，正如怀特海[①]所言，缓解机制的唯一方法在于发现它并非一个机制。而这正是康拉德刚刚获得的发现。由于战争以一种灾难性的爆炸力量将其自身轰进他的**心**，并具有可识别的个体性，有其开端和可预见的结局，康拉德现在感到普遍存在生机勃勃、充满戏剧性。没有必要建立一种妥协和迂回的辩证法，使存在被蔑视或否认；这就是他在战前几年的创作的作用。当时，他曾告诉自己的密友，事件只能用浅显的、相对的方式来描述，因为在表面之下，人必须与机器发生碰撞。好的小说注重安排和组合（*Curle*, letter 117），注重人类最大限度的聪明才智和努力奋斗。聪明才智甚至延伸到了对自己生活的管理，因为出版商和公众都是贪婪的机器。但在目前，战

73

① 怀特海（Alfred North Whitehead，1861—1947），英国数学家、哲学家。代表作有《过程与实在》（1929）、《教育的目的》（1929）、《思维方式》（1938）等。

争的现实是如此全面，是如此巨大的高潮，以至于在此之前的一切历史都可以被理解为朝向此高潮的一个运动。回顾之下，康拉德现在把他的生活看作是同一段历史的一条支流，一些生活过和分享过的事物。如果他的生活像饱受战争蹂躏的欧洲一样，经历了从地狱到炼狱的痛苦演化，那他的生活怎么可能被说成是误入歧途呢？如果他的人生是一场考验，那就是人类共同的悲剧，因此他才能承认其“理想价值”。

由此可见，在战争年代完成的两部重要作品（《阴影线》和《金箭》[*The Arrow of Gold*]）正是康拉德所谓的“对事实的朴素叙述”。他在其中所做的工作是严格要求自己，按照他本人对自己遥远过去的一种稳定和可接受的感受来写作。以此类推，现代水手如果在帆船上接受训练，那么就有可能发展出这种感受。他在 1917 年写信给桑德森夫人说，这种海军训练应该得到提倡，因为只有在帆船上，一个年轻的水手才能对“一大堆系统化的事实”形成一种有系统的方法，“这些事实的价值不容置疑，也不能脱离其［当前的］现实来讨论”(*LL*, II.195)。他本着“精准的自传”的精神所写就的这两部伪小说作品，同样是试图对他过去的一些既定事实进行全新的、确定的理解。即便如此，总是有更切近的过去从新感知到的生活主流中消失。1918 年 3 月 18 日，他写信给艾伦·韦德[①]：“我感到对自己的了解极为模糊——我指的是伦敦时代的康拉德。”(*LL*, II.202) 如果要消除他自我的阴影，像日耳曼主义的阴影一样，也必须主动地消除。而这项任务最终将指引他充分理解整个战争经验，这是他尚未做到的。1918 年 3 月 27 日，他致信加内特：“用绳子把整桩事儿［战争］绑起来倒

74

① 艾伦·韦德（Allan Wade，1881—1955），英国演员、戏剧导演、作家。

是个好主意，但就连这一点我也提不出任何建议。我无法连贯地思考。”（*Garnett*, 256–257）

有种顾虑一直阴魂不散：那就是批评家们——通过在他之前的作品中举证出“秩序”和“进程”，把这些作品当作一套确凿的事实——会因此限制他的自由。因此，在1917年5月4日，他给巴雷特·克拉克[1]写了一份庄重的宣言书，在其中将自己早期的小说解释为对其自我解放的个体性的证明。

> 事实上，我并不认为自己是一个古人。我的写作生涯延续着，但才刚过二十三年，我无需向机敏如您这般的智者指出，那整段时间一直是进化的时期……一些批评家批评我未能一直做我自己。我不是偏见和常规的奴隶，将来也不会是。我对主题和表达的态度、我的视角、我的结构方法都会在一定的范围内不断变化——不是因为我不稳定或缺乏原则，而是因为我自由。或者更确切地说，因为我总是在争取自由——在我的能力限度内。（*LL*, II.204）

如果他的生活和战争一样，现在需要一根绳子把它绑起来（请注意，现在的问题不再是用一根足够长的绳子把人从坑里拉出来），加以定义和评估，那就必须根据一个足够深广的目的来进行，以便将他和他的创作都纳入其中。

战争持续到最后几个月，在这段时间里，汹涌的恐惧、恐怖和对灾难的幻灭，迫使他进行下一步更为急切的重新考虑。用

① 巴雷特·克拉克（Barrett Harper Clark，1890—1953），加拿大作家、编辑、翻译家、演员，著有《今日欧陆戏剧》（1914）、《今日英美戏剧》（1915）、《当代戏剧研究》（1925）、《尤金·奥尼尔传》（1926）等。

75

弗洛伊德的话说，当时的心理氛围就是直面死亡，所有结局中最确定、最不可挽回的那一个。康拉德在 5 月 16 日致加内特的信中写道，“痛苦正是人类生存的根本条件”，死亡的阴影笼罩着个人，“对与错的问题……与生活的基本现实毫无关系……情感是有关的，屈服于情感，我们既无法避免死亡，也无法避免痛苦，这些都是我们共同的命运，但我们可以冷静地承受它们。”（*Garnett*, 258）实际上，发生在康拉德身上的事与他最初为林加德设想的情况非常相似：一种完美的启迪，一种对良知的掌控。当然，正是由于这个原因，他才得以在 9 月 23 日给平克写信说，他眼看着由短篇《拯救者》改写的小说《拯救》就要成功完成了。

康拉德为《拯救》最后一章选择的标题具有重要意义：“生命的索取与死亡的代价”。他过去写的关于林加德的一段话现在打动了他自己：“他被一种紧绷的存在感所诱惑，这种感觉远远超过了单纯的生命意识，充满了无尽的矛盾，欢乐、恐惧、狂喜和绝望，既不能面对，也无法逃避。那里面没有和平。但谁想要和平呢？”（XII.342）因为康拉德也必须面对非机械性存在对他的要求，必须在个人身上看到某种理想的永恒性，连死亡都只能部分地消耗它。因此，在他认为欧洲是文明进程光辉终点的新观点中，他看到了这种信念的持久性：欧洲的斗争，就像他自身的斗争一样，一直意在为自己完全的个体性赢得一席之地。个别国家之间为争夺道德统治权而进行的斗争，康拉德现在已经看清楚了，是对歌德“欧洲协调”[①] 理念的实现。（有趣的是，康拉德在

① 欧洲协调（the concert of Europe），又译“欧洲协同”，是拿破仑战争结束后欧洲列强以会议方式协商处理欧洲冲突危机等重大问题的协商外交机制，它以神圣同盟和四国（五国）同盟为载体，强权政治色彩浓重，对维持欧洲 19 世纪的大国均势和相对稳定的局面有重要作用。

其《独裁与战争》[“Autocracy and War”] 一文中对这一观点持悲观态度。这篇文章写于1905年，初拟标题《欧洲的和谐》[“the

76 Concord of Europe”]，颇具讽刺意味。）由于这些原因，他一再申明，强大的视觉功能——否定了他所恐惧和憎恨的道德盲目性——将使人们不只是把欧洲看作一块大陆，而且会把它看作一种赋予生命的巨大理想。他在10月17日写给克里斯托弗·桑德曼[①]的信中说，这是一个“我们”应该宣告的伟大讯息，“我们，老欧洲人，在现实与幻想方面拥有漫长而痛苦的经验”。（*LL*, II.210）

① 克里斯托弗·桑德曼（Christopher Albert Walter Sandeman，1882—1951），英国作家、剧作家、旅行家、植物收集爱好者。

新秩序，1918—1924

有意思的是，康拉德对战后的展望反映在1918年停战日写给小说家休·沃波尔[1]的一封信中：

> 伟大的牺牲已经完成，——它对地球上的国家会产生什么影响，未来会显现出来。
>
> 我无法承认自己心境轻松。在世界各地，强大而极为盲目的力量正被灾难性地释放出来。我只知道，如果我们被号召去恢复欧洲的秩序（这很有可能），那么我们会很安全，在国内也是如此。对我来说，这个呼吁已经很明显，但它可能会因为理想主义或政治原因而被拒绝。这是领袖们的勇气问题，他们永远不如人民好。（*LL*, II.211）

他对领袖们的信任向来不太高，而且随着战争的结束，这种信任

---

① 休·沃波尔（Hugh Seymour Walpole，1884—1941），英国小说家，代表作有《木马》（1909）、《佩林先生和特里尔先生》（1911）、《大教堂》（1922）等。

进一步下降。可以想象，对他来说，领袖们不过是人民的适合的面具，如果你愿意，可以称其为经济，在最为紧急的时期，他们并没有能力去处理历史问题给人类造成的后果。或者，在另一种情况下，一位领袖与人类真理的距离好比一种理论与"已逝真理的冰冷墓碑"（*Garnett*, 34）的距离；一位领袖是他未曾充分参与的一段历史的结果。由于新上任的国家领袖们对战争缺乏任何个人或日常的经验，他们无权自以为是地就战争后果夸夸而谈。他们也不可能拥有当前所需的那种勇气。至于"人民"，这也是一个失效的抽象概念：苦难的总和永远不会比单个人默默感受到的悲哀更多。那么，剩下的就是已经知道这一号召的单独个人了，不管这个号召是否会被全国人民拒绝。时代的紧迫性直接将个人——即康拉德本人——卷入使盲目的力量得以释放的牺牲之中。

78

1919年1月19日，他在给休·克利福德[①]的信中谈到了他心目中的牺牲："旧秩序必须消亡——而且他们死得高尚——至少逝者已得安息。"（*LL*, II.217）据此推理下去，恰当的时机已经到来，旧秩序必须废除。这是一个心理上迎来重要转变的时刻，如果用《大海如镜》中的意象，则是一次新的启程。只是现在意象明显聚焦在死亡之上。在历史上已经实现过自身的东西已经消亡并使自身得以完成。（这里有瓦格纳的影子，因为任何沉浸在自己时代的精神史中的思想家必然均是如此。）因此，一个旧秩序的逝去是康拉德最后完成的小说《漫游者》（*The Rover*）的主

① 休·克利福德（Hugh Charles Clifford，1866—1941），英国贵族，长期担任马来亚、锡兰、尼日利亚等英国海外殖民地行政长官，任职马来亚二十余年，曾写作大量以马来亚为背景的散文和小说。

题。但即刻引起他关注的是幸存者的问题。在同一封给克利福德的信中，他继续写道："正是那些被剩下的人，可能还得和那些曾经感动过人类的最物欲横流、最不择手段的势力讨价还价。屈辱的命运。"康拉德认定新俄国的势力是已被摧毁的日耳曼主义的继承者。人们可以看到，康拉德的头脑在为一种古老的民族偏见寻找特定的历史理由：闹革命的俄国是最新的可以与之讨价还价的巨大敌对势力。多年前他拒绝为他的灵魂讨价还价，回顾这段经历可以衡量他的心智所走过的路程（*Poradowska*, 36）；如今已别无选择。

旧政体的消亡不仅是社会和政治动态的结果，也是康拉德头脑中这种动态的一个类比。他内在生活的整个维度亦已消亡。只有现今这一整个欧洲世界，挺立在他的自我的面前。在过去，他曾试图把控自己内心生活中令人困惑的复杂性，而如今看来，他个人的混乱失序似乎在欧洲已被开启。仿佛他自己灵魂中潜在的巨大骚乱突然把欧洲当作了舞台。在这一点上，个体现在注意到了这些问题，不是从自身的内在，而是从外在看到了它们。他在给克利福德的同一封信中写道，在公开可见的历史舞台上，像国际联盟（the League of Nations）这样的理想主义之妥协，就像在脚下移动的地面上勾勒出一个网球场。此外，他在1918年12月24日写给高尔斯华绥夫妇的信中说，像"和平"和"幸福"之类词语现在"有一种'打包的手提箱'的气息"，这非常适合"北极冰冷的寂静"（*LL*, II.216）。

79

现在康拉德眼前所见的动态过程，或许是对欧洲精神（the European ethos）中已经存在的某种东西的实现——然而，这种东西需要像战争那样的一次长期行动（一次爆炸），才能引起他的充分注意。这也是康拉德在战争期间开始形成的一个观念的另一方面，即他的自由状态。正如卡尔·雅斯贝斯①所写的："自由的内容在欧洲是由两种基本表现形式来揭示的。其一，在极性之中的生活（life in polarity）。其二，在极端状况下的生活（life at the extreme）。"[1]如今，欧洲的"辩证生活（dialectical life）"的真理和价值对康拉德来说至关重要。他能够看到，他自己的过去被具体化，并转化成了伪传记的《个人札记》——正如1919年3月29日他给登特的信中所说——是"一个精心策划的整体……是一种特殊情绪和对我来说已一去永不复返的日子的产物"（*LL*, II.219）。然而，他拒绝将早期的回忆录仅仅当作研究如今已大名鼎鼎的作者的"材料"。他坚持认为，这并不比他的心更具实质性和重要性（*LL*, II.219）。回想一下他早期信件中关于"心"的不同变体，在康拉德的所有习语中，这一比喻的一致性令人印象深刻。他似乎在说，掌控自己的心是一个极端的个人问题，《个人札记》正是对此问题的一个解答，尽管它是旧秩序的一个方面，但他仍对此保持着忠诚。因此，《金箭》，甚至《拯救》，都是为他在别处所说的"记忆的无敌生命（la vie invincible du souvenir）"（*Lettres*, 149）而创作的作品：前者是他本人生活的记录；而后者，正如他在1918年10月2日致怀斯（Wise）的信中所写的那样，是关于他的风格、品味和判断力变化的历史（*LL*, II.209）。简而言之，他对历史演变的清晰性有了一种新的敏感，这是以前他饱受困扰的头脑所不可企及的。我们只需比较一下他早期作品中粗糙而复杂的时间处理方式和后期作品中简单得多的

80

① 卡尔·雅斯贝斯（Karl Theodor Jaspers，1883—1969），德国存在主义哲学家、精神病学家，对现代神学、精神病学和哲学有重要影响，代表作有《时代的精神状况》（1931）、《存在哲学》（1938）、《历史的起源与目标》（1949）。

方式。因为他生命的早期阶段已经过去，现在他可以在《金箭》中写一个“完整的……情感冒险”（*LL*, II.224），他必须完成《拯救》——以证明他并未“贪多嚼不烂”（*Garnett*, 263）。

正如他在 1919 年 8 月 14 日向平克指出的那样，他对批评家们愈加不耐烦，那些人正在议论说他文思渐衰（*LL*, II.227）。他语带反讽地自我辩护说，这是有原因的，因为他不可能一辈子只写《吉姆爷》。就像他在 1919 年 11 月 16 日写给加内特的信中说的那样，他的朋友们现在成了他生命延续和演变的又一佐证（*Garnett*, 266）。他会对他们说，最好是“关掉你头脑中的批评电流［这里令人联想到理性的冷光］，在黑暗中工作，那种没有责任的鬼魂会在其中出没的创造性黑暗”（*Garnett*, 273）。这种有益的黑暗——不可侵犯，亲密而深刻——将人带离世俗的现实。在康拉德的心智中，他已经实现了才智上的创造性工作和他对世界的责任感之间的分离。这是他以前无法公开去做的。因此，出于这一原因，虽然《个人札记》以技巧伪装经验，但这部作品绝对是关于过去的事。1921 年 1 月 17 日，他写信给桑德曼说，他的“愚蠢时代（age des folies）结束了”（*LL*, II.253）。1922 年 4 月 24 日，他向自己选定的批评家柯尔发出语带恼怒的提醒：“我知道我把自己生活中的事实甚至我的故事留在背景中是在做什么。”（*Curle*, letter 89）

81

在康拉德看来，关于其存在的主要事实如下：首先是关于他的文学生活的事实，公开信息是始于 1895 年，私底下则是始于 1889 年。还有更广阔的欧洲背景，这是他必须立即考虑的一点。他的文学生涯从 1889 年延续至 1914 年——这有其自身的演变，自身的历史发展。然后这种生活和欧洲的命运之间还有着更为重要的关系。而他从自己进入文学界之前（pre-literary）继承的波兰起源中找到了两者之间重要关联的解释。在他生命的最后两年里，康拉德频繁地代表自己和国家道歉，总是将波兰作为西方文明的前哨，自己作为一个好的老欧洲人，把波兰的历史说成是一段致力于反对泛斯拉夫主义（Panslavism）、与英法有着亲缘关系的历史（*LL*, II.336）。这些年来在精神和才智上的勤奋证明了他为协调意识中的两股关键力量所作出的努力。为此，在埋葬死者和为新秩序铺平道路的双重意义上，（正如他 1923 年 11 月 21 日致加内特的信中所说）《漫游者》被认为是他的革命性作品（*Garnett*, 296）。1924 年 2 月 3 日，他提醒平克，《悬疑》将会是他的大部头小说（*LL*, II.337）；《漫游者》只是一个插曲，是他唯一特意写成的短篇作品（*LL*, II.339），在这部作品中，一个完整的事件——一个人的归来——以一种全新的精神展开。《漫游者》中的佩罗尔（Peyrol）临死时与自己和世界都已和解；他已完成自己的使命，因此，这位强壮的法国老人听到的最后一个词是一个英国水手喊出的"稳住"，这也是恰如其分的。这为他下一部作品引入一个伟大的新主题作了准备，因此《悬疑》中设计了一个历史背景，描绘欧洲从拿破仑冒险的混乱之夜中觉醒的过程。但康拉德生活中彻骨的悲伤也拒绝了让他实现这一满足。《悬疑》越是往下写，就越成为他所谓的"一部失控的小说"（*LL*, II.339）。即使到了他生命的尽头，他所企盼之物也会慢慢进化，只是不断生长。然而，在他的脑海里却有一番情景，可以把这个伟大的主题恰如其分地表现出来。理查德·柯尔在康拉德生命的最后几天陪伴在侧，他这样描述道：

82

> 最为重要的是，他痴迷于一部未写成的小说的开篇场景，小说背景是在东欧某国。他曾如此绘声绘色地跟我描述

这一场景，以至最后我仿佛亲眼目睹一般。在一座皇宫的庭院里，灯火辉煌，好像过节，士兵们在雪地里扎营。而在宫里，一场性命攸关的会议正在进行，国家的命运正待决定。我再未得知更多关于这部小说的内容。[2]

这应该不是《悬疑》会成为的样子。康拉德未能写出这本书，这无疑是他本质上的欧洲主义的过错，哈姆雷特式的困惑最终背叛了他。我想，瓦莱里①关于典型的欧洲人的话适用于康拉德：

欧洲人哈姆雷特看着数以百万计的鬼魂。

但这个哈姆雷特是知识分子。他沉思着真理的生死。我们争论的所有对象都是他的幽灵；我们所有荣耀的头衔都是他的悔恨；他被发现和知识的重量所压垮，无法恢复他那无限的活力。他思考着重复过去的无聊，想到了总是想创新的愚蠢。他徘徊在两个深渊之间，因为有两种危险从未停止对这个世界的威胁：秩序和混乱。[3]

康拉德一生的成就在于，他积极承担起了他所感受到的秩序和混乱的整个重担。1924年8月3日，当康拉德的生命终结之时，他的个人精力已经有效地投入到慷慨激昂的欧洲主义之中；另一方面，如果说他的艺术未能找到一个可相提并论的目标，那么这一失败也许就是康拉德为新欧洲所作出的牺牲。尽管如此，的确曾有过一次拯救。

83

① 瓦莱里（Ambroise Paul Toussaint Jules Valéry，1871—1945），法国象征主义诗人，法兰西学院院士，代表作有《旧诗稿》（1890—1900）、《年轻的命运女神》（1917）、《海滨墓园》（1920）等。

第二部分 *85*

康拉德的短篇小说

86　生命作为一种现实是绝对的在场：我们不能说**有**什么东西，除非它在场，就在此刻。那么，如果**有**一个过去，它必须是在场的某物，是现在在我们身上活跃之物。

奥尔特加·伊·加塞特

第六章 87

过去和现在

康拉德在1900年3月17日写信给桑德森夫人说："男人往往先行动后思考。"（*LL*, I.294）这句简单的话的含意将我们直接带入康拉德短篇小说丰富且费解的世界。任何一种行为的进行或见证都没有伴随反思或解释，就好比无论这行动是对一个人所做的、由一个人所做的或在一个人面前所做的，这一行动压倒性的直接感排挤掉了理性的启示作用。康拉德选择的异国背景强调了这一点：对于忙碌的头脑来说，行动变得更为陌生，难以捉摸。但事后的回顾也是有意义的。比如，人们想到被围困的马洛，他指挥着他那艘破旧的刚果汽船，望着他的舵手莫名其妙地突然躺倒；几分钟后，他惊恐地看到一支矛刺穿了那人的身体。直到那时，他才明白是什么直接恶性因素导致了他所看到的一切（XVI.111–112）。再往后，他又心不在焉地注意到库尔茨住所周围的木桩，并排立着，顶上是圆球状的东西。假以时日，他会意识到那些其实是晒干的人头，放在那里作为骇人的例证（XVI.130）。事实上，马洛见到库尔茨之前的整个旅程的进展似乎令人难以置信。当马洛向他的听众讲述自己的经历时，他希望听众明白，这段经历改变了他的生活（XVI.51）。但在这段经历中，他就像里尔克笔下的马尔特①一样，意识到“这个世界上没有什么是人们可以事先想象的，哪怕是一件小事。万事万物都是由如此多无法预见的独特细节所组成……但现实是缓慢的，细致得难以形容”。[1] 现实的细节，在行动中只得到无言的承认，是由回忆的头脑来实现的，正如马尔特所写的那样，它追溯着经验的设计。[2] 也许我们可以从风格本身感受到思想对行动的部分超越。在一封给 F.N. 道布尔迪（F.N. Doubleday）的信中，T.E. 劳伦斯曾把康拉德的风格描述为一种“渴望”完全把握其主题的写作方式，并不断地将这种写作方式应用于那些似乎拒绝它的行动。[3]

88

康拉德如此多短篇作品中的回顾模式，可以理解为是解释发生之时不允许反思之事的努力。而且，大多数时候，已经发生的行动不仅困扰着现在，而且会立刻引起人们的关注。康拉德的第一个故事《白痴》就明确说明了这一点。叙述者是一个在布列塔尼②旅行的人，他突然看到四个傻孩子出现在自己面前。然后他打听他们的身世，渐渐地，他们出生的故事在悲哀和恐怖中拼凑了起来。但是，故事的内容尽管是耸人听闻的大戏，对于旅行者来说却仍显得有些“晦涩难懂”。在进行回忆的叙述者和真实的故事之间有一道永远关闭的障碍。然而，对于一个小说家来说，障碍不仅仅是可被忽略的东西，这道神秘的篱笆墙，正如康拉德在后来的故事中所发展出的那样，成为了故事中的一个重要事实。

① 马尔特（Malte），奥地利诗人、作家里尔克（Rainer Maria Rilke，1875—1926）的长篇小说《马尔特手记》（1904—1910）中的同名主人公。

② 布列塔尼（Brittany），法国的一个大区，位于法国西北部的布列塔尼半岛，英吉利海峡和比斯开湾之间。

在《白痴》之后几个月写成的《礁湖》中，来访的白人男子听着阿尔萨特（Arsat）讲一个关于背叛的故事，两人就站在未完工的房子前，阿尔萨特的女人（阿尔萨特的兄长为她牺牲了自己）在里面刚刚死去。当阿尔萨特讲完自己的故事，他向这个白人男子寻求建议和解释。但那人凝视着宁静的礁湖，以一种可怕的被动态度回答道："什么也没有啊。"（VIII.203）。在一种白人无法理解的存在中，阿尔萨特回到了他对自我公正的黯淡朦胧的探寻之中：游客越过这片宁静的礁湖，接近阿尔萨特，又离开他，礁湖代表着两个人之间无法理解的距离的永恒性。因此，一方面是冲动的行动，另一方面则是无效的反思。

《卡伦》和《青春》是创作于《礁湖》和《黑暗的心》之间的两个故事。在这两个故事中，沉思者们看似沉湎于过去，以阐明或纠正那些令人无比不安的神秘。土著酋长卡伦和阿尔萨特一样，被他一个朋友的鬼魂所纠缠，他曾为一个女人而背叛了朋友。倾听故事的英国水手意识到他这种迷信的天真，就给了他一个六便士作为护身符来保护他。在《青春》中，马洛在讲述自己过去的一个古怪故事时，热情地谈论着青年时期朦胧的坚韧顽强和理想主义；只有"浪漫"和"魅力"这两种唤起记忆的魔力，才能让人理解年轻人不可思议的冲动。然而，读者（康拉德信赖其洞察力）必须明白，现在半喜剧式的补偿并不能真正地改变过去。几年后，卡伦得到六便士时在场的人之一杰克逊（Jackson）在伦敦与叙述者见了面。我们了解到，卡伦生命中那种旺盛而鲁莽的激情，被白人男子如此嘲弄地重新组织，却已俘获杰克逊本人。现在他不知道何为真实；杰克逊跟卡伦一样，已经成为冲动行为后果的糊里糊涂的受害者。至于马洛的听众，不管他们和马洛就青年时期的表现进行了怎样的长时间交谈，留给他们的是“疲倦的眼睛，仍然在寻找，始终在寻找，焦急地寻找着生活中的某种东西，它被期待之时却已消逝而去——已悄然逝去，一声叹息，转瞬之间——连同青春，连同力量，连同幻想的浪漫”（XVI.42）。重要的是，这些早期故事中还有一个，即《“水仙号”的黑水手》，以一个答案高深莫测的问题作为结尾，正如提问的那个进行回忆的叙述者声音中的不确定性所传达的那样：“我们一起在这不朽的大海上，难道没有从我们罪恶的生命中拧出一点意义吗？”（XXII.173）

90

经验的代价不仅来自在恐惧和神秘中经历了它的个体，也来自其任务是将其收集起来加以理解的那个人。在这项任务中，即使对意志最坚定的人来说，似乎也无法保证“意义”会自动显现出来。当然，对自己是否有能力表达**他**所经历过的如此深刻的生活，康拉德感到十分怀疑。例如，他在 1897 年 11 月 30 日写给亨利·詹姆斯的信中提到了最近完成的《“水仙号”的黑水手》：

> 它（这部作品）具有简短的品质。它曾经活过。毫无疑问，它很糟。没有什么比讲述一个梦更容易的了，但不可能通过它苦涩又甜蜜的力量去穿透那些倾听者的灵魂。人无法传达幻觉的凄美现实！梦结束，话语飞走，书被遗忘。这就是命运的仁慈恩典。（*Lettres,* 34）

马洛犹疑不定的嗓音把同样的情绪变成了适合他正在讲述的不确定经验相适宜的措辞：

> 你看到这个故事了吗？你看出什么了吗？在我看来，我想告诉你一个梦——做一次徒劳的尝试，因为没有一个梦的

关系能够传达梦的感觉，那种在挣扎反抗的震颤中荒诞、惊奇和困惑的混合，那种被不可思议的事物所俘获的概念，正是梦的精髓所在。（XVI.82）

马洛自己被不可思议之事所俘虏，但他目前叙述回忆时的能力缓和了这种情况：当一个人讲述一个令人难以置信的故事时，他被迫用可信和熟悉的措辞来讲述这个故事。马洛用可信的措辞来说话，这是一种令人既欣慰又沮丧的妥协：因为他已经把自己与不可思议之事分离开来，他现在无法完全控制或传达过去经历的激情。尽管如此，他对那种激情仍抱有一种难以形容的黑暗记忆。 *91*

在他写作《青春》的时候，康拉德认为自己保留并重新激活了曾经经历过的所有激情。他在1898年9月6日给H.G.威尔斯写信说："至于《青春》的缺陷，它们的存在无可讳言。我自己也有你所说的感觉——在某种程度上。不过，促使我写下这个故事的那种感情是真实的（仅此一次），而且是如此强烈，以至它在很多地方都通过叙事（当然它也损害了叙事）摸索出了自己的道路。我把这事简单地解释给你听。否则，这事就没道理了。"（*LL*, I.248–249）《青春》背后的感觉拥有摧毁叙事的力量，有趣的是，这里对康拉德的感受力来说，感觉几乎是一个独立的装置。但至少《青春》，甚至《黑暗的心》，都是在这个问题的持续侵扰之下写作并完成的。另一方面，他在《拯救者》上所下的功夫，恰恰也是苦于同样的状况，与他在智识上掌握与超脱的所有努力背道而驰。因为康拉德对整个故事的构思对他有一种身体上的控制，任何能量都无法使之放松。1898年3月29日，他在写给加内特的信中写道："而那个我写不出来的故事，交织在我的一切所见、所言、所思以及我想读的每本书的字里行间。"

（*Garnett*, 135）这是他在写每一个故事时所冒的风险，因为对于易受影响的康拉德来说，他头脑中有序的力量，在叙事逻辑中寻求表达，可能会屈服于他溢满心灵的情感压力，没有什么比这更为紧迫的问题了。

因此，康拉德大部分的短篇小说都在戏剧化地表现过去与现在、当时与现在之间的成问题的关系。这可能是康拉德自己对过去的感觉与他对现在的感觉相冲突，或者可能是一个人物对过去的感觉扰乱了他（人物）对现在的感觉——这是不可能加以区分的。当然，在这个简单的主题上有某些炫技式的变化，但是基础低音保持不变。故事总是在一种不自然的不祥静谧的场景中展开。这里有一个故事需要被讲述——而不可避免的类比是年迈的老水手与婚礼宾客搭讪，强迫他听自己的故事。[①] 在某些情况下，故事并不涉及叙述者本人：例如，在《法尔克》和《黑暗的心》中，故事中的"我"只是听别人讲了个故事。在其他例子中——《"水仙号"的黑水手》和《秘密分享者》便是两个例子——对于叙事来说，没有特定的听众，也没有特定的场合，尽管故事是以第一人称来讲述的。在其他作品中，康拉德摒弃了此类第一人称叙事，尽管他坚持一种类似于詹姆斯所使用的"意识中心"技巧。但在每一个故事中，康拉德的目的不仅是考虑所谓的情节（通常发生在过去），而且考虑不同程度的晦涩、困难和孤独，这些都不可避免地持续至今。因为过去不能也不会被遏制或限制。我们以为已经摆脱了它，但仅仅是想到这一点，便已是在再次确认它对我们的力量。借用《荒原》中的一个意象，这就好像监狱中的每个人都想到那把能够释放自己的钥匙，而"想着那把钥

92

① 指柯勒律治著名的叙事长诗《古舟子咏》开篇的情节。

匙，各人守着一座监狱”。这些故事的效果是使孤独成为一种普遍现象。

根据一部基于短篇小说一般特征的作品，这正是故事的真实写照。弗兰克·奥康纳[①]的《孤独之声》（*The Lonely Voice*）将短篇小说描述为本质上是关于永恒弃儿的叙事，远离社会的孤独个体成为强烈的意识的中心。[4]除此之外，奥康纳还将短篇小说视为一系列个体的声音（无论是莫泊桑、屠格涅夫［Turgenev］还是契诃夫［Chekhov］的声音），这些声音的质感（texture）创造了独特的效果，让读者感到愉悦。然而，康拉德的短篇小说的概念架构，远比令人愉悦抑或称得上独特的效果问题更富戏剧性和微妙性。首先是企图入侵（intrusion）的性质：过去对现在的入侵，以及现在对过去的入侵。故事的真正目的成为那个漫长延展的时刻，在其中将过去和现在结合在一起，并让它们相互作用。过去暴露在现在之中，需要对以前轻率的冲动行事进行缓慢的反思，来加以启发；现在暴露在过去面前，要求那“所希求的纷扰（desired unrest）”[②]，没有这种纷扰，它就必须保持沉默和瘫痪。

93

康拉德对这一目标的艺术关怀使他在 1898 年 1 月 16 日写信给高尔斯华绥，说作家的任务不在于“发明深度——发明深度也不是艺术。大多数事物和大多数天性都只有一个表面”。他确信，“一本书的力量在忠实于生活的表面，事件的表面——事物和想法的表面。现在这不是肤浅”（*LL*, I.224）。被回忆起来的灾难体验扰乱了当下不健康的表面平静，就像一种焦虑或恐惧的感觉突

① 弗兰克·奥康纳（Frank O’Connor，1903—1966），迈克尔·弗朗西斯·奥多诺万（Michael Francis O’Donovan）的笔名，爱尔兰剧作家、小说家、评论家和 9 至 20 世纪盖尔语作品翻译家，爱尔兰文艺复兴运动晚期的代表人物。

② 出自《“水仙号”的黑水手》第四章。

然进入意识，刺激了萎缩的头脑，迫使它的现状从它身上脱离。康拉德曾身为水手这样一个行动者的经历，教会了他危险中蕴含的振奋人心的效力：灾难的威胁创造了一个他称之为“春天”的契机，让他能够与烦难搏斗。作为一个绝望地久坐不动的思考者，他写信给威尔斯说：“以前在我的航海生活中，困难会激励我努力；现在我发现并非如此。”（*LL*, I.321）在最糟糕的情况下，他现在身为一名作家，生活的噩梦不允许来自过去的入侵。1899年9月16日，他写信给加内特：“即使写信给一个朋友——一个你听过他说话、触碰过、喝过酒、发生过争吵的人——也不会给我一种现实感。一切都是幻象——写出来的文字，它们所针对的头脑，它们想要表达的真理，将会拿着纸的手，将会一瞥这些字句的眼睛。每一个意象都模糊地漂浮在怀疑的汪洋之上——而怀疑本身则迷失在未经探索的不确定性的宇宙之中。”（*Garnett*, 155）诚然，正如他在1900年4月12日提醒布莱克伍德的那样，这是“一条狗的生活！这种写作，这种永无止境的努力”（*Blackwood*, 90）。

94

这并非偶然，几乎所有故事的现在，正如E.K.布朗（E.K. Brown）所谓的它们的“客观剧场（objective theatre）”[5]，都不可避免地是一种风平浪静，一种关键的延迟，一种随时会发生的时间停滞。读者看到的是一种散发着不对劲的感觉的气氛，这种感觉必须被审视、回忆、重温或解决。《进步前哨》中的凯亦兹（Kayerts）和卡利尔（Carlier）已经被挪移出正常的欧洲生活，开始在东方的丛林深处等待生意；“水仙号”正漂洋过海，但它的使命是清除造成自身拖延的因素，清除自己船上那个名字起得挺恰当的黑人韦特（Wait，意为“等待”）；《回归》中的阿尔万·赫维（Alvin Hervey）在伦敦过着停滞不前的生活，而此时他的妻子却在妨碍他们“掠过”生活的表面；在《青春》和《黑暗的心》中，都有一个长时间停顿，在那段时间里，一群隐隐心绪不宁的前水手们听着马洛那陷入沉思般不着边际的话；在《法尔克》中，食客们吃了一顿糟糕的饭，必须以某种方式加以补偿——因此为了他们，奉上了一个荒谬的故事；惠利船长（Captain Whalley）已近乎山穷水尽，为了做点什么，他试图重新开始他以前的航海生活；《明天》的主人公哈格贝德船长（Captain Hagberd），只为他儿子回来的那一刻而存在，他生命中徘徊的希望成为他存在的唯一条件；《秘密分享者》中的年轻船长在跑路的莱格特（Leggatt）登上他船的那一刻平静了下来；《七个岛屿的弗雷娅》中的贾斯珀·艾伦（Jasper Allen）和弗雷娅·尼尔森（Freya Nelson）正在等待结婚——名单还可以延长下去。

此外，在对主导情节的技术性处理上，康拉德试图在过去和现在之间建立一种因果关系。有一次他写道，故事的真实性在于其呈现方式（*LL*, I.280），我认为，他指的是刻意试图使过去与现在形成因果关系的艺术手法。因此，我们需要考虑，《黑暗的心》中马洛“渴望黑暗之地”的故事，为什么不仅仅是在泰晤士河上被迫等待的结果，而且也是其原因之一。[6]康拉德的每个故事都有一个惯用的典型转折，那就是试图看到过去和现在之间的直接联系，试图把过去和现在看作是相互关联的事件的连续表面，而这种企图落了空。马洛希望他的朋友们看到事件的外在，而非内核（在著名的《“水仙号”的黑水手》1897 年版序言和 1897 年 9 月 6 日给布莱克伍德的信中，康拉德公开宣称这应是散文作家的目标），对他的观众来说，马洛变得完全看不见了，与此同时，他所讲述的故事变得越来越模糊。故事和讲述者似乎都后退

95

到一颗几乎超然的黑暗之心当中。这是康拉德的方法居于核心且引人入胜的悖论：每一次试图在事件之间建立一种直接关系的尝试，都会使人进一步深入事件本身。而且它们没有交出任何可以用来解释它们的单一方法或顺序。马洛很快提醒埃尔多拉多探险队（Eldorado expedition）的负责人，问题不在于库尔茨用错误的方法把象牙如此迅速地从丛林中弄出来，而在于“根本毫无方法可言”（XVI.138）。尽管如此，康拉德艺术气质中深刻的哲学上的诚实，在每个故事中都保留了作为“在［其］自身处境中的初学者”的痛苦感受。[7] 几乎不可能不说，先行而后思总是问题之所在，反思无可奈何地远远落在后面，无可奈何地使人远离难以捉摸的行动表面，进入令人困惑的“超越”。《吉姆爷》中有一段话出色地描述了这种困境：

96

> 在第一次有了反抗的感觉之后，他就逐渐认识到，只有一丝不苟的精准表达，才能揭示出事物骇人面目背后的真正恐怖。那些人如此渴望了解的事实是可见的，有形的，对感官开放，占据了他们的位置和时间……他急切地想要说清这一点。这从不是一件平常事，其中的一切都是平常事，其中的一切都很重要，幸亏他什么都记得。他想继续讲下去，为了讲真话，也许也是为了他自己；而且虽然他是有意讲出来的，但是他的头脑却积极地绕着在他周围涌现出来的这些纷繁复杂的事实飞来飞去，把他和他的同类隔绝开来：就好像是一个动物，发现自己被关在一个高木桩围成的围场里，在夜里心烦意乱地转了一圈又一圈，想找一个薄弱点，一个裂缝，一个可以爬上去的地方，一个可以挤进去的洞口，然后逃走。这种可怕的思维活动使他在讲话时常会犹犹

豫豫。（XXI.30–31）

在约两百页的篇幅里，吉姆不断发现自己陷于进退维谷，这与康拉德自己作为一名作家的精神体验非常吻合。康拉德在1899年10月9日致休·克利福德的一封信中总结了他对语词的直接指称功能的尖锐而又极其简单的信念，这与吉姆对事实真相的信心是一致的。康拉德在给克利福德的信中写道："语词，一组一组的词，单独的词，是生活的象征，它们的发音或体貌（aspect）有一种力量，能把你想要呈现在读者脑海中的东西呈现出来。事物的'本来面目'存在于语词之中；因此，用词要谨慎，以免这幅图景，这居留于事实之中的真理形象，被歪曲——或模糊。"（*LL*, I.280）康拉德也了解他曾称作"诡诈的文饰"的那种伪造能力。然而，像吉姆一样，他别无选择，只能使用语词，一方面冒着欺诈的风险，另一方面又冒着心智的"可怕活动"的风险。他在1896年2月22日写给加内特的信中谈到"［他］灵魂的铁石心肠""既聋且瞎，却不会是哑的"。因为"如果一个人不能尽情地喋喋不休，"他继续说道，"那生命还有什么价值？"（*Garnett*, 44）关于一个行动或一段经历的某些事情必须被告知，正如吉姆认为一丝不苟的精准表达能揭示真相。康拉德对经验的内在认知，即他在1896年6月10日写给加内特的"［他］灵魂的渴望"（*Garnett*, 58），需要用一种特殊的句法来满足，必须以绝对的忠诚和谨慎来加以组装。他补充说，有时他会做好几个小时的梦，然后担心自己得了严重的精神疾病。他在1896年写信给安温（Unwin），说这些故事是"［他］内心深处的片段"[8]，尽管它们都只是废话连篇。如果说这些语词缺乏他曾经所说的"一心一意的表达"（*Garnett*, 86），那只是因为他没能让它们来表现行

97

动——但反思性的描述永远无法充分把握冲动的——因而是模糊的——行动。尽管如此，他还是需要与人交谈，才能抵挡与日俱增的虚幻和不现实感；当然，这便是他如此频频提及的“黑洞”中噩梦般的静默经历。他给密友们写去热情洋溢的书信，希望他们的声音能作为回应让他确认现实。因此，在 1897 年 3 月 26 日，他写给特德 · 桑德森说：“一个人容易过多考虑自己。这是一种贫瘠的职业。但一位朋友的声音就可以把思想的洪流变成硕果累累的山谷。”（*LL*, I.203）他总是害怕完全的自我陶醉，只有一个朋友的“真正的生活”才能让他满足，正如他在 1897 年 3 月 24 日提醒加内特的那样（*Garnett*, 95）。

恰如寻常所见，当一个故事具有自传性，越是深入康拉德自我陶醉感的阴影，其相互依赖的时间维度（过去和现在）就越是倾向于揭示过多关于他本人的事情。而这些几乎无一例外地让他充满了深深的羞耻感。《黑人大副》中的几句话描述了康拉德的情绪。

98

> 至于他对自己一生中某一秘密行为感到悔恨，唔，我理解，像邦特（Bunter）这样品德优良的人一定会很痛苦。不过，我们私下里说，一点也不开玩笑，不可否认的是，即使是我们当中最高尚的人，害怕被人发现在很大程度上也是悔恨的一种表现。我并没有对邦特多说这个意思，不过，在这个可怜的家伙反复叨叨的时候，我就对他说，许多诚实的人背后都有不可告人的秘密。（XXVI.95–96）

虽然关于康拉德高度发达的个人罪恶感已经写了很多，但关于他异常强大的羞耻感却说得还不够。那种羞耻，是源于他感到和所有人一样对个人理想的堕落负有责任，源于他愿意不惜一切代价活下去的意志，源于无法以任何决定性的方式否定生命，源于某种残留在生活中的困难。最重要的是，他对恐惧感到羞耻，而恐惧，正如他在《进步前哨》中所写的那样，是一种再多反思都无法摆脱的感觉（VIII.107）。他自己的个人史是可耻之事的可耻范例，从抛弃他传承自波兰的理想，到看似任性地放弃他的海上生活。他已经像凯亦兹和卡利尔一样，成为一种文明生物，依赖周围安全的环境生活。他的每一个故事都使他陷入回忆和烦恼的无所事事之中。当故事进展下去，他发现，就像那两个进步事业的不幸门徒一样，他把自己想得更好了，因为他现在成了一名艺术家（他写信给加内特说，凯亦兹和卡利尔痴迷于小说是有着特殊含义的——［*Garnett*, 62］），他将自己向未知事物的可怕入侵敞开。使未知事物如此“不可抗拒、熟悉而令人厌恶”（VIII.108）的是这样一个事实：当一个人越是进入其中，它就往往听起来和看起来越像以前曾知晓和感受过，却又轻率地否认了的东西。那些野蛮的土著从周围的丛林中钻出来，偷运走了贸易站劳工，他们说的那种语言听起来就像凯亦兹和卡利尔在梦中听到过的一样（VIII.97）。当这两个欧洲人为了一块糖而互相残杀时，他们的堕落已经完成。他们未经省察的信仰寄托在社会伪装的欺诈机器之上，这机器已经摧毁了他们。人们只要想想康拉德的编织机概念，就能判断人类被这种机器感染的程度。 *99*

之前我说过，这些故事试图创造一个延展的时刻，在这个时刻里，过去和现在得以显露。经由此次成功尝试，康拉德希望让现在开始接受来自过去的治疗。但如今我们看到，现在令人抓狂地被隔离在未来的解决方案之外，使我们所熟悉的可耻的过去起死回生。对过去的探究越是深入，就越可以肯定其中不可能有任何理由可解释目前的事态状况。由于现在延续着它令人沮丧的无所作为，由于过去除了令人尴尬的“秘密行动”之外乏善可陈，每个故事实际上都加剧了其自身惊人的羞耻气氛。由于康拉德在故事中始终保持着他作为拯救者的作者立场，过去与现在的关系可以理解为康拉德希望从晦暗不明的过去中为现在拯救出意义的一种结果。在最早的一批短篇作品中，从1896年的《白痴》开始，到1902年的《走投无路》结束，康拉德反复用哲理巧思来操纵故事，以求发现最终能被拯救出来的东西。一如既往，答案是根本什么都没有。第二批中，包括到《秘密分享者》（1910年）为止的故事，结局更有希望，尽管有造作之嫌。最后一批到《马拉塔的种植园主》（1914）为止的作品当中，人们再次陷入绝望。然而，在这每一批作品中，过去和现在的关系都以极其戏剧化的方式加以处理，这些方式不仅仅是一种虚构的技巧，而且是在羞愧和恐惧的压力下进行回忆的分析心理学（analytic psychology）的一个重要方面。

100

或许，与萨特的情绪现象学理论的一个阶段相类比，可以清楚地看出，康拉德对有意识的人类心理的掌握运用相当准确。这一类比的价值完全是由于我确信康拉德对叙事方法的选择是取决于他对本书第一部分所讨论的“存在机制”的惯常洞察。如果他的选择是真诚的（而我认为正是如此），那么这种方法就是对他自己所*知*之事的直接反映和确认。但这些稍后再议。我从萨特所谓的客观现实开始——这就是人们觉得应该作为一个客体（object）或实体（entity）去把握的任何事物；相当于康拉德对现在的初步审视。萨特说，一般而言，我们发现要*如其所是*地把握客观现实的本来面目过于困难或不可能。因此，如果我们看到一串自我呈现为“必须采摘”的葡萄，而我们又够不到它，就会放下手，喃喃自语道：“它们还太绿了。”通过类比，康拉德希望首先以这样一种方式来把握现在的情况，使其与过去产生直接的因果关系。当这一点无法做到，想要做某事的紧迫感“很快就会变得无法忍受，因为潜能无法实现。这种难以忍受的紧张感反过来又变成为一种动机，将一种新的品质强加给［实体］……从而解决冲突并消除紧张感……［人们］神奇地将［自己］所希望的品质赋予［实体］”。但是，人们对一个困难至极的情形加以“神奇”改造是受限制的：这些限制由意识本身所规定，它不允许客体就这样消失。如果这真的发生了，那就意味着意识也必须消失。因此，正如萨特所言，我们依赖于“神奇的行为，其中包括通过颠覆我们所生活的空间的矢量结构，突然在另一边创造一个潜在的方向，从而用我们的整个身体来否定危险的客体”。我们通过转向另一客体来否定此客体。于是随之而来的便是康拉德回到过去——一个处于另一边的潜在方向。现在会发生的情况是，如果一个人所返回的那个过去的片段是一个灾难性事件（正如康拉德笔下常见的情形），他就会变得阴郁而悲伤。结果，“悲伤旨在消除寻找新途径的义务”——而情感结构再次得以完整。例如，只需想想《黑暗的心》的开头和结尾，就可以看到，从现在移入过去的变动是如何导致过去的黑暗吞噬整个现在的。最后一句话中有一部分是这样写的：“通向地球尽头的宁静水路在乌云密布的天空下阴沉地流淌着——似乎流向一片无边黑暗的中心。”（XVI.162）但在以这样一种方式把过去和现在结合起来的时候，正如萨特所说：

101

这是一个问题，关于使世界成为一个情感中立的现实、一个完全情感平衡的系统，从客体中释放强烈的情感电荷，将它们全部还原到情感为零（affective zero），并且由此类推，将它们理解为完全等价和可互换的。换言之，由于缺乏完成我们原计划行动的力量和意志，我们的行为方式使得宇宙不再需要我们的任何东西。要达到这一目的，我们只能对自身采取行动，只能“让光暗下来（dim the light）”，而与这种态度相关联的思想上的对应就是我们所说的阴郁（Gloom）；宇宙是阴郁的，也就是无差别的结构。然而，与此同时，我们自然而然地采取了畏畏缩缩的立场，我们“退缩进我们自身”。[9]

我想，可以反对的是，康拉德的叙事方法（萨特的理论与之相关）只是他作为作家的一些工具，因此应该被视为一种平淡的技巧，或是其无意识的表现。但叙事方法，当它极为感人和有效的时候，主要是来自完全清醒的作者本人，而非全然来自人们所期待的连最普通的学徒也能随着成长而超越的技术上的吹毛求疵，或来自他无法控制的无意识。康拉德的书信——正如我们已看到的——揭示了他在一系列“无法忍受”和“潜在”的情境下的存在意识。他谈及噩梦和洞穴的话表明他需要解脱，而在这种需要中，几乎没有“神话”或“无意识”的内容。“心理描绘（psychographic）”或哲学的批评方法似乎有一定的价值，因为它可以区分作者意识中的某些构造，这些构造在小说创作中持续存在并使之活跃。观察作者对待这些典型态度的方式，使批评家能够审视每一位大作家必经之走向世故和深思的变化过程。如果作家本身的气质具有一种显著的哲学性和自觉的严肃性，便更是如此。

102

此外，仅仅把康拉德视为一个“道德”作家（甚至杰出的马克思主义批评家格奥尔格·卢卡奇也将他贬到这一层次[10]），或者认为他对哲学潮流漠不关心，这对康拉德来说是不公正的。R.W.B. 刘易斯[①]这样评价他："和其他在英国本土写作的小说家一样，康拉德也不具备法国人和德国人那种使思想战争本身激动人心的稀见才能。"[11]然而，康拉德的性格和观点恰恰使得他适合这场思想战争，他的阅读和传承只会使他固有的天赋更为敏锐。他的密友高尔斯华绥说，康拉德被叔本华深深打动，[12]人们可以在这里看到叔本华的"人本主义悲观主义"[13]哲学的相关性，其中暗示性地谈及主观相关性、生命意志，以及作为人生戏中戏的艺术。[14]我们会看到，康拉德是如何追随叔本华（康拉德可能最初是通过布吕内蒂埃[②][15]了解到他的）的范例，能够勇敢地阐明叙事小说的艺术宇宙论及其对回忆性的主体意识的依赖，以这种方式从奴役每个人的可怕的生存意志中寻求救赎。康拉德对这些观点和术语了如指掌。 *103*

英国的智识和哲学生活的脾性（至少是在更富有同情心、不那么孤立保守的形式下）一定也给康拉德留下了印记，就像它一定影响了任何头脑严肃的外国人的思想一样。难道不可能说，当时为知识分子所熟知的 F.H. 布拉德利[③]深奥难懂的唯心主义伦理学，是康拉德笔下许多英雄人物认为理所当然的思想运动？例

---

① R.W.B. 刘易斯（Richard Warrington Baldwin Lewis，1917—2002），美国文学学者、评论家，耶鲁大学教授，著有《伊迪斯·华顿传》（1975）、《但丁》（2001）等。

② 布吕内蒂埃（Ferdinand Brunetière，1849—1906），法国作家、文学批评家、文学史家，1893 年当选为法兰西学院院士，主要著作有《法国文学史批评研究》（八卷，1880—1907）、《历史和文学》（三卷，1884）、《科学与宗教》（1895）、《法国文学史指南》（1898）、《巴尔扎克，1799—1850》（1906）等。

③ F.H. 布拉德利（F. H. Bradley，1846—1924），英国哲学家，代表作有《表象与实在》（1893）。

如，《法尔克》和《台风》中自我实现和责任的冲突与布拉德利关于“我的岗位及其职责”的概念极为相似。[16]此外，库尔茨从文明的“伦理”中堕落，不断地表现为对贸易站政策的忠诚——这显然是对唯心主义伦理学的讽刺。最后，还有一个问题是康拉德与波德莱尔的相似性一再被证实，这位诗人拥有着“神经质不育症”、大海如镜和气质写作等说法的出处。[17]当然，诸如“道德”或“无意识”之类的标签低估了康拉德思想的成熟老道。这是一个如此这般自然养成的头脑，不仅经受住了狂热的自我意识，而且还把自己的情感斗争变成了艺术；秉承欧洲最优秀的传统，康拉德将虚构小说表现形式和哲学思想结合成为一个不可分割的整体。记住这一点，我们就能更好地理解康拉德的复杂性。然后，人们就可以开始以恰当的批评视角来看待和判断他的小说了。

要做到这一点，其中一种方法是比较前面提到过的三组故事中每一组的结构演化过程。由于每组故事都有自己的结构性典型风格（structural idiom），可以展示康拉德不断变化的自我意识（我在对书信的讨论中描述过）是如何影响他的小说取得的各种进展的。如今这一典型风格的一个常见特征就是在过去和现在之间显露出强烈的亲属感（sense of kinship）。（我最好先说明一下，

104

“过去和现在”不仅指现在的场景和过去的叙事情节，也指过去的行动和现在的反思，前者总是冲动的，后者则总是更为缓慢且慎重。当故事未被远离主要情节的框架所包围——正如在《黑暗的心》中的那样——当故事完全发生在正在展开的当下，那么故事本身就是在正式开始之前已发生之事的基础上展开的。因此，当故事开始时，詹姆斯·韦特［James Wait］已是一个垂死之人，而惠利船长已是一个失业者。）当亲属关系被识破，即使这种识

破只是暗示而已，那个以自己的处境为中心的人物就会开始把自己所面对的问题变成一出大戏。用萨特的话来说，这相当于对潜在具有难度的对象施加魔法般的改变。一个戏剧性的角色被强加在过去的，或是困难的，或是无法理解的事物之上，以迫使它与施加这种强迫的人形成一种更为顺从的关系。研究康拉德在第一次世界大战前的短篇小说创作历程之时，所有这一切都变得极为清晰。

康拉德在第一个时期写得最为痛苦、在某些方面也是最为有趣的故事，便是《回归》。莫泽和格拉德都认为这部作品写得很差，是失败之作，因为康拉德无法以任何技巧来处理性的问题。[18] 这个故事的真正趣味与情节本身并无多大关联。相反，真正的趣味在于康拉德以原子化的细碎方式记录了一个男人如何处理一场刚刚发生的灾难（他妻子试探性的不忠，她抛弃了他，又奇怪地回到他身边）。表面上的主题对康拉德本人来说只是一种人为制造的兴趣：1897 年 10 月 11 日，他写信给加内特说，在这个故事中，他试图揭露“残暴的资产阶级福音”（*Garnett*, 111）。很明显，康拉德关注一个热门的甚至是时髦的主题，是因其切身的市场价值，而非任何内在有价值的品质。阿尔万·赫维为人正派，生活还算宽裕，却没有能力拥有真正的亲密关系，他结束了在城里的寻常一日，回到了自己位于伦敦郊区的家中。他的妻子，英国版的娜拉·海尔茂①，就像一个稚气未脱的天使，和他一起掠过生活的表面，“忽略了隐藏的……生活……之流，深邃而未冻结”（VIII.123）。他在家里发现了她的一封信，她在信中告

105

① 娜拉·海尔茂（Nora Helmer），挪威戏剧家亨利克·易卜生（Henrik Ibsen，1828—1906）的著名剧作《玩偶之家》（1879）中的女主人公。

诉他，自己是为了一个肥胖的蹩脚诗人（他们先前的一个朋友）而离开他的，这一打击激发出了赫维心中所有之前被上帝隐藏起来的情感。现在，他第一次“观察充满道德苦难的神秘宇宙”（VIII.133）。

这里的一切都遵循业已指出的基本模式。他妻子被囚禁于过去之中这一事实，如今浮现在陷入漫不经心的生活之空虚无聊中的赫维面前，并开始在他心中搅动起激情（而激情，康拉德在社论中说，是唯一无法解释的东西，因为它是生活的隐秘耻辱——VIII.133）。在得知妻子可耻地背叛了自己的消息后不久，他就被忍无可忍的处境要求有所作为。我认为，正是羞耻的强大影响力使得这个故事成为康拉德最早期的那批短篇作品的缩影。因为在一个相对狭小的形式中，其焦点在于一个本质上简单的关于羞耻事件曝光的危机，康拉德对羞耻的所有情绪反应都有充分的把握。赫维立刻陷入了一个“不可原谅的真相”与“有效的伪装”相混淆的境地（VIII.131）。换句话说，他在一开始分不清这两回事：一是她已背叛他的事实，二是他既震惊又愤慨地认为她不应背叛他这一信念。作为一个范畴，事实对他而言毫无意义。正是这种对待事实的态度使他进入了一个道德苦难的新领域。用萨特的话说，他在对待客观现实上开始了神奇的改变；而且，康拉德这样评价他，他现在需要培养新的谎言（信念）（VIII.134）。

106 找到这种信念的一种途径便是以有序的方式回顾过去。通过一种自我中心的回顾模式，赫维试图在他的过去与当前的危机之间建立起因果关系，以确定妻子为什么背叛他。他照着镜子；而这一姿态相当笨拙地传达了赫维对自我的着迷。他对自我的强烈感情最终使得他的妻子成了站在他面前的一个晦暗不清的符号——因为眼下她已经从她未能成功的冒险中回到了他身边（甚至在她实际上迅速返回之前)。无依无靠，孤身一人，他第一次看到了她的存在的坚不可摧的品质。“她是每个男人在生命中为梦想留出的所有短暂时刻的化身，那些珍贵的梦想凝筑着他最珍视、最合算的幻想……她神秘莫测，意味深长，充满了隐晦的意义。”(VIII.139)赫维开始觉察到的“意义”(正如F.R.利维斯会说的那样，其描述堆砌大量形容词[19])引发了一系列相当自鸣得意的念头。当然，这与把事情纳入简单的因果关系的渴望相一致：赫维现在对自己解释说，他的妻子一直以来就像每个男人在自己生命中滋养的梦想。这种解释将她置于一个可理解的范畴，不仅说明了她现在是什么，也解释了她对他做了什么。此处，赫维对妻子的理解和马洛小时候进入世界的黑暗之地的梦有相似之处(XVI.52)。尽管马洛从未见过库尔茨真实的样子(赫维也从未如其所是地看见他的妻子)，但他发现自己被库尔茨所吸引，因为库尔茨是马洛自己创造的一个支点(point d'appui)，一种秘密梦想，是他被迫游手好闲的伴侣。马洛的性格和赫维一样，似乎都养成了有条不紊的例行公事，直到在灾难的影响之下，被抛入了一个全新的经验领域。对于年轻而缺乏经验的马洛来说，库尔茨正是马洛最想找到的人。因为库尔茨是一种极致高效的力量，回荡在未被探索的宇宙黑暗的惊人恐怖之中；而且，同样地，赫维开始将妻子从一个被忽视的玩偶转变为危机领域的中心人物。虽然她是他本人所创造，是由他本人的苦恼所构造而成，但是她的“存在”却难以捉摸地仍然属于她，而赫维则感到，不知何故，她“在干扰他”(VIII.141)。

107

康拉德继续发展着赫维对自己和妻子所抱有的那种半盲目半清晰的存在意识。妻子是她自己，而她的存在使他不安；赫维只是在一种不容许智力诡辩的野蛮感觉层面上，向自己承认这一点。但他的思考力感觉到它必须拥有以满足自身的某种东西，继续把她当作他无法理解的一个符号：他为她的意义而侵扰她，就像一条狗啃咬骨头一样。赫维之所以无法如其所是地接受妻子，是因为除了背叛和回归这个简单事实之外，她拒绝谈论其他任何事情：她说，她写给他的信既是开始，也是结束。另一方面，他则回答说："结束——这件事没有结束。"（VIII.146）他脱离了真实感觉的物质世界，"无休止地在一个唯由愤怒和痛苦所构成的空洞宇宙中打转"（VIII.145）。他越是停留在那个灰色的世界里，他的感情就越需要明确的象征性表达。在《黑暗的心》中，那个世界被定义为介于生与死之间的中立领域，亦即叔本华的纯粹意志世界。所有这一切都让人想起关于《青春》创作的那封引人注意的信件，在信中，康拉德对引发故事的感觉的描述几乎是一个独立的实体，挣扎着通过以下文字来表达自己：在这里，赫维把妻子当作一个"失声的符号"的感觉，也在他自己的空洞宇宙中推波助澜。就他所吹嘘的所有"象征性"写作而言，对于康拉德，符号特殊的局部性的使用和相关性在很大程度上是一种客体的感觉，这个客体无声地抵抗着，完全难以捉摸。这一客体被创造出来以重建一种难以忍受的状况，尽管它有其自身独立的现实（在这个例子中，便是妻子自身的存在）。赫维以前就像凯亦兹和卡利尔一样，活得像一台机器，而井然有序的世界已经从他的视线中消失；只有他的妻子还在他面前，因此可以取代以前的存在媒介。像过去一样，他想要"牢牢地抓住（这个世界）"，成为一个重要人物，而她，凭借她那些有价值的社会关系，本应成为他的工具，而如今唯独她需要被理解。

108

这其中的心理学极为有趣。因为康拉德似乎在说，一个人对生活的情感态度会有一段消耗期，这导致一个人继续依赖于习惯。在青年时期（在这一点上，《青春》本身就足以令人信服），人们看到了这个世界，并用青春的特殊工具——魅力和浪漫的眼光——仿佛把它放入了括号里。青春本身就是一个可以抓住世界的抓钩。这里同样有趣的是，注意这种信念与布拉德利的道德体系之间的相似之处。以我的理解，布拉德利的观点认为，所有行动都是自我实现；[20] 行动不能从先验的角度来理解，而应该被理解为一种不断再次确认的“拥有”世界的习惯。而社会为个人提供了一个场所，不断地迫使他永远以同样的方式拥有这个世界。因此出现了“我的岗位及其职责”的概念，或者我们必须扮演的合乎道德的积极角色。另一个类似的例子是叔本华对可知性、经验性和后天性的区分。[21] 我们有一种内在的对自身的感觉（可知的）；当付诸实践时（经验的），这种感觉会被修改；而当置于我们所处的社会框架之中时，它就会被进一步修改（后天的）。作为个体与世界相互作用的结果，我们赋予自己一种伦理上和心理上的自我定位感（类似于布拉德利的“岗位”），在大多数情况下，这种自我定位感会伴随我们一生。但根据康拉德的说法，可能会有一种令人震惊的不安，破坏我们对生命的延续。然后，我们心甘情愿地飞向依稀发现的新秩序，并试图以某种方式在其中重新定位自身。当然，还有一个类似的例子，就是本章前面讨论的萨特的逃避心理学。因此，赫维“被他生活的悲剧所吸引”（VIII.153），并在他妻子身上寻求一种找到他自己的新方法。

109

尽管如此，赫维还是在自己身上发现了传统情感的残留。他用“社会的道德基础”及对其忠诚的必要性之类言论来斥责妻子（VIII.158）。出乎意料的是，她毫无异议，顺从地同意了这一点，而他也因此“被放逐到无法管制的愚蠢领域”。她对传统情感的顺从令赫维彻底失望：作为一种理解世界的可能“工具”，他的妻子没有给他提供任何帮助。她把自己消减为一个符号，拒绝提供任何意义。他从一个空虚、愤怒而痛苦的世界，进入另一个无比荒谬的世界。在这个新的情感宇宙里，“令人蒙羞的插曲似乎脱离了一切现实”（VIII.160），继续刺激着他的感性，甚至更为挑衅。事物的本来面目和他所感觉到的事物之间的紧张关系变得益发痛苦；当他的妻子站在他面前，他心怀恐惧，有意识地抓紧那些令人宽慰的事实，而她的脸则变得丑陋，带着抛下一切防备而显露的真相（VIII.167）。赫维的双重意识被康拉德描述为一边观察黑洞，一边观察丑陋（VIII.168）。因此，赫维所走的路将他从一个传统的世界带到了一个无差别的灰色世界，在那里，他的妻子本可以通过成为一个“象征性”的坚固实体来帮助他，最终把他带往一个世界，在那里使他直面空虚和令人无法满意的丑陋。他只有一个办法，那就是寻找一个完全单纯的开始，这种行为只能被解释为重新开始他们的关系，并使其完全摆脱隐含意义（VIII.169）。

110

赫维所发现的自己所处的困境，正是康拉德从自身经历中深切体会到的困境。这是一种迫切的需要，需要找到一个无可指责的起点，在此基础上继续重新生活，这是一个客观事实，未被过度的反思性解释所玷污。当赫维夫妇开始他们的晚餐（此行为反常地代表一种圣餐仪式，也将成为重要的客观行为），赫维本人绝对是被贬低了。首先，他从闯入他生活的麻烦事（那不光彩的事件）中退了出来，并试图以一种意在拯救自己的方式来理解它，现在他相信自己可以直接走向抚慰人心的答案和渴望已久的和平。当然，这终究是不可能的。当他第一次否认客观真理和他自己的主观意识共存，当他发现自己的临时性因果关系的尝试完全无效（例如“如果我的妻子仍然是一个新的排序符号，那么我将正确地看待世界”这类想法的失败），赫维已经在一个充斥着过度投机的世界里迷失了自我。他如今陷入了一个他和妻子都无法解开的无序意义之网。从纯粹的物理角度看，经验的重量使他成为一个完全孤立的具有“象征性”密度的新世界。赫维以前作为一个空洞而守旧的人生活在一个复杂的世界里，他以一系列连续的纯理智行为占据了这个世界，这些行为抹去了真实与假象、时间与空间、他自身与黑暗之间的区别。在他那超乎寻常的视野中，世界本身只是表象，是个假象：他自身的意义要丰富得多——他对自己最终进入的巨大黑暗有了一种领悟。就这样，过去和现在在他自己的头脑里都成为了现实，而又同样地不可能。*111* 他看见这世上伟大的黑夜突破了谨慎保留的墙壁、紧闭的门和拉着窗帘的窗户（VIII.181）。重要的是，只有赫维家房子里的那尊女性雕像在黑暗中发出一点光亮。赫维走出家门，再也没有回来——尽管不是在他的妻子感到她“面对的是比她自己更为微妙的事物”（VIII.179）之前。

康拉德在这一时期的故事中设定了一个不可能的问题，即：在一个既自成体系又灾难性地出乎意料的过去之中，去发现一个可定义的结构。阿尔万·赫维、艾米·福斯特（Amy Foster）、哈格贝德船长、“水仙号”上的船员、马洛、《法尔克》中的年轻船长，他们都在自己的生活中接纳了近乎无端的超然行为所产生的使人衰弱的神秘力量。其化身必然是人——库尔茨、詹姆斯·韦特、法尔克、赫维夫人——而且，就所有目的而言，他们都行为堕落。每一个化身都需要理解，至少在人物的头脑中是如此，这种方式将理解的心智拉进与未知事物的极度痛苦的战斗中。分类的感性准备不足，在死气沉沉的平静中感到局促不安，拒绝它显然无法接受的东西，并对其加以修改。就像康拉德，他那令人极其心烦意乱的印象如洪水般完全淹没了他的心，现在的每一个演员都把过去变成了一出戏，希望这出戏可以阐明现在。我认为，赫维的经历仍然是康拉德在其写成的作品中所达成的最为持久、最为明确的自我贬低练习。这个过程是在康拉德对心智如何进入可耻退缩的理解影响之下进行的。客观感知的脑力逐渐萎缩，始于暴怒的羞耻，再转向狂热的思索，最后在近乎非人的孤独的黑暗中结束。而且最可怕的是，康拉德勇敢地描述了在某种程度上由心智活动引起的对行动的屠杀。因此，马洛、赫维和“水仙号”上的船员们想渴望的东西（即对特定灾难的启示性的、有序而正式的解释）以黑暗、混乱和无形来威胁他们。留给我们的问题是：心智寻求的是秩序还是真理？我们从康拉德的信中还记得，这个问题贯穿了他本人的思考。

112

从一般的戏剧和哲学角度来看，这种情形就是：分类的心智通过将自身强加于傲慢地面对着它的世界，取得了巨大的成功，以至在其自身之外似乎唯余空洞。在韦特的最后一个梦中，他看到自己成了一具空壳，这个梦是对船员意识的含蓄评注。那么我们就得问问，为什么他的出现会给船员带来麻烦，为什么赫维太太回来了，为什么库尔茨似乎召唤来了马洛，为什么法尔克一定会激怒年轻的船长。这些问题把人们带到康拉德身上最为深刻且最为人性化的地方：认识到生活中的每一个行为，无论多么直接、自然和自给自足，都需要得到参与其中的每个人的意识在智识上的认可。正如康拉德本人需要他的朋友们的声音以作为他们对他感兴趣的证据一样，韦特也需要拥有人们都对他感兴趣的自我主义的保证。他极为清楚地说：“我必须活到死。”（XXIII.44）

在最可忍受的情况下，生活是一个人对自身存在的自我主义主张，好让别人可以感受到它。如果世界是一种拥有意志的自我主义的冲突，正如叔本华所认为的，那么对认可的需要就是原始的自我主义，是其他一切事物产生的根源。然而，在寻求反思性理解（reflective understanding）的亲缘关系时，行动的执行者不可避免地被迫将自己降低到人类积极生活的正常限度以下的水平。当过去的行动被反思的当下侵蚀尽所有的内容，力量就会枯竭。只有周围的黑暗仍然实在可感。在当下，思想和诠释的腐蚀性力量完全吸收了现实情况，并导致自我混乱无序的扩张。希望自己得到完全理解的哑巴，或近乎哑巴的代理人，变得更为简单直接，变得越来越难以为复杂的沉思性心智（reflecting mind）所理解。而沉思的衰弱心智渴望在行动中得到解脱，就变得愈加复杂，越来越难以如其所是地把握事物。

113

思想和行动之间唯一可能的相会是在死亡这二者俱灭之处。对心智来说，将死亡作为一种解决困难的方法来接受，就等于接受毁灭性的反讽，它允许意识的毁灭，而意识是唯一能够享受这一解决方法的官能。[22] 因此，康拉德最早的那些故事假设了一种妥协，在这种妥协中，代理人（韦特、库尔茨、扬科）通常都会死去，而沉思性心智仍然不确定，仍然处于黑暗中。《黑暗的心》惊人的丰富性来自于库尔茨是一个大欧洲人（arch-European）这一事实（“整个欧洲都为库尔茨的诞生作出了贡献”），他承担着极为自我主义、英雄主义和基本的任务，那就是将自身的行动和思想（“属于他的一切”）结合起来，获得成功（“消灭所有野兽”），然后死去，勇敢地宣告他的成功（“恐怖”[XVI.117, 116, 118, 149]）。马洛是一个更为保守狭隘的欧洲人，他觉察出了这一切，但和赫维一样，他也被持久的黑暗所淹没。不过，首先，他撒了一个谎，简化了黑暗的真相，却维护了库尔茨英雄般的雄辩口才的力量。而这种雄辩——到底是什么呢？很难说。可能除了托马斯·曼的《浮士德博士》(*Doctor Faustus*)之外，在小说之中，没有哪部作品能更准确地描述现代欧洲饱受精神折磨的历史困境了。

如果说，在这组故事中，阿尔万·赫维的故事是关于诠释性探寻(interpreting quest)这一主题最按照时间顺序记述的版本，马洛的故事最为诗意，而“水仙号”上的船员最接近成功的话，那么肯尼迪博士(Dr. Kennedy)在《艾米·福斯特》中的故事是最具反讽意味的，因为他所调查的过去不仅距他最为遥远，而且最具人性上的吸引力。肯尼迪曾是一名探险家，他对扬科·古拉尔(Yanko Goorall)的故事反复琢磨，扬科是一名遭遇海难的波兰年轻人，在英国上岸，起初被当作疯子，后来为艾米·福斯特所爱，与她结婚，后来(却因不被理解而)被抛弃。此中含义显而易见。只有肯尼迪能够进入别人怯于涉足之地，他超脱的头脑让他能够客观清晰地把握故事中可怕的不幸。康拉德同时既是扬科，又是肯尼迪，这一点毋庸置疑：可悲的行动和戏剧性的诠释性想象不协调地融合在一起，并被境遇和时间永远分开。一个遭遇海难的男人需要完全的理解和支持，而艾米是一个可悲而无力的替代品。在男人和女人之间所谓的自然关系(赫维和他的妻子就是很好的例子)中，这一不幸相当大程度上取决于这样一个事实：女人必须总是处于被追求的位置，总是被认为不够格，甚至低贱堕落。

114

我一直在讨论的康拉德对于探寻(quest)主题的兴趣，在《大海如镜》之前写的最后六个故事中的两个，即《台风》《走投无路》中，达到了近乎多产的成熟度。这两个故事都是关于饱受磨难的老人。《台风》中的麦克惠尔船长(Captain MacWhirr)是一个未受过教育的普通人，就连他的船员也有些瞧不起他。但他有一个很大的优点，就是能够以他的整个存在全身心地来面对眼前的一切，而他的整个存在完全没有能力审视传统或过去。当一场台风即将袭临这艘船，他那直愣愣的头脑想不到其他选择，只有去穿越台风。他试图研读有关台风的书籍，这蠢笨得可笑，因为他无法让自己理解其中的细节。只有气压计读数低这一事实，以及他认为船有危险的揣测，才困扰到他。他的大副朱克斯（Jukes）是负责解释的人，为各种关于选择余地、安全、冲突的激情等问题所搅扰。故事的持续高潮强烈地表达了麦克惠尔对他在空间上（总是在甲板上）和时间上（在暴风雨中坚定前行）的位置的稳定占有。康拉德意识到了麦克惠尔必须做出并且将继续做出牺牲，因为他选择了不加反思地对职责保持忠诚，这就解释了为何麦克惠尔的妻儿在故事中看似是毫不相关的存在。对他们来说，麦克惠尔总是远在他乡，一直是个蠢笨无脑的人，唯有他那欠缺思考能力的质朴知道他经历了某些过往。他写给妻儿的信件（故事以他们阅读他那封平淡乏味至极的关于风暴的来信作结）被不耐烦地接收了。然而，麦克惠尔并没有什么过去可言；对他来说，一切都在当下。而这也正是这个故事同时在推进又在拒斥的东西。以全神贯注于眼前责任的方式占据当下，是一个人的成就，而对于这样一个人，思考——和更宽广的觉知——是不可能的。

115

就其本身而言，《台风》似乎表明，麦克惠尔的方式终究是最好的。与康拉德这一时期其他短篇小说中更有趣、更可信的人物相比，麦克惠尔是一个天赋相对浅薄的非理想化人物，一个与康拉德本人气质迥异的人。读者对麦克惠尔遭到了家人的无情对待感到不满，尤其是在他的英勇事迹未被承认之后，这种不满激化到了连对麦克惠尔都不耐烦的程度，而不是像人们所希望的那样，是对他的家人不耐烦。因此，虽然我们钦佩麦克惠尔现在所做的一切，但我们却因为他当时永远无法做到的事情而拒斥他。总而言之，麦克惠尔就在当下，在一艘遭遇灾难性风暴的船上。这可以与赫维即刻意识到妻子的背叛相比较。然而，赫维立刻离开了当下或过去，而麦克惠尔却保持着绝对稳定的航向。要做的事情数量有限，他就去做了：把任务交给朱克斯和其他水手，让他们痛苦而困难地执行他的命令。这一故事的重要性在于，康拉德关于麦克惠尔成功应对当前灾难的构想，只能从一个除了被动性以外什么都不承担的中心行动的角度来呈现。麦克惠尔仅仅为风暴献上生存所必需的抵抗，他忽略了风暴对他"个人"破坏性的攻击，拒绝赋予它普遍性的概念，而他本可以为这种紧急情况创造这一概念。对他而言，这只是一场风暴，不是那一场风暴，也不是黑暗（正如马洛会说的那样）。这个故事的天才之处在于，麦克惠尔既有迷人的人性，也有非人性，既积极，又被动。

116

当朱克斯在下面的机舱里通过船上的电话和船长通话时，他受到了震撼，在这一片巨大的洪水和黑暗之中，麦克惠尔的声音和存在似乎把洪水击退了（XX.72）。但是这种不顾一切抵抗灾难的形象是康拉德早期作品中的孤例——除非有人把沉默寡言的辛格尔顿（Singleton）也算在内，他将布尔沃-利顿（Bulwer-Lytton）当作个人的梦想，以致削弱了自身的抵抗。一个没有梦想的人，缺乏幻想和解释的能力，几乎就是个无足轻重的小卒：这便是麦克惠尔。他反面相对应的人物是《走投无路》中的主人公惠利船长。在这个感人的故事里，一个与马洛和法尔克有着精神联系的老人，由于境遇及其自身试图创造一种自我一致性的努力，几乎完全被排挤出了生活。贫穷和对女儿的责任打破了他生活的连续性，他与肆无忌惮、爱发牢骚的工程师马西（Massy）成了一艘古老的货轮“索法拉号”（Sofala）的共同拥有者。故事的核心张力在于，惠利日渐严重的目盲与他日益增长的荣誉感和忠诚感之间的联系；他越是眼盲，便越是固守一种过时的行为准则。正如赫维辨不清真伪，孤独的旅行者惠利现在亦是孤立无援，他试图为自己如麦克惠尔般冒险而光荣的航海经历辩解，并使其延续下去。他的女儿名叫艾薇（Ivy，含“重压”“冷酷”之义），一直像藤蔓一样缠绕依赖着他。就像扬科和赫维一样，他的整个生存观都取决于这个不幸而无能的女人。在整个故事的前一部分，我们了解到惠利高贵的身姿，不知何故，这与他那有失体面的处境并不相符。惠利肩负着一种责任，这种责任是他以自己过去的辉煌成就来规划制定的，他继续相信自己的生命是必要的：他延长了和马西的合约，只因为他必须为他的女儿去保护他在这艘船上的投资。

117

马西和斯特恩（Sterne，这艘船的大副）使得这位老人心烦意乱，他们没有提醒老人注意自己的体弱与疾病，而是提醒着他的责任。只有另一位像肯尼迪博士一样的退休冒险家范维克（Van Wyk）对这位老人抱有深切的同情。但这种同情只能作为一种无助的理解而存在。这种理解只能够注意到既难以深入领会又无法提供帮助的东西。

> 而范维克先生感觉到他那受伤害的爱已经被转化成一种同造化作斗争的形式，他很明白，对于一个一辈子都由行动主宰的人而言，不可能存在其他表达所有情感的方式；如果他为了他的孩子而自愿停止冒险、停止做事、停止忍受，那无异于从他跳动的心脏里把对她的热烈的爱猛地抽拔出来。

这太可怕了，太不可能，甚至令人无法想象。（XVI.302）

当惠利在他最末回的危机中坠入彻底孤独的深渊，除了自身的责任感之外，那里没有什么是属于他本人的，这时候他至少已“达到了他的目的”（XVI.333）。于是，他心甘情愿地死去，拒绝离开这艘被马西在罗盘上做了手脚的船：现在，他看到的整个生活是“他以前从未见过的”（XVI.324）。

在惠利拓展了的精神视野中，一切都变得显而易见，这个视野将他逐出了生活。他死时只拥有这一点；虽然他想见女儿，却从未见到。从康拉德的观点来看，惠利的死结束了一个阶段的情感、艺术和智识上的猜测，即对理解的所谓解放的探寻。在惠利的结局中有一种庄重得体之感，这种庄重得体显示出，在该故事的收尾和《黑暗的心》的收尾之间的差异上，可见康拉德已经走了有多远。夜晚似乎降临在《黑暗的心》结尾处已陷入黑暗的世界，而《走投无路》则以这些句子结尾：“光已经从这个世界上完全消失了；没有一丝微光。世界是一坨黑暗的垃圾；但一个姓惠利的人为了达到目的竟至做出这样的事，继续活下去也不合适。他必须付出代价。”（XVI.333）对于面对灾难的个人的自我探索任务，如今唯有一个结果：死亡。以前，像赫维和马洛这样的人，即使他们被主观意识的困难所压倒，也仍享有接受周围黑暗的余裕。至少他们还能活下去。如今，客观事物被主观事物所吞噬——惠利失明这一事实淹没在他个人使命的道德严肃性之中——这导致了令人同情的死亡，因为死亡是伟大的中和剂，主客观事物在其中互不相关。死亡不仅是必然且不可避免的；它也是恰如其分的。

这一故事与康拉德本人的生活更为相关之处，当然在于它写于 1902 年末，那时他已经与布莱克伍德绝交，并开始为自己专门创造一个新的“经济”角色。和惠利一样，在那个似乎没有空间容纳其问题的社会之中，在精神上走投无路，康拉德在埋葬了他生命中的赫维-马洛-惠利时期之后，开始了一个新阶段。在《走投无路》完成后的几个月里，他着手写作《诺斯托罗莫》，而且重要的是，他还创作了一系列海洋小品文（sea sketches）。他如今是在遵循曾经给高尔斯华绥的忠告，那就是：人独自生活在自身的怪癖之中。现如今，他要在漫不经心的公众面前保持的姿态，与其说是一个难对付的小说家，不如说是一个古怪的人。而在这项始于《大海如镜》、成于非凡之作《个人札记》的任务中，他在写作上的努力在阐释和支持方面发挥了相当大的作用。康拉德的目标是真正制作出古怪的面具，接下来我们应该转向这一问题。 *119*

第七章

现在的技艺

在康拉德的自传体作品中，很难找到他故意操纵动机和姿态的关键所在。但是有两个几乎平行的段落提供了一些线索，一段来自《大海如镜》，另一段来自《个人札记》。这两段话都与康拉德的两种职业——航海和写作——的开端有关，而且当然，两段话都亲切温和地细细咀嚼着过去对现在的影响。《大海如镜》中的这一情节发生在题为“入行仪式（Initiation）”的一章，并以大海之“浩瀚”为背景，在那里，一艘丹麦双桅船正在沉没。当康拉德的船前来救援时，船长命令康拉德指挥此次行动。在这里，我们拥有了在小说中会看到的最初场景，典型的救援是在某人或某物已经被破坏的情况下进行的。寂静无声是一个重要因素：

> 那是一场寂静得出奇的救援——没有一声呼喊，没有一句话，没有一个手势或示意，也没有有意识地交换眼神。直到最后一刻，船上的人还坚守在他们的抽水机旁，水泵排出两股清澈的水流喷在他们的光脚上。他们的棕色皮肤从衬衣

> 的裂口露出来；两小群衣衫褴褛的半裸之人继续弯着腰，互相鞠躬般干着累断腰的活，起身俯下，全神贯注，连回头看一眼朝他们走来的救兵的时间都没有。我们猛冲过去的时候，无人理睬，旁边传来一个声音，只有一声嘶哑的嗥叫，然后，他们站直了身，没戴帽子，胡子蓬乱的憔悴的脸上，皱纹和皱褶里带着被晒成了灰色的盐粒，红红的眼皮傻乎乎地朝我们直眨巴，他们从水泵手柄旁迅速跑开，踉踉跄跄，你推我搡，一下子就扑到我们的头上来。他们跌跌撞撞滚进小艇里所发出的扑通碰撞声，对我们的自尊心在人类与大海的竞赛中所产生的悲剧性高尚感的幻觉造成了极具毁灭性的影响。在那个和风吹拂、阳光蒙着薄雾的美妙日子里，我对人类想象中所宣称的大自然最庄严的一面的浪漫之爱湮灭了。九名善良而可敬的水手在极端处境下被迫进行一场荒谬可笑、惊慌失措的表演，在这场表演中大海对人类苦难和勇气的价值所抱持的犬儒式的漠不关心暴露无遗，使我感到厌恶。我看到了大海最温柔的情绪中那种双重性。它之所以如此，是不由自主，但是早年那种肃然起敬已经荡然无存。我感到自己已准备好可以对它的迷人魅力报以苦笑，对它的狂暴回以怒视。片刻之间，在我们划小艇离开之前，我冷静地审视了我所选择的生活。它的幻象消失了，但它的魅力依然还在。我终于成为了一名海员。（IV.141-142）

121

即使康拉德参与其中，他也能冷静地审时度势，这是他笔下的任何虚构人物不可能做到的。当获救的丹麦船长为他的沉船致告别辞时，康拉德留意到致辞“井然有序”，既不缺乏“虔诚与信念，也不缺乏对可敬逝者的赞美之词，还有对其成就的有启发性的详述”（IV.146）。因此，当被救者完整地讲述过去发生的事情时，救援者就站在一旁。当然，康拉德早期作品中与之对应的，是库尔茨对恐怖的表情，而马洛则站在一旁满是困惑地猜测着。然后，获救的船长朝康拉德微笑，而康拉德的入行仪式就此完成。

> 我已经用另一双眼睛来看待大海了。我知道它会无情地背叛年轻人的慷慨热情，就像它会无情地背叛贪婪和最为高尚的英雄主义一样，对善恶漠不关心。我对它的无比伟大的看法已经不复存在了。我凝望着真正的大海——那玩弄人们直至心碎，毁损坚固的船只直至死亡的大海。没有什么能触及它灵魂中幽深的痛苦。它向所有人开放，对谁都不忠，它施展自己的魅力以毁灭最优秀者。爱上它是不可取的。它不识誓言的羁绊，不识对不幸、对长期陪伴和长期奉献的忠诚。它所许下的承诺永远是极为了不得的；但是拥有它的唯一秘诀是力量，力量——一个在大门口守护着令人垂涎的宝藏的人的力量，精心守护、不眠不休的力量。（IV.148）

122

虽然这显然是坦率的自传，但康拉德的确曾在 1902 年 1 月 7 日对布莱克伍德说过，这些小品文是“‘小说（fiction）’，就像《青春》是小说一样”（*Blackwood*, 138）。作为小说，这一情节描述了在《黑暗的心》中不可能描述的内容；在《大海如镜》中康拉德描绘了入行仪式；在《黑暗的心》一书中，马洛警告他的听众，“也没有进入这种神秘的入行仪式”（XVI.50）。《黑暗的心》中的神秘是深不可测的，因此在智识上是不可知的。但《大海如镜》中的情况并非如此。

我们应该可以理解，康拉德的人物之所以能够承受灾难的冲击，是因为丹麦船长——灾难中的行动者——能够为自己说话。换句话说，通过呈现一段体验的一个不那么晦涩、不那么密集、更为简短的版本，只留下最戏剧化的一面来表达其自身，康拉德把自己缩短或简约成一个可以自信地说出“我成为了一名海员”的人物。请注意，这里需要的是一个雕塑般的现实场景，它的吸引力可以说是传统的，既是巧妙的描述，又简单朴素。如果他自己对原因和动机的探索的不确定性反映在他的小说中，康拉德现在已经意识到，无定形状态（amorphousness）和黑暗既无法满足公众，也无法满足他自己。一个已训练有素、完全入行的海员就这样步入了这个世界，注定要在这个世界上占有一席之地。如果他不是绝对真实的，那也只对康拉德才要紧。至少作者已经决定——用西蒙娜·德·波伏瓦①的话来说——“每个人都是根据自己在存在中所处的位置来做出决定的；但他必须占据一个位置，因为他永远无法从中退出。”[1]

当我们转向《个人札记》，到了作家康拉德开始去了解他的技艺之奥秘的时候，我们发现了一段惊人的平行叙述。康拉德在鲁昂（Rouen）闲来无事，开始写他那含糊不清的随笔（以不祥的静谧开场），他看到阿尔迈耶正过来营救他。阿尔迈耶的所有家庭成员都“对（康拉德的）道德品质而非虚荣心”产生了吸引力，因为他们“朦胧不清、沐浴在阳光下的存在”在他内心激起了一种“神秘的情谊”之感。他注意到，“虔诚”，习惯性的敬畏，使他“以认真细致的态度将对遥远的事物和曾经生活过的人

123

① 西蒙娜·德·波伏瓦（Simone de Beauvoir，1908—1986），法国存在主义哲学家、作家、社会理论家和女权主义活动家，代表作有《第二性》（1949），1954年凭小说《名士风流》获龚古尔文学奖。

的记忆在文字中呈现出来”（VI.9–10）。水手和作家之间的连续性现在搞清楚了。目睹并参与一场能激发施救者的虔诚和被救者的感恩之情的救援，消除了年轻时的幻想，使人步入航海生活；因此，当康拉德被一段记忆所救时（在这段记忆中，康拉德占据了丹麦船长的位置），他反过来也能以虔诚的态度来呈现这件事。作家和水手之间建立起一种联系，这种联系在救援的共同模式中得以简明地表达了出来。海员施救，作家得救：作家恰当地演绎了水手所观察到的忠诚和虔敬。只要记得1908年8月29日康拉德给阿瑟·西蒙斯的信（见第64、65页），就会为他一再肯定的对虔诚的兴趣及使用而惊讶。他在那封信中曾说：“我可以肯定的一点就是，我是以虔诚的精神对待我的任务对象，即人类事物。”奇怪的是，他的作品和个人经历中所有的挣扎和动荡都被自愿地隐藏，并归于“虔诚”之下，而对于这个词，康拉德从未真正定义或解释过。

毫不稀奇，《个人札记》翻开几页，康拉德写道：“诺瓦利斯①是怎么说的？‘可以肯定的是，当有一个灵魂相信我的信念之时，我的信念就会无限地增强。’那么，如果不是对我们同胞的存在有一种信念，这种信念强大到足以使其自身具有比现实更清晰的想象中的生活的形式，并且它所选情节累积起来的逼真性，使得纪实历史的骄傲相形见绌，小说又是什么呢？”（VI.15）这段话虽然描述的是作者与作品之间的关系，但也可以描述作者与自身存在之间的关系，尤其是对于一个如此持续地处于精神危机状

124

① 诺瓦利斯（Novalis，1772—1801），真名为格奥尔格·菲利普·弗里德里希·弗莱赫尔·冯·哈登贝格（Georg Philipp Friedrich Freiherr von Hardenberg），18世纪的德国贵族、诗人、作家、神秘主义者和德国早期浪漫主义的哲学家。代表作有《圣歌》（1799）、《夜颂》（1800）。

态之中的人来说。如果康拉德在《个人札记》中，如他所说，是有意描绘像《阿尔迈耶的愚蠢》和《密探》这般截然不同的作品背后的人物（VI.xxiii），那么也的确如此，他相信自己所写的关于自己的一切，确实受益匪浅。他可以把自己描绘成一个水手和一个作家、一个行动者和一个反思者，以及一个明确定义的双重人（homo duplex），因为他现在能够相信所有这些角色。这是一个对个人和公众都有利的经济体。

还有一点需要评论。就是康拉德在这一时期（1905 至 1912 年）的写作和思想中突然出现的非凡的波德莱尔式风格。我们所见到的《大海如镜》这一标题名，是借用自波德莱尔的诗作《音乐》（La Musique）中的一个短语。而且他把自己描绘成一个身兼海员和作家的双重人，与波德莱尔《论笑的本质》（“De L’Essence du Rire”）中一个著名的片段有着惊人的相似，可能是受其启发：“艺术家只有在他具有双重性，且不忽视其双重性质的任何现象的情况下，才能成为艺术家。”[2] 波德莱尔关于艺术家永久的双重性的概念，即同时是其自身又是他人的力量，很符合康拉德彼时的关注兴趣。出于需要，甚至是迫于需要，康拉德不得不相信他所创造的人物的真实性，其本身是一件艺术品。（这里，我想到了波德莱尔在《1859 年的沙龙》中的那句名言：“诗人、喜剧演员和艺术家在展现相关作品的时候，都相信他们所呈现的东西是真实的，因为他们被必要性所激励。”[3]）也许正是这种自我的概念激发了康拉德对出版商梅休因的著名宣言，他的作品完全是“特殊气质的（temperamental）”（*LL*, II.34）。因为气质秉性（temperament）（正如波德莱尔在《1846 年的沙龙》中所写的那样）就是个体性，是真正艺术家的伟大天赋。[4]

125

由于康拉德如此专注于把自己作为一个公众人物来管理，

从1905年的《加斯帕尔·鲁伊斯》开始，到1910年的《伙伴》，这段时间的大部分故事都是关于身份、伪装和揭露的问题。例如加斯帕尔·鲁伊斯，这个不进行任何思考的巨人，需要一个女人来完善他的天性，因为他卑微无名的过去使他成为了革命中精神上发育不足的受害者。唯有这个奇怪的女人，她的力量滋养着他的灵魂，并成为他智识和情感的动力，才能引导他走向权力和成功。两人合为一体——她是他的影子。这个故事的叙述者桑蒂埃拉（Santierra）对他们的结合的解释使康拉德更加强烈地意识到身份的互补和强化。康拉德收入《小说六篇》的其他故事也研究了对立个体之间往往难以和谐的婚姻。《决斗》中的费罗（Feraud）和德·于贝尔（D'Hubert）、《伯爵》中的伯爵和年轻人、《告密者》中的X和告密者——每一对人物都是一个奇怪的统一体的结果的焦点，无论这结果是"军事的""可悲的"或是"反讽的"。这些故事的背景是文明国家的社会和政治史。历史对个人的冷漠为人所共知，这一点与康拉德在《大海如镜》中所指出的大海的冷酷无情极为相似。将背景从广阔的水域转换到广阔的时间是很容易实现的。在这个冷漠历史的文雅新背景之下，康拉德的艺术传达出他一贯的兴趣：在令人心神不宁的无风时刻，将各个迥然不同的个体聚集在一起。

备受争议的《秘密分享者》（完成于1909年）最为巧妙地将康拉德此时的担忧戏剧化了。必须同时指出的是，我并不认为这个故事是荣格式的寓言。对我来说，作为一项对双重性的实现结构的研究，《秘密分享者》似乎更为有趣——因此我将其视为一个情感力量有限的智识故事。故事的开篇与那些先前作品的开篇非常相似，仅有的不同之处在于年轻的叙述者对他的

126

船的力量的直觉，船在他的存在中扮演着重要的角色。

> 在一次远航起点处的屏息停顿中，我们似乎在衡量自己是否适合一项漫长而艰巨的事业，执行这项我们的存在共同指定的任务，远离所有人的视线，唯有天空和大海充当观众和法官。（XIX.92）

在《大海如镜》中，康拉德曾告诉他的读者，一艘船就像一个人的品格——由经验制造并检验，因而是一件艺术品（IV.29）。年轻的船长关于他自身的“理想概念”（ideal conception）需经他的船来检验，就像康拉德这位作家即将在他自我形成的展现过程中检验自己的品格。这一努力的背景是海洋：

> 突然间，与陆上的动荡相比，我为海上巨大的安全感而欢欣，为我选择了那种不受诱惑的生活而喜悦，这种生活不会出现令人不安的问题，完全因其诉求的直接性和目的的单一性，而被赋予了一种基本的道德之美。（XIX.96）

当莱格特上船并开始讲述他的故事，叙述者意识到他所听到的“不仅仅是绝望的言语套话，而是一个坚强的灵魂所认为的真正的选择”（XIX.99）。莱格特的年轻显然保证他有能力来面对明确的问题，叙述者对这一点的即刻理解与康拉德早期故事中迂回的方式形成了鲜明对比，在康拉德早期的故事中，通过这种方式，过去极为成问题的方面被唤起，困扰着现在。现实和确定无疑的清晰度是对突然爆发的过去的重要的新补充，因此，叙述者拥有同情的直觉和“神秘的沟通”的能力。换句话说，莱格特必

127

须以明确的方式和明确的理由来求得拯救。这里有种一个人对另一个人的单纯而不复杂的同情纽带。

这似乎给了荣格学派一个解释该故事的许可，让他们将这个故事理解为无意识自我的整合。但毫无疑问，“整合”在某种程度上确实是所有小说的一个特征；此外，这个故事有若干精心设计的细节，它们的益处超出了它们作为心理健康处方的用途。例如，叙述者和莱格特之间的同情纽带是骤然发生的，就像一个行动是冲动行事一样，而对这种纽带的解释是在之后才给出的。因此，康拉德的心理偏向得以保留，思而后行，行在思前。在无定形的海面上，没有任何东西能得到长时间的反射，但大海屈服于莱格特，它作为一面镜子的功能在叙述者的意识中是稳固的。康拉德不再无望地试图在过去和现在之间建立因果关系。相反，他从过去召唤出一个人，此人不休不眠的逃亡体现了一种古老的“秘密行动”，是在现在寻求抱有同情的承认。虽然莱格特是一个真实的人，但他也是一个形象，年轻的叙述者可以根据这个形象，从一个极端的智识和道德的角度来看待自己。离散而非含混的回忆，勇敢的自我认同而非可耻的退缩——这些都是莱格特给这位因无风而停航的年轻船长所带来的裨益。在《青春》中，康拉德曾担心这种感觉可能会扰乱叙事。在《秘密分享者》中，莱格特就像是一种叛逆的感觉，这种感觉已经成为叙事的内在因素，并在叙事中生机勃勃。不过从另一个角度来说，莱格特是一个有利于叙述者理解自身的经济体，正如水手出身的作家是一种有利于康拉德的经济体一样。

128 但为什么莱格特被介绍成一个逃亡的放逐者？为什么康拉德急于让莱格特和叙述者意识到犯罪的残暴性及其假定的正当理由？如果说康拉德对莱格特的同情激起了一种妥协姑息的道德

态度，那就太轻易了。在莱格特的叙述中，有一丝略显尴尬的热忱，这可能传达出康拉德本人曾感受过的辛酸感伤。和莱格特一样，康拉德以一种咄咄逼人的自我主张姿态，掩盖了他作为一名作家所感受到的艺术失败。对谋杀的传统谴责困扰着莱格特的罪行。然而，莱格特对自身所作所为的态度介于羞愧和骄傲之间，介于负罪感和正当的报复心之间。康拉德亦是如此。因此，《秘密分享者》的道德观在一种自觉的审美价值框架内进行的，而非由“我的岗位及其职责”这样的普遍要求来支撑。任何与现在有关的必要条件都极其个人化且情绪化：莱格特就像一个被诅咒的诗人①，以其自身人格的力量来取代传统道德。总而言之，莱格特的一些特质，是康拉德谨慎的自我评论与他的公开伪装之间的奇特错配（mismatch）的戏剧性诠释的母题。

片刻之后，叙述者生出同情心的原因得到了解释：“黑夜里，我仿佛在一面昏暗的大镜子深处看到了自己的身影。”（XIX.101）关于这句话，有两个要点需要说明。其一，这个来自过去的闯入者，在康拉德的短篇小说中，第一次未作为神奇地重新排列事物的工具，未作为使用叙事意识的符号（正如赫维太太之于赫维那样）而被搜寻出来。相反，莱格特是叙述者的直接映像；年轻的叙述者可以从他身上清楚而直接地看到自身。其二，我们必须记住，大海这面大镜子，无动于衷，无涘无际，已经在康拉德的精神宇宙论中确立了自己的地位；所以我们看到，尽管莱格特的罪 *129*

① 被诅咒的诗人（poète maudit），指生活在社会之外或反社会的诗人，往往滥用药物和酒精，精神错乱，涉及犯罪和暴力，以及一般性的社会罪恶，因而导致英年早逝。阿尔弗雷德·德·维尼（Alfred de Vigny，1797—1863）在其1832年的戏剧《斯特洛》（*Stello*）中首创这一短语，从保罗·魏尔伦（Paul Verlaine，1844—1896）的文集《被诅咒的诗人》（*Les Poètes maudits*，1884）开始被广泛使用。

行情有可原，但他先是反抗更大的海洋之镜，然后用自己取代了它。

随着这两个年轻人逐渐接受彼此的问询，故事中不断出现错配的证据。莱格特对自己为何逃离的解释吸引住了年轻的叙述者，因为它听起来很熟悉。这种对于"'该隐的烙印'这类玩意儿"（XIX.107）的轻松恳求，与库尔茨的道德放逐中那种令人不安的陌生感全然不同。库尔茨违反常规的暴行所造成的后果，需要进行无休无止又毫无结论的解释。然而，在莱格特的叙述中，"有种东西让评论变得不可能……一种感觉，一种品质，我找不出合适的名称"（XIX.109）。然而，并非一切顺利。重要的是，在莱格特叙述的一个重要时刻，他说自己一直在一个看似有一千英尺深的蓄水池里游泳，无法从中逃脱（XIX.109）。这难道不是在刻意回忆康拉德自己在黑洞里的挣扎吗？不久之后，这位年轻的叙述者接受了莱格特作为自己的秘密分享者，说道：

> 而且这段时间里，我头脑中的双重活动一直使我心烦意乱，几乎到了精神错乱的地步。我一直在观察我自己，我的秘密自我，就像我的人格一样依赖着我的一举一动，在那张床上睡觉，在那扇门后面，我坐在桌子上首时，那扇门正对着我。这跟疯了差不多，只是更糟，因为你自己意识到了这一点。（XIX.113-114）

年轻叙述者的意识已经吸收了伪装掩藏的全部意义，从现在开始，我们可以认为**他的**思想取代了莱格特的思想，真正地处于故事的中心。他和康拉德一样，也感受到了欺骗的影响。

在故事的后半部分，莱格特的船"赛弗拉号"（*Sephora*）的船长代表了一种普遍的恐惧，害怕因为伪装和隐瞒的诡计而被追究责任。也许这一猜测太过大胆，但我愿意认为，在某些方面，船长“死气沉沉的顽固”明显让人联想到康拉德的出版商，甚至他的读者大众，他们总是好奇，总是要求得到更多、了解更多。叙述者说道：

130

> 我毫不兴奋，既不好奇，也不惊讶，没有任何明显的兴趣，这开始引起他的怀疑。但是除了巧妙地装聋之外，我并未试图进行任何伪装。我觉得自己完全无法恰当地扮演好一个不知情者的角色，因此不敢一试。还可以肯定的是，他来的时候就已心存怀疑，他把我的彬彬有礼看作是一种不自然的异常现象。可是我还能怎样接待他呢？总不是打心眼里地热烈欢迎吧！出于我不必在此说明的心理原因，那是不可能的。我唯一的目的就是不让他开口打听。用粗鲁无礼的态度对付他？是的，但粗鲁无礼可能会刺激他直截了当地问出来。由该事件对他的独特性及其性质而言，谨小慎微的毕恭毕敬是阻止此人的最佳对策。但是仍存在他直接突破我防线的危险。我认为，我不可能直接对他撒谎，也是出于心理（而非道德）原因。要是他知道我有多害怕他把我对另一个人的认同感拿出来考验一下！但奇怪的是——（我后来才想到这一点）——我相信，他并没有因为这一奇怪情形的反面而感到些许不安，也没有因为我身上有某种东西使他想起了他正在寻找的那个人而惊惶——那种东西使他想到，在我与他从一开始就不信任和不喜欢的那个年轻人身上，似乎有种神秘的相似之处。（XIX.119-120）

这正是萨特所说的从难以忍受的处境中寻求庇护的绝佳范例；幸好船长的愚蠢帮助了叙述者的回避搪塞。然而，船长对整个故事进程的影响是相当大的，因为正是通过他的提问，莱格特和叙述者才得知，这个据称已经死亡、逃脱了常规惩罚的逃犯，必须保持"死亡"状态。莱格特必须保持隐秘，不为人知。这又是康拉德早期作品中普遍存在的"幽晦（obscurity）"和"神秘（mystery）"的一种变形。以前，想要照亮幽晦的欲望只会使一个人遭遇更多的幽晦，而在这里，对幽晦的阐释已经完成，尽管最终只有叙述者拥有他与莱格特分享的秘密。这无疑是对波德莱尔的那句名言的一种阐释，即艺术家双重性质的所有现象都为艺术家所拥有。当莱格特提醒叙述者"我们不是生活在一个男孩的冒险故事中"（XIX.131），他是在禁止使整个事件成为一个关于轰动事件或冒险的简单问题的暗示，甚或是一个有着传统解释的暗示。

131

具有讽刺意味的是，叙述者肯定了莱格特的提醒，并向自己承认，如果这个逃犯离开这艘船，他会非常高兴。年轻的船长在他的生活中创造了自己的双重形象，跟康拉德一样，他必须以一场大胆的航行壮举来展现这一形象；正如詹姆斯会说的那样，这是一种艺术的演练，与人们的期望背道而驰。康拉德对加内特所说的"每一个真理都需要一些伪装才能存在"也很中肯。真理存在于年轻船长的决心之中，他决定通过精通自身的职业技能（métier）来解放自己，以证明自己是一个好水手。二者的相似之处近在眼前：康拉德渴望享有属于著名小说家的欢欣自由。船突然改变航向（而康拉德则是桀骜不驯，改变了自己的工作方向），莱格特低声说："'小心'……我猛然意识到，我所有的未来，我唯一适合的未来，可能会因为在我的首次航行指挥中发生的任何意外，而无可挽回地化为乌有。”（XIX.135）现在出现了一段“无法忍受的静止”时期，回到了故事开头的一片弥散的风平浪静。但现在，叙述者拥有了对过去的客观知识，可以用它来创造一场令人信服的技巧和自我控制的表演。莱格特离船；船长被留下来“独自指挥”（XIX.143）。游向大海的莱格特是“一个自由的人，一个骄傲的游泳者，要去博出新的命运”。

也就是说，《秘密分享者》包含了双重的生涯规划进展（working out）和拯救，康拉德现在将其视为对陷入困境的自我的短暂救赎。莱格特救了船长，而船长也救了莱格特——这显然是一种用“虔诚”来进行的直接交换。此外，对过去经验事实的接受被吸收，并用于缓解当前持续的紧张局势。最后，一幅令人信服的人类亲缘关系图像，在形态上改变成以行动和同情而非行动和思想的方式表达出来，将来自过去的人物送回未知的世界，摆脱了受束缚的烦恼，又将现在的意识传送到未来，以安心的掌控来武装自己。 *132*

然而，康拉德享受胜利的心情并未持续多久。六个月后，在他最微妙、最感人的故事之一《罗曼亲王》中，明显出现了不安重燃的迹象。故事发生在当下，一群波兰人正在听一位老人讲述他年轻时的故事，他们饱受国家遭俄国奴役之苦，全世界为其深感愤慨。现在再次被描述为令人窒息的封闭和平静，但在康拉德早期的任何故事中，现在都不曾被迫包含如此程度的精神窒息——如今活着的波兰人仅仅是在一座坟墓里存活下来而已（XXVI.29）。难能可贵的是，康拉德在此特意用一种彻底的荒凉感来描绘他笔下通常无声的开篇场景。讲述者讲了他在梦想童话的孩提时代遇到年迈的波兰贵族罗曼亲王的经历，后者根本不符合故事书里对王子的描述。这名男子的个人经历反映了七十年前波兰沦陷时的残酷噩梦。灾难接二连三降临到亲王身上，就像不幸的惠利船长一样，他一步步失去了他的妻子、财产、地位和身体健康。同样是出于一种信念，他也逐渐被推挤出了生活。考虑到前面《秘密分享者》的气氛，我们期待这位讲述者（当时还是个小男孩）和亲王的邂逅会带来某种和解。然而并没有。亲王是来向男孩的舅舅请求帮忙的——而男孩只会为这个看着不像王子的老人感到难过。虽然我们期待在两个波兰人之间，一个理想主义者和一个遭受理想主义后果之苦的人之间，会形成一种同情的纽带，却并未产生。在现在，人们对过去只有模糊的认识，似乎无法将两者强行结合成某种互惠互利的关系。

133

可以理解的是，未能成功的伙伴关系（partnership manqué）是下一个故事《伙伴》的主题。这个故事本身微不足道，但我认为，它使得康拉德逐渐走出充满希望的安排的中间阶段（以《秘密分享者》为代表），就在第一次世界大战之前，进入了他的最后一个创作阶段。几个月后，亦即 1912 年年中，《机缘》为康拉德赢得了期待已久的获公众认可和财务成功的时刻。然而，反过来说，正是他在这一时期的短篇小说，非常真实地反映出他内心深处的冲动和想法正变得越来越狂热和绝望，直到《马拉塔的种植园主》出版，我们才看到一种近乎疯狂的对《秘密分享者》的描述，却走向了崩坏。这两个故事之间的相似之处令人震惊，并且，考虑到这些相似之处，由此在语气和意义上的澄清大大加强了对康拉德进行心理和哲学研究的理由。勒努阿尔（Renouard）和那个年轻的船长一样，是一个默默无闻的人，生活在一个有限的领域里，这次是在一个小岛上。他比《秘密分享者》中的年轻主人公年龄稍长，对自己的职业技能更有信心。这两处差异（船变成了孤岛，青年变得成熟）已经暗示了时间行进所带来的不可避免的僵化。勒努阿尔被一位教授和他的家人——一群英国城里人——找上，他们在寻找一个年轻女孩失踪了的未婚夫，最后一次听到他的消息是在东方。当然，穆尔索姆教授（Professor Moorsom）和他的女儿就像进行探问的赛弗拉号船长。不过，他们并不愚蠢：这位教授是一种奇怪的怀疑论哲学的倡导者，他不停地谈论羞耻、伪装和“存在的泡沫”。他是一位擅长研究人类精神姿态的科学家。这个女孩是受骗了的美丽的理想主义者。 134

勒努阿尔爱上了这个女孩，他无法让自己告诉她，她的未婚夫是他的一个雇员，已经去世了。那个人的鬼魂成了勒努阿尔的秘密分享者，当寻找者最终被带到岛上时，勒努阿尔让他们在那里待了几天，不愿意也不能告诉他们真相。当他们一起初次抵达他的小岛，勒努阿尔游上岸去提醒他的工人们继续瞒着他们。下面是描述他游泳的一段文字：

> 勒努阿尔用一颗亮星确定方向，那颗亮星落在地平线上，似乎好奇地注视着他的脸。在这次游回来的过程中，他感觉到了那整条横越之路所带来的痛苦的疲劳，而这条路并没有使他更接近自己的渴望。仿佛他的爱已经耗尽了他力量的无形支撑。有那么一瞬间，他似乎觉得自己一定是已经游出了生命的界限。他有一种感觉，永恒近在咫尺，不需要任何努力——给他以安宁。像这样游过生命的界限去看星星是很容易的。但是，“他们会认为我是因为不敢面对他们而去自杀”，这一念头激起了他内心的反抗，使他继续前进。他回到了船上，就像他离开时一样，没被人听见，也没被人看见。他躺在吊床里，精疲力竭，感觉困惑迷糊，觉得自己已经跨越了生命的界限，到了一颗星星的附近，那里安静极

了。(X.62)

当勒努阿尔终于鼓起勇气告诉女孩，他徒劳地试着向她倾诉他的爱，让她感觉到“[他]内心的真实”(X.75)。就像赫维夫妇一样，勒努阿尔觉得自己屈服于一条覆盖住生命的冻河。他向那姑娘倾诉着自己的希望和梦想，而她听着，却如身在梦中一般：

> 他已经成功地击退了自己激情的洪流，以至他的生命本身似乎也随着激情奔流出了体外。在那一刻，他觉得自己像个死人在说话。可是，汹涌的浪头以十倍的力量回袭而来，使他突然倒向她，双臂张开，两眼炽热。她发现自己像根羽毛似的被他抓在手里，弱小无助，无力挣扎，双脚离地。但是同她的这种接触，就像过多的幸福一样令人发狂，也摧毁了它本身的目的。火焰流经他的血管，把他的激情化为灰烬，把他燃尽，唯余空壳，失去力气——几乎没有欲望。她还没来得及喊出声来，他就把她放开了。而她已经如此习惯于掩盖和软化古老人性中原始冲动的各种压抑形式，以至她不再相信有原始冲动的存在，仿佛人性是一个被打破的传说。她认识不到在自己身上发生了什么。她从他怀里安全地出来了，没有挣扎，甚至没有感到害怕。(X.77)

135

勒努阿尔试图让自己的灵魂感受到与女孩的亲近感，但这一努力注定要失败，他感到自己被黑暗所笼罩。他既无法应付过去的客观事实(因此创造出一个鬼魂)，也无法应对现在。当他步行上山回自己房子的时候，他奇怪地令人联想到马洛进入黑暗王国的一幕：

> 这种步行上山再步行下山，就像一个探险者竭尽全力，试图深入一个不为人知的国家的内部，这个国家的秘密被残酷而贫瘠的大自然保护得太好了。在海市蜃楼的诱惑之下，他走得太远了——远到没了回头路。他的力气用完了。他有生以来第一次不得不放弃，带着一种绝望的镇定，试图理解失败的原因。他没有把这归咎于那个荒谬的死者。（X.79）

他的过去和现在——甚至未来——的整个目的，都以完败告终。他的心碎了，在穆尔索姆一家离开后，他也失踪了。对他的死亡是这样描述的：

> 什么也没有找到——勒努阿尔的失踪基本上仍是令人费解的。因为谁能想得到呢，有个人会平静地出发，去游过生命的界限——坚定平稳地划着水——他的双眼盯着一颗星星？（X.85）

与《秘密分享者》相比，《马拉塔的种植园主》代表着一种极度绝望的坠跌。使得这部作品更令人沮丧的是，康拉德有意识地回忆起《回归》和《黑暗的心》等前作中的细节。我想，有人会认为，这个故事因此说明了莫泽-格拉德（Moser-Guerard）的论点，即康拉德的创作储备在差不多这个时候出现了枯竭。但是这个故事是一个关于失败的故事，人们对这一失败的理解如此深刻，以至当社会向善论（meliorist）的偏见施加于它，只能是言不及义、徒劳无功；人们可以承认这个故事的令人不快之处几乎是抽象的，而不必以道德上的理由来谴责它。人们不能公正地见 *136*

证康拉德在战前的生活和书信中所作出的情感和智识上的努力，而同时又说他的创作在质量和力量上有所下降。说他陷入了僵局似乎更准确，而当他开始相信，尽管他的自传类作品和《秘密分享者》都在进行自我探索，但他只能通过摧毁自己的真实存在来维持自己的公众形象，这就更加可怕了。他的探寻是精神上的，这一点毫无疑问是真实的：关键是他找不到现成的答案。他具有几乎不可思议的先见之明，有调和过去与现在、行动与思想、客观与主观的能力，就在欧洲辜负了其自身的那一刻，这种能力也辜负了他。但是由于战争，正如我们将从《阴影线》中看到的那样，他将重新夺回很多东西。

真理、理念和形象

在《黑暗的心》叙述开始不久，马洛简要地思考了帝国主义征服的起源。

> 征服土地，大多数情况下，意思就是把土地从那些肤色和我们不同或者鼻子稍微比我们塌一点的人手里夺走，要是你太过深究，就会发现这并不是件光彩事。补救它的唯有一种理念。这种征服背后的一种理念；不是感情上伪装，而是一种理念；以及对这一理念的无私信仰——这东西你可以……为它献上祭品。（XVI.50–51）

虽然对这件事几乎没有直接提及，但康拉德本人显然也牵涉其中。在他最为令人印象深刻的信件中，有一封是1899年2月8日写给坎宁安·格雷厄姆的（全文见第219页），在其中他为此作了大量痛苦的论证。这封信大部分是用法语写的，正如康拉德自己在信的末尾笨拙补充的那样，常常显得语无伦次。但当我们把取自《黑暗的心》的片段放在它旁边时，确实出现了某种程度的一致性。由于二者的语言和主题出奇地相似，这封信和这个故事很可能是为了强有力地支持康拉德的一个更为迫切的信念而写的。

康拉德在信中写道，当一个人不思考的时候，一切都消失了，只剩下真理，这是一个黑暗、邪恶、逃逸的影子，没有形象。雪莱笔下的魔王狄摩高根[①]也说："深层的真理是无形象的。"因此，我认为，对于康拉德来说，真理是对智力分化的否定。这种笼罩一切的阴影是如此的充分，以至人们可以完全置身其中得到休憩，远离人类希望或遗憾的任何普遍理性形式。住在真理的阴影里的人，对外面的一切都漠不关心。一段时间之后，自我开始进行一种野蛮的自我辩护，这可能是出于过度的理性上的迟钝和情感上的骄傲。当一个人自诩在真理的怀抱中独自安好，就不可能避免思想的萌芽：轻率地重复一种次理性（subrational）的情感，无论这种情感是多么空虚，都会在具有这种情感的人的头脑中激发出某些*自我意识*。现在，思想在自我的支配下把"真理"简单地系统化为一个拥有真理的自我形象。一旦这个自我中心的形象形成，那么个人就开始认为世界必须按照这个形象来进行组织。对于康拉德来说，"思想"显然指定了一个过程，人类的自我形象经此被提升为一种必然寻求永存的真理观念。然而，在其理性的表述之下，这一理念只是一个人对保护自己免受世界混乱冲击的渴望。在根据一个理念对世界进行智识上的组织之

138

① 雪莱（Percy Bysshe Shelley，1792—1822），英国浪漫主义诗人、作家，代表作有《西风颂》（1819）、《致云雀》（1820）、抒情诗剧《希腊》（1821）。狄摩高根（Demogorgon）是一个与冥界有关的神灵或恶魔，出现在雪莱的诗剧《解放了的普罗米修斯》（1819）中，是朱庇特和忒提斯的后代，最终推翻了朱庇特的统治。剧中从未提及魔王狄摩高根是女性还是男性，他被描绘成一个无形状的黑暗的鬼魂。

后，紧接着就出现了献身于该理念的权宜之计，而这种权宜之计反过来又滋生了根据该理念对世界的征服。但是，当一个人开始审视该理念本身的时候，他就开始慢慢地否定他为观察这个世界而组织架构起的种种区别：由于被自己的作品所包围，智力失去了积极、客观的评价标准。由它分化出的世界组织的所有结构都消失了，而循环再次开始。

在康拉德的内心深处，在他对这种太过人性的循环的分析背后，是他看到的无情的编织机的幻影，这让他感到不安，正如叶芝①梦见萧伯纳伪装成一台微笑的缝纫机，让这位诗人感到不安。如果康拉德指责人类的自我主义对任何阻挡它的东西都有企图，那么他对机器的描述则是对自我主义的部分辩解。他曾在写给格雷厄姆的信中说，这台机器将我们织进织出——思想、感知，以及一切。依照其邪恶的活动，人类成为了机器的高效仆人，生活在它的束缚之下，对一切与他们不同的黑暗存在加以殖民。机器不仅负责创造独断自信的个体，还负责创造虚假的“光”，这些个体用这“光”来照亮一切，改造一切，并重新安排一切。然而，值得注意的是，叔本华曾毫不含糊地区分出个体化原理（principium individuationis），区分的原则是人的力量，而非宇宙的力量，而编织机本身就是这种观点的康拉德版本。[1] 叔本华曾说，如果没有思想，人几乎与朦胧的真理一道处于神秘而被动的共同体之中。在这种状态下，人与未扩展的、从未想象过且无定形的生命意志融为一体。然而，一旦人开始运用他的智力，他就

139

① 叶芝（William Butler Yeats，1865—1939），爱尔兰诗人、剧作家、散文家，“爱尔兰文艺复兴运动”领袖，1923年获诺贝尔文学奖，代表作有《凯尔特的薄暮》（1893）、《塔楼》（1928）、《盘旋的楼梯》（1929）等。

会主张他的自我，并成为客体化的意志。客体化意志的最高形式是文明人；其头脑最为典型的功能是智力分化的能力（即原理）；而分化的最高层次是说“世界是我的理念”的能力。在叔本华那里，我们基本上可以得出康拉德的推理，但正如我所说的，唯一的不同之处在于，编织机是整个过程的外在原因，而非人类自身的原因。然而，就康拉德的进一步论证而言，这台机器变得和服务于它的人别无二致。当马洛说他一直神往黑暗或空白之地时（XVI.52），我们可能会理解他想要逃离自身在文明世界中的机器式存在，以回归黑暗原始的“真理”。而施泰因（Stein）给吉姆的著名建议——“向破坏性元素屈服”（XXI.214）——是由类似于马洛的理由所激发的：摧毁一个自我中心的自我形象，即回归无形象的真理。

140 在康拉德看来，无拘无束且激进好斗的自我主义，其问题在于，它变成了一种理念的帝国主义（imperialism of ideas），而这又很容易转变为国家的帝国主义（imperialism of nations）。尽管被他人理念所强加的人显然遭受了不公正，但重要的是要明白，一个人之所以将自身理念强加于人，是因为他相信自己是在为真理服务。一个人对自身个体性的感受越强烈，随之产生的将自己“无私”献身于一个真理理念的冲动就越强烈。因此，一个具有强烈个体性的作家必须在自己的内心寻找一个恰当而正确的形象，以最好地表达他自己对真理的看法：因为，尽管存在帝国主义的危险，但这个过程是应对内部黑暗和外部世界的必要条件。1895 年 10 月 28 日，康拉德写信给爱德华·诺布尔：

> 你必须培养你的诗歌能力——你必须把自己交给情感（这可不是一件容易的事）。你必须从自己身上挤出每一种感

> 觉、每一个想法、每一个形象——毫不留情、毫无保留、无怨无悔：你必须搜寻内心最黑暗的角落，大脑最遥远的隅陬——你必须在那里搜寻形象，搜寻魅力，搜寻正确的表达。而且你必须真诚地去做，不惜任何代价：你必须这样做，这样在一天的工作结束时，你才不会感到疲惫，不会感到一切感觉和思想都被掏空，只剩头脑一片空白，心脏感到疼痛，认为自己一无所有——你的身体里什么都没留下。在我看来，这似乎是实现真正卓越的唯一途径——甚至在某种程度上是通往卓越的唯一途径。（*LL*, I.183）

在寻找形象的过程中，创造性的头脑坚持自己的身份以对抗阻碍它的真理的黑暗。叔本华也曾将艺术家的成就描述为“纯粹的认识（pure knowing）”之一，在这种认识中，黑暗无形的意志力量受到了艺术创作的挑战和否定。[2]

然而，有时康拉德发现在自己的内心寻找形象实属过于成功；在那种情况下，他当时正在构思的作品的抽象整体就会变得模糊不清。例如，他在1894年2月2日写给玛格丽特·波拉多夫斯卡的信中说，他无法看到作品的整体性，因为他迷失“在对可爱形象的沉思中”（*Poradowska*, 62）。但正如四年后他在写给E.L. 桑德森夫人（Mrs. E. L. Sanderson）的信中所说，他知道虽然没有什么比表达更困难的了，但最终是表达支撑了一个人的个体性，也正是这一点决定了形象最终的一致性（*LL*, I.238）。康拉德极度强烈地感受到，艺术困难的道德性来自（通过形象来传达的）表达的准确性和（传达真理的）抽象表达的普遍空虚浮夸之间的张力。就其本质而言，艺术要求措辞如水晶般剔透正确，其目的是将观察到的真相与感受到的真理结合起来予以呈现。魏 *141*

尔伦将这一目标的实现称为“灰色的歌/空泛联接着确切（la chanson grise/Ou l’Indécis au Précis se joint.）”。[3] 但正如康拉德致格雷厄姆的信中所言，这是在使用语言并通过言语做出妥协，就好像一个人可以在没有路的森林里用光照出一条路（*LL*, I.269）。虽然康拉德曾指导诺布尔“在［你］自己心中的福音之光中行走”，但他也要求不要忘记“没有谁的光对他的任何同伴都有益”（*LL*, I.184）。然而，可悲的是，小说家激发起读者信服的能力完全有赖于作者的光的力量，即他的核心理念的力量，无论那光是多么地以自我为中心。易言之，作家的技巧在于他献身于一种无法深入探究的理念。另一方面，除了（无形的、邪恶的、逃逸的）真实感之外，缺乏中心形象或理念的抽象概念，与所有意象化的途径背道而驰。这是一个可怕的认识，但自我主义既是存在艺术（the art of existence）又是艺术存在（the existence of art）的不宜公开的大救星。

康拉德最早的短篇小说作品之一《进步前哨》有一个由形象和抽象概念构成的概念框架，凸显了我刚才讨论的大部分内容。凯耶茨和卡利尔被从欧洲文明中移除出去，被安置在东方丛林深处一条河的岸边。他们后来的困难和死亡直接源于他们过去的生活状况。这两个人的安全一直依赖于一种信念，即他们周围的环境是安全的，他们会作为高效的机器持续存在（VIII.91）。在丛林中，他们坚持认为自己已经成功地将进步一并带了过来；但他们关于进步的观念只是将效率转移到一个缺乏效率空间的地方。简言之，他们根据欧洲文明的商业法则——他们从未考察过这些法则的动机——来收集象牙的愿望向他们揭示了一个令人吃惊的事实：在原始社会，贸易只能建立在人口买卖的基础之上。他们信赖的黑人助手（他有个极为贴切的名字叫“普莱斯”［Price，价

142

格]）售卖了一些贸易站工作人员，以换取象牙。当凯耶茨和卡利尔最终承认自己是犯下罪行的共犯时，他们所接受的价值体系开始瓦解。最终，凯耶茨因为一件琐事杀死了卡利尔；当他苦思冥想自己当下的痛苦，他认识到生与死对他来说同样困难（VIII.112）。康拉德曾说过，这种僵局是真理的状态，在这种状态下，一切都消失了。在难以消散的黑暗阴影中思索着自己的未来，凯耶茨结束了自己的生命。在所有关于文明机器的最尖锐的评论中，康拉德让凯耶茨在象牙仓库的十字架上上吊自杀。这就是人，即使在死亡的那一刻，也在寻求一种真理的形象，通过赋予自身的死亡以牺牲性的尊严来为自私自利的罪行赎罪。人类无法承受太多的现实或真相。

对于一位马克思主义批评家而言，这个故事是对资产阶级社会惊人的真实控诉。在故事中，象牙仓库被称为一种拜物教（fetishism），格奥尔格·卢卡奇在他的《存在主义还是马克思主义？》（*Existentialism or Marxism?*）一书中把 1870 年后的时代称为拜物教时期。[4] 这就是说，对资产阶级的贸易和帝国主义理念未经细查的接受，是基于人是商品这一信念。此外，这种理念破坏了一个人应有的个体性，把人变成了一台机器。然而，康拉德对现代欧洲社会中人类处境的定位更为微妙。在接受拜物教思想和摧毁这一思想之间，个人几乎毫无选择的余地。在卡利尔意外被杀之后，凯耶茨的困惑在从天而降的浓雾中得到了具体的体现，也许意在代表他无法容忍的真相的邪恶阴影。他的逃避——在十字架上自杀——至少还有嘲笑来访的公司董事（此人物是专横的自我主义者的一个例子，其个性压倒了所有人）的用处。因为凯耶茨在十字架上的姿势有着难堪而挑衅的色情意味：他的舌头伸出来，又紫又肿。

143

凯耶茨和卡利尔已经向商业企业投降，证实了帝国主义和征服理念的胜利。但在康拉德的下一个故事《礁湖》中，他审视了对爱的理念的信仰。阿尔萨特把他的心给了一个女人；她死的时候，在远处可以看到一只鹰飞出视线。鹰的消失和女子的死亡这一巧合并不仅仅有着些许诗意，它代表着阿尔萨特的世界正在发生解体——他关于爱的幸福的自私形象正在从现实中消逝。在鹰消失后，阿尔萨特面前出现一小块亮光；凝视着亮光，他问那个将自己的怀疑投射到这个世界上的白人，现在还能有什么真理可被发现。白人的回答是"什么都没有"，我认为，这说明了他对这难以忍受、不受欢迎的黑暗的被动而复杂的认识。因为他相对而言还是个孩子，不可能献身于抽象的荣誉，阿尔萨特回归他以前的生活，决心纠正他过去的错误。白人也回到了他枯燥乏味的生活之中。故事最令人沮丧之处在于其中这样的暗示：即使阿尔萨特和白人将继续过着不真实的生活，他们本可信奉的真理令人厌恶和不适，因为它没有给他们带来任何东西。至少，经验的短暂成功促使人追求自我，得到收获。

144

在《礁湖》之后紧接着完成的故事《"水仙号"的黑水手》中，这艘船被描述成好似虽受损坏却熠熠生辉的美之理想。"水仙号"的坚固和优雅藐视海上这一整片无垠的荒芜，为船员们提供了一栋保护性的社会大厦；但这提醒我们，在她的"朝圣之旅"所包藏的肮脏商业抱负中，"水仙号"印证了她名字的含义。她与海洋的关系就像自我中心的文明人与真理的关系一样。在从一个东方港口启程之前以及到达英国之后，"水仙号"只是文明和社会机器的延伸。一旦到了海上，她就是一个陷入了斗争的社会，要达到纯洁，要摆脱自己在甲板上所背负的痛苦，与此同时，不允许自己被毁灭。詹姆斯·韦特当然看似是最大的威胁，但故事奇妙的复杂性取决于这样一个矛盾：船员们希望他死的同时，又普遍希望避免死亡。他是黑人，因此是黑暗真理的使者；但他也是一个无比自我中心的人，强迫每个人都为他进行艰难的服务。正如"水仙号"挡在人类和大海之间，韦特挡在人类和真理之间；在他的疾病的控制之下，对他们而言，他是一个形象，代表着对他们有组织地延续生命的努力的威胁。"水仙号"也是这样一个形象。船员在为船服务和为韦特服务之间的冲突，戏剧化地表现了人类在社会福祉和个人个体性之间的摇摆不定。由于波涛汹涌的大海威胁到"水仙号"和韦特的存亡，在社会福祉和个体性层面均是如此，船员们必须英勇地拯救他们。招人厌的唐金（Donkin）深知这一点，利用着一个懂得"对待苦难的柔情中潜藏的自我主义"（XXIII.138）的机会主义者的诡计，既与韦特保持着友谊，又保持着船员的身份。在韦特获救后，身体健康的姿态预示着他个体性的终结——他和船员们一样，希望回归到海员按部就班的生活中。值得注意的是，只有阿利斯通船长（Captain Allistoun），这个系统的主人，和辛格尔顿（Singleton）知道他的冒名顶替是怎么回事。韦特被隔离后死亡，因为跟库尔茨一样，他无法面对黑暗的真理，然后继续受一种秩序观念的奴役；个体性的代价就是死亡。所以"水仙号"战胜了韦特。在她靠岸的那一刻，她也死了，把她短暂的权力交还给了社会。男人们成了土地观念和社会传统生活的不幸受害者。

145

在康拉德奇特的哲学结构中，《"水仙号"的黑水手》依靠其主人公的种族特征来实现效果。如果说韦特的肤色似乎为他在船员们的意识中赢得了一定的位置，那么同样的，船员们的精神气质总体来说是英国式的。英国人生活的核心事实（至少康拉德总是这样认为）是大海"渗透了"他的存在（XVI.3）。当然，"水仙号”和她的船员们之间的关系，以及“水仙号”和大海之间的关系，肯定了康拉德对此事的看法。康拉德的下一个故事《青春》，仍是关于一些英国水手的故事。在这里，另一个朝圣者“朱迪亚号[①]（Judea，或译‘圣地号’）”的航行被明确地称为“存在的象征”（XVI.4）——亦即英国的存在。因为“不行动毋宁死”（“Do or Die”）正是这艘船的实际任务和座右铭，投入的行动成了“朱迪亚号”航行的单纯意义。正是英国人与海洋的特殊关系，而不仅仅是由于年轻，使他们得以继续一段被无数甚或荒唐的障碍所困扰的航程。“朱迪亚号”的船员们之所以对比尔德船长（Captain Beard）一心一意的精神如此忠诚，是由于大海这一事实。浩瀚无际的大海是一个衬托，激励着他们为自己的船付出，就像“水仙号”上的男人们为他们的船所做的那样。

146　马洛与其他人分开站着。在他对往事的回顾中，似乎有一个鬼魂一直在向“朱迪亚号”打信号，把它拉向万物消失于其中的真理的黑暗（XVI.26）。虽然船员们很有效率，马洛却是一个激动的空想家。对他来说，正是青春提供了可以使经验变得清晰可懂的形象；与那些履行职责的人不同的是，马洛的年轻使他有能力坚持他正在显现的个体性。他将成为一艘大船的指挥者（即使“朱迪亚号”沉没了），因为他总是想象自己是一艘船的主人。当他在曼谷醒来，发现黑暗而神秘的东方正面对着他，他必须决定是否接受这个极其陌生的世界，这个世界是他那莽撞的青春最终

① 朱迪亚号（Judea），或译“犹太号”“圣地号”。朱迪亚为古代巴勒斯坦南部地区。康拉德创作《青春》以及命名船的灵感源于他年轻时在货轮“巴勒斯坦号”上的经历。

允许他深入其中的，还是说回到西方，回到传统社会，只保留他的遭遇的一个形象。并不存在真正可供选择的替代选项，而他选择了后者。

当将年轻的马洛与《黑暗的心》中那个“破衣烂衫”的俄国主教的儿子相比时，我们处在一个奇怪的连接点上。两人都是富有冒险精神的年轻人，激情满怀，热切而又天真，不谙世故。然而，马洛变成了一个淡漠的英国人，在《青春》的结尾，他欢迎了一群他的同胞，然后离开东方，复归到西方的生活方式中。另一方面，库尔茨最忠诚的崇拜者离开了马洛，开始寻找其他冒险。一个人已向黑暗封闭了自己的灵魂；而另一个仍敞开着。如果真理是对理性分化的否定，那么年轻的俄国人肯定是在寻找真理。但为何康拉德如此不愿意让他所选择移居国家的同胞们拥有持续寻求真理的能力呢？为什么甘愿让他最大的敌人俄国人拥有这种能力呢？正如他在《独裁与战争》(“Autocracy and War”)一文中所写的那样，俄国始终是虚无(le néant)，而“虚无”恰恰是他对真理的定义。那么，俄国是真理吗？同样，大海是真理吗？

当然，对这两个问题的答案既是肯定又是否定。人类存在的真理和理念得到循环(在本章开头讨论过的)是人类存在的一个必要但绝望的事实。人必须有赖以生存的理念，而理念只有通过对无差别黑暗的抵抗才能在头脑中被激发。因此，个体性、自我主义等等就随之而来。作为一个波兰人，康拉德感到他在俄国手中遭受了几近超乎想象的痛苦。抵抗俄国淹没他的波兰身份的企图成了他早年生活中主导性的力量。他发现，英国自有其传统，有诚实的勇气，可以协助他完成自己的计划。因为首先，这种语言不像法语那样“明确定形”，但也不是无定形的。此

147

外，英国人非常重视“品格”，而品格——正如我们在对康拉德信件的讨论中所见到的那样——是暴露在黑暗之中并抵抗黑暗的结果。因此，马洛作为康拉德自身版本的普通英国人（homme moyen Anglais），尽管更微妙、更敏锐，总的来说更为欧洲化。另一方面，俄国青年有着完全清澈透明的灵魂，他永远与周遭的黑暗融为一体。如果说托马斯·曼笔下的阿申巴赫无法张开自己的拳头，那么俄国就太像一个张开太过的拳头了。毫无疑问，《在西方目光下》（*Under Western Eyes*）中的拉祖莫夫（Razumov）的痛苦是基于对这一事实的辩论应用。

康拉德接下来的三个故事延续了他对真理与形象、抽象与具象、黑暗与光明之间的相遇的审视。《黑暗的心》中马洛和库尔茨之间的亲缘关系得以维持，在形而上的层面上是作为黑暗和光明之间的亲缘关系，作为马洛见到库尔茨之前持续的对黑暗的冲动和库尔茨在最深的黑暗中对光明的冲动之间的亲缘关系。这个故事引起的反响，尤其在于它重新提出了康拉德思想的伦理甚至是认识论的关键。对抗黑暗就是通过侵入所有真理的核心来坚持自我，而真理必须不受干扰、保持纯洁，却无法办到。库尔茨的冒险精神和殖民主义精神将他带到了事物的中心，这也正是马洛希望找到他的地方。（值得一提的是康拉德曾给一位法国记者写信说，除了其他方面之外，《黑暗的心》还是一项关于种族差异的研究［*Lettres*, 64］。库尔茨的德国血统对他的行为负有部分责任，因为，正如康拉德在《独裁与战争》中所写的，日耳曼主义（Germanism）“是一个强大而贪婪的组织，充满了肆无忌惮的自信，只有侵吞其被切割的友邻的强国才能限制其扩张的胃口”［III.104］。无怪乎俄国和德国是欧洲相对立的两大势力。）马洛希望借助自我主义的能量之光去到达真理的源头，自己去发现那

148

里有什么。他把直截了当的事实世界抛诸身后，往下走，步入黑暗的中心。就像垂死的韦特一样，库尔茨既能感受到真理的催眠般的主张，也能感受到欺诈伪装的救赎要求、黑暗的真理、光明的柔和形象与人类之爱。当他死的时候，他已经耗尽生存意志，把“恐怖”交还给世界，让他人去发现。这一切的可怖之处在于，他的灵魂最终无法同时维持光明和黑暗，尽管他同时需要此二者。另一方面，马洛无法否认自己的生存意志，回到了库尔茨的未婚妻身边，口中说着谎言，是为让这个不幸的女孩好受一些而创造了一个关于库尔茨善良本性的形象。他也无法忍受长时间地直面现实。他领悟真理的唯一途径是通过库尔茨戏剧性的困境；而这一点，正如马洛所述，只是库尔茨困境的一个戏剧性的形象，使整个经验可被理解，却并不真实。

康拉德接下来两个故事中的主人公，与库尔茨和马洛不同，丝毫未向黑暗屈服。法尔克和麦克惠尔的不同之处只在于他们成功的自我保护模式：法尔克热情而紧张，麦克惠尔安静而从容。每个人都是在灾难中求生的可行方法的“垄断者”，每个人都是有着自己方式的令人信服的自我主义者。对法尔克来说，大海是他继续生存的基础；他在自己的帝国主义权力的蛊惑下过着那种生活。当他从“戴安娜号”（*Diana*）上带走赫尔曼船长（Captain Hermann）的侄女时，叙述者的脑海中浮现出绑架和强奸的念头：由于女孩本身被描述为一个女性美的艺术组合形象（XX.151–152），法尔克在占有她的过程中，受自己可耻的神经紧张所驱使，为她那美丽的身躯而放弃了自我保护的近乎神化的想法。他把自己弄得心烦意乱（为了保全自己，他曾经吃过人肉，要带着这种记忆活下去是很不容易的），现在他要为自己寻找一个新的存在的理由（raison d’être），一个新的理想。法尔克对这个女孩

149

的占有与他吃人的故事越吻合，就越明显地使原本温和的叙述变成一个充满苦恼和愈发不快的麻烦的故事。在《台风》中，麦克惠尔凝视着狂风的黑暗，想发现它的秘密，却没能领会狂风袭击他背后的含义，在他的气压计前，他变成了一个在雕像前膜拜的异教徒。气压计和赫尔曼的侄女是麦克惠尔和法尔克各自顺从的形象。

到目前为止，所有论及的故事都是关于这样的经历：在黑暗的攻击下，主人公创造了各种各样的替代形象，从而使不同程度的征服和自我主张成为可能。正如康拉德在 1897 年 12 月 26 日写给桑德森的信中所说，他们是“追随鬼火（ignis fatuus）”（*LL*, I.219）的人，这种鬼火阻挡了黑暗的侵袭。通过类比，艺术家的自我允许他使用制造事件并加以解释的力量，以抵抗经验的抽象力量及其轻率行动。换言之，只有叔本华式的艺术家才会用艺术意象暂时否定生存意志。现在轮到惠利船长和扬科・古拉尔来作为康拉德对坚定自信的个体性的早期研究的结尾。扬科在异国的 *150* 海岸遭遇了海难，在那里他的个体性无法明确表达自身。他被困在 一个陌生的存在领域里，就像一只落入陷阱的鸟。当艾米把他从孤独中解救出来，只有靠她的爱才支撑起了他的存在。当她发现，他开朗活泼的真实本性对她而言是一种黑暗隐秘的密码，并且无法赋予她的生命以活力，她对他的爱开始褪色。她所保有的他的形象在她生活的庸常性之中消融了；她意识到，她自身存在的枯燥乏味迫使她去他身上寻找并不存在的东西。不久，她就固执地认识到，他是她自己的蠢笨所创造出的一个浪漫的念头。在他死后，她的生活也回到了真实状态。

同样地，地球上伟大的朝圣者惠利，将他的一生奉献给了在他女儿的心目中保留一个他自身的形象。他曾在大海的表面上像

“用过时的词语写的长篇大论”一样记录自己的生活，但那平静的面具对他却漠不关心（XVI.186）。他就像一面悬崖，总是向大海展现出不屈不挠的正面，希望他的成就记录能保证他在席卷而来的时代洪流中占有一席之地。但是，他的头脑和虚弱的身体已无力维持他曾经向世界洒下的“光”。黑暗再次侵袭。由于不幸的境遇迫使他放开对原有生活理念的坚持，结果他的个体性变得越来越透明和不确定，其保护性的轮廓也变得越来越不清晰。他逐渐屈服于一种黑暗，这种黑暗甚至会摧毁表象的幻觉。当他自杀的时候，他并不是在面对当下处境的真相，而是可悲地对自己过去的形象示以忠诚。残酷的悖论在于，这其实并不重要——无论如何，他都会死。在故事的结尾，他的女儿仍然爱着他，尽管她已经无法在脑海中回忆起他的模样。

康拉德在这一点上的进展使他在对个体性的困惑审视中进进出出，因为它徒劳地消耗精力，试图穿越黑暗，获得一条短暂的通道。显然，康拉德试图平衡的这两股对真理和对有效的生活理念的相反冲动，到 1902 年时几乎使他的工作停摆。但他仍然是一个足够优秀的水手，知道所有的航行都必然有终点。正如他在 1898 年 12 月 18 日写给安热勒·扎戈尔斯卡（Angèle Zagorska）的信中所说，在墨海之中用笔而非船桨航行，意味着这里有一个港口和一个休憩之地。无论现实如何不确定，宣称这次冒险成功的心理时刻已经到来。

151

《大海如镜》是康拉德的下一本书（他从 1903 年到 1906 年一直在写这本书），它的设计别具匠心，以表明对水手生活的理念和形象的信心。康拉德在书中写道，在水手生活的两极之间，在启程和登陆之间，在黑暗大海的冒险和歇息的安全之间，水手意识到锚是希望和休憩的象征之一（IV.15）。水手们的生活有一种永恒不变的节奏，这种节奏周期性地减缓或停止，要么是因为航海生活本身的惯例（港口和锚），要么是因为水手训练有素的技能。后者的一个例子是水手有能力使船处于一种完全静止的状态，帆卷船歇。航海的艺术，就像人们所掌握的所有其他艺术一样，使其从业者成为奴隶（IV.25）。这类似于社会将其成员变为机器。然而，当水手把他的船视为自己的艺术和大海的交汇之地时，他所保持的艺术成就感就可以形成一种令人振奋的活泼形象，使他部分地摆脱奴役。这个形象——康拉德把它看作将船缚于海面上的蛛网和蛛丝（IV.37）——是水手奋力使他的船漂浮海上的最高代表，这一形象帮助他继续自己的工作，是骄傲和鼓励的来源。他知道，在大海不可思议的力量面前，帆不过是蜘蛛网，而风使他的工作一直面临着无穷无尽的各种障碍；蛛网和蛛丝的缥缈之美，是水手本人的创造，也是一个诗意化的事实，举例来说，就像一场强风，其本身不仅具有无穷的风力，也对水手的心有影响（IV.76）。换句话说，不仅是缺乏形象的真理，而且使用这个我们神秘地创造出的形象来描述我们对现实的看法：正是这构成了整个现实。

152

正是康拉德对主体性力量的承认——它明显地凌驾于它所应对的客体之上——为他中期（1902—1910）的作品奠定了基调。而且，对于这些作品来说，《大海如镜》是一项做到炉火纯青的准备工作。在这一时期，黑暗的影响和个人对这些影响的反应之间存在着一种特殊关系：这种关系的原型是一个受困的水手神奇地塑造出一个吸引其行动的形象的方式。正如康拉德在《大海如镜》里写的那样，因为航海是一门艺术，而艺术的生活是一种神奇的存在（IV.64）。但我们永远无法完全确定，一个被创造出来的形象不是个人病态的自我幻觉的结果。也许这就是为什么堂吉诃德是《大海如镜》的主要灵感之一，那个喜爱冒险的骑士，他的人格被他的疯狂所占据的艺术和形象迷住了。这本书的另一位恩主则是尤利西斯。一方面是堂吉诃德，他有着无可指责的真实的人性冲动，却找不到任何有价值的目标来解决这些冲动，另一方面是尤利西斯，他有着无可指责的真实的人性目标，但利用他天生的诡计来赢得这一目标——疯狂和诡计，康拉德两者都需要。

虽然疯狂和诡计终究无法给予存在以令人满意的解释，它们现在却充斥在康拉德的故事里。每当康拉德笔下备受折磨的主人公中一个或另一个被引导去创造一个形象，而这个形象被允诺获得某种成就——例如，加斯帕尔·鲁伊斯被迫将自己视为光荣的革命领袖——他就会落得个不幸的结局，要么是因为他失去了心理平衡，要么是因为他被揭穿是一个不择手段的骗子。康拉德对这些可怜的新主人公的态度是不确定的。例如，对于鲁伊斯，他感受到怜悯的屈尊俯就：跟凯耶茨一样，这个大块头以一种模仿仪式的方式死去，这提醒人们，无论是不是革命烈士，鲁伊斯在世人眼中都是一个不受欢迎的歧路游民。加斯帕尔对那个激发了他半歇斯底里行为的陌生女人的依恋，不仅是他的力量，也是他的弱点。他和她分开了，因此也就无法进一步发挥他那巨大而令人困扰的力量。导致他垮台的精明的专业人士完全理解他想象中的人物的力量，这是他们故意消除的一种疯狂形式。或者再想想《无政府主义者》中主人公更为可悲的情形，那是《小说六篇》中的另一个故事。境遇迫使他扮演无政府主义者的角色，仅仅是出于权宜之计。他的律师向他解释说，他准是一个社会主义无政府主义者，而他也相信自己正是这样的人。他因被指控的行为事

153

迹而被流放，并从流放地逃了出来，变得越来越像别人曾告诉他要成为的那个人。他是一个奴隶，一个精神不平衡的包法利主义者①，没有闲暇去检验自身存在的真正基础——简而言之，他是个疯子。还有《告密者》中由迷人的 X 告诉叙述者的故事中，有一个伪装的警方密探。这个警方的线人混入了一个无政府主义小组，爱上了一个"业余"激进分子，被发现并因其伪装而受到惩罚。所有这些人，都以这样或那样的方式，被一个不适当、不相容的理念或形象所俘虏。然而，在他们的事业中，他们也有短暂的成功时刻，因为他们的自我形象"得到了回报"。

当然，《伯爵》中伯爵的经历最有可能说明这些俘虏的困境。154 像赫维和凯耶茨一样，伯爵是有序生活的信徒，过着单调但安全的规律生活。康拉德带着温和的怜悯看到，他的生活目标只是在等待不可避免之事（XVIII.273），我们以为那是死亡，实际上却是对他文雅体面的隐私的粗暴侵犯。这个故事的题词"看过那不勒斯，然后死去"②的意义在于，贸然与伯爵搭讪的恶棍正是那不勒斯的一个缩影。在见到这个讨厌的家伙之后，伯爵就会死去。没有人能够幸免于现在每个人都无法逃避的命运，即使是像伯爵这样完全无害的人。一个人根本无法过上不受无缘无故的干扰的生活。在《决斗》中，费罗和德·于贝尔自己也认为，生活中没有不自然的刺激是不可能的；决斗是生活中潜在的无意义

---

① 包法利主义者（bovaryste），这个词来源于居斯塔夫·福楼拜（Gustave Flaubert，1821—1880）的《包法利夫人》（1857），指的是一种逃避现实的白日梦倾向，做梦者忽略日常现实，拥有把自己想象成像浪漫故事中的男女主角这样的他我的能力。

② "看过那不勒斯，然后死去"（*vedi Napoli e poi morir*），俗语，意为那不勒斯之美无与伦比，到过那不勒斯，死而无憾。

兴奋的结晶，是他们特有的癖好。他们必须拥有的东西正是伯爵所无法逃避的。因此，对决斗上瘾的人和伯爵之间的区别微乎其微。个人走向死亡、遗忘和真理的进程，被“渴望的不安”的形象所阻碍，如果愿意，也可以称之为个体性的诡计。此类形象具有激发某种结论的宝贵能力。它们就是康拉德和他的主人公们在再也无法无限期忍受的黑暗之旅的终点被特意创造出来的港口。这也是康拉德已把马洛抛诸脑后的另一种说法，那个有着不确定的经历和难以言说的恐怖感的马洛。

康拉德已经创造一系列具有结论性成就的形象，从《大海如镜》中充满希望的形象开始，到《小说六篇》中灾难性的形象，现在他把注意力转向了拥有明确开端的形象。登陆只是一次航行的终点；同样重要的是启程。康拉德再次在一部自传作品中首次确立他的主题，这次是《个人札记》（1909—1912）。这本书的核心是康拉德作为小说家的生涯的诞生，而这一职业的萌芽或许可以在他的一位叔伯祖父[①]的故事中找到。这位老先生曾经是拿破仑军中的一名军官，他永远忘不了从俄国撤退时的情景，当时他和几个战友在快要饿死的时候，杀了条立陶宛犬饱餐一顿。这是康拉德说自己所听过的“第一个真正称得上是现实的故事”（VI.32），它与法尔克经历的相似之处，我认为是有意强调的。因为如果法尔克吃人肉的行为早于他占有赫尔曼的侄女，那么这位叔伯祖父有失身份的晚餐就是康拉德文学生涯的“萌芽”。然后，我们将以印象主义的方式研究这件事对青年康拉德的感受力的影响，以及这样一个故事是如何成为他内心世界中鬼魂般的主宰形

155

① 原文为 great-uncle，但根据其他传记资料，曾参加拿破仑的俄法战争的这位家族长辈可能是其祖父特奥多尔·科热日尼奥夫斯基（Teodor Korzeniowski）。

象的。康拉德的文学天赋使这段经历成为他写作生涯的起点；他提醒我们，他一直遵循的建议是不要“浪费生命（gâter sa vie）”（VI.126）。扰乱他写作生活的秩序、规律和经济的危险现在作为最重要的事情显露出来了，而《个人札记》中的其他回忆是以其他“鬼魂”形象的形式对历史谨慎使用的证明。其中有福楼拜，他是一位艺术大师，他的精神笼罩着这位崭露头角的作家；然后是讲故事的人（storyteller）的精神，诞生在一个水手的身体里；最后还有一种无法解释的阴影，一种只能被认可而无法被探究的神秘真理。康拉德继续告诉我们，写作不是一种自我表达的手段，而是对从历史的深井中唤起的形象所产生的情感的持续忠诚。这无疑是康拉德对他现在强烈的个人真理观的公开表态。帝国主义和自我主义已经被纳入一种舒适的唯我论（solipsism）之中——没有必要仅仅谈论一个人从一个国家跳到另一个国家，或从一种生活跳到另一种生活的“立定跳跃”。此外，人们可以谈论那些鬼魂，它们的存在使作者的内心生活得以开启，而后得到滋养，并受其保护，免受黑暗的侵扰。只有以这种方式坦白自己的人生，一个作家的世界才能具有连续性和自洽性：从启航到登陆，再启航再登陆。

156

这两部自传都以对民族情感象征的狂热召唤作结。《大海如镜》的结尾是对英国民族精神的总结，是“记忆的灵丹妙药”。《个人札记》以向红旗致敬结束，那是有目标的生存之理想的化身。旗帜让人想起英国精神，而这种精神又让我们再次回到旗帜上，这是它的产物之一。“象征性”的形象并没有引导我们返回到一个抽象的真理，而是策略性地引导我们去往另一个形象，使我们待在一个井然有序的可理解性领域里。因为康拉德现在已经建立了他的文学世界的范围：他已经质疑了真理被人类的自我主义腐蚀成可供使用的观念的过程。英国及其贮藏形象的密室已经归他所有，保护他远离黑暗的心。而康拉德恰好把莱格特引入了这个典型的不列颠王国，《秘密分享者》的叙述者带着年轻人的不安栖息在那里。

这位新手船长（我称他为X）所面临的挑战要放在英国“公平竞争”和先天种族优越感的背景下加以看待。他认为，他对自我的理想概念将必须根据英国传统和莱格特困难的——但确切无疑是英国式的——存在的迫切需要来加以考验。X自觉地努力扮演好自己的角色，不仅是为了保护莱格特的安全；他还希望将自己的活动保持在一定的战略限制之内。这两个年轻人一起通过暴露他们对这些限制的不满来威胁这些限制。莱格特分享了X自己所不承认的愿望，他们都想要逃离国家、社会和哲学的监狱，无论这监狱是好是坏，和康拉德一样，X故意将自己置身其中。为了实现他的监狱所不允许的目标，X必须诚实地问自己这个问题：我有能力靠自己实现自由的理想吗？当X从黑暗中接受了这个人，就像接纳从冷漠的大海中发出的一道磷光，并把他当作不限制自由的临时使徒藏在船上，这个问题就得到了回答。X冒险把逃犯藏了起来，但随后没有进一步行动。正如一些评论家所认为的那样，很难相信X会因为与莱格特的短暂邂逅而大有进步。莱格特只是增强了X对他之前所选择的世界的信心。对这个想法不必进行探究，因为这个想法“经不起过多推敲”（XIII.xiii）。一旦X对莱格特不再有用处，莱格特就回到了大海里。

157

正如风暴在抵抗其侵袭的模范水手心中得到完整的身份一样，莱格特在船上的出现也赋予了X一个他的秘密自我的形象。但这一形象既遮遮掩掩，又奇怪地令人羞耻。在他自己的船上，受限于其有限的世界，与他的船员疏远，X 利用莱格特来获得对自身更为坚定且如其所是的把控。对他自己所抱持的“理想”观点的检视，将 X 带回了他最了解的不列颠世界。简言之，《秘密分享者》是一个励志的智识寓言，讲述了为什么想要巧妙地逃避所谓的责任终究是不可能的。替身的形象，以及与之相关的考验主人公的情节，并没有引起马洛在《黑暗的心》中所经历的那种深刻而严肃的探索性的自我审视。康拉德选择了肯定是更为容易的处理这个主题的方式，或许是因为——正如我已经说过的——到创作《秘密分享者》的时候，他已经在与黑暗的斗争中精疲力竭。通过在另一个人身上看到自己的形象，X 可以确定自己的身份，并对他周围的环境施加更为温和、不那么严苛的攻击。当莱格特游向新的命运时，对 X 的未来显然没有进一步的描述。1905 年 5 月 5 日，康拉德写给高尔斯华绥的一封信中，在这一点上尤为说明问题：

158

> 我承认，我以为你会有好消息。它们仍然因此受欢迎。我对你的憔悴与其说是不安，不如说是挂念，对憔悴这一点我似乎甚为了解。这就像在玻璃镜里看到一个奇怪的熟人一样：我自己那众所周知的神秘而令人不安的感觉反映在你的个性中，任何并非绝对的我自身的事物中，你的个性与内在的我最为接近。我看着你离开那不勒斯，心里充满了信心，这种信心是现今任何对生活的不信任都无法比拟的。你会得到很好的照顾。我平静地面对你的命运——面对我那可怕而无法抗拒的懒惰所带来的折磨——这完全是对平静的否定——就像牢笼不是庇护所，是对休憩之地的否定。（*LL*, II.18）

如果 X 后来因懒惰而遭受此般痛苦，我们可以肯定那是因为他活在一个看起来像庇护所的笼子里。

重要的是，《秘密分享者》之后的两个故事发生在看似田园诗一般、实际却是监狱的背景中。《幸运的微笑》和《七个岛屿的弗雷娅》的背景也非常具有瓦格纳风格，就好像康拉德不得不用现成的脚手架来代替他再也不能令人信服地靠自己创造出来的东西。《幸运的微笑》讲的是一位年轻的英国船长耽搁在一个太平洋小岛上，他邂逅了艾丽斯·雅各布斯（Alice Jacobus），一个性感尤物，她古怪的父亲有一个同样古怪的兄弟，故事主要发生在艾丽斯家美丽的花园里。艾丽斯的长发，她对无辜的主人公几乎无意识的欺骗，主人公给女孩的高潮之吻——所有这些都使人联想到这上演的是太平洋版的《帕西法尔》[①]，艾丽斯扮演孔德丽（Kundry），而主人公扮演帕西法尔。但艾丽斯的花园是这个魔法岛上的一个避风港，叙述者在这里度过了他被迫享受的闲暇时光。这个岛第一次出现在他面前时就像一个神奇的海市蜃楼，许诺他在六十天的船上航行后可以获得休憩和快乐（XIX.3）。当他到达微笑的港口时，他觉得自己终于逃离了商业世界，就像凯耶荻和卡利尔一样，他在那个世界一直是个受折磨的囚犯。但他与雅各布斯两兄弟的会面让他回到了原以为已抛在身后的商业世界：那个粗鲁残忍的兄弟体现了这个世界明显贪婪攫取的一面，而那个更为讨喜但追求利润的兄弟则体现了这个世界诱人的唯利是图的回报。 *159*

① 《帕西法尔》（*Parsifal*），德国作曲家瓦格纳（Wilhelm Richard Wagner，1813—1883）创作的最后一部歌剧作品，于 1882 年在第二届拜罗伊特节上首次上演。作品名字也是该作品男主角的名字，背景设定在中世纪西班牙山中的蒙萨尔瓦特镇，讲述了亚瑟王的骑士帕西法尔追求圣杯的故事。

那个和蔼友善的雅各布斯带他去了自己家里，在那里，艾丽斯在她的“花墓”（XIX.53）里，茫然四顾，无精打采地沉浸在自己的世界里，打发着时间。主人公被这个女孩和她的花园迷住了，日复一日地回访此地，先是盯着她看，然后徒劳地想把她拉出来，发现了她紧紧守护着的秘密。而女孩的父亲一直试图让船长对土豆产生兴趣，因为他不断地提醒这个不感兴趣的年轻人，可以从中赚得很好的利润。很快，这个年轻人意识到他已经成为自己感官幻觉的囚徒，就好像他对艾丽斯的快乐的无聊想象现在已经取代了严苛的航海世界。他的头脑一直在寻求从商业的理念中逃离到幸福的理念中。当他最终吻上艾丽斯的时候，他发现通过感官寻找未知的快乐是平庸而虚假的，这让他无比沮丧（XIX.79）。如果说他最初的生活方式是一个牢笼，那么艾丽斯的花园现在自我暴露了，它只是虚梦一场，只是另一个看起来像庇护所的牢笼。康拉德让他说，他对自己一直奉行的商业理念的质疑必须受到惩罚：他必须为那个吻付出全部代价（XIX.87）。他这样做了，从艾丽斯的父亲那里接受了土豆，讽刺的是，他使土豆化为了暴利。虽然他的经商事业取得了成功，但他向他的大副承认，他的未来岌岌可危（XIX.88）。

艾丽斯当然是主人公错误地想象出来的秘密分享者。然而，莱格特留给 X 的是一种不确定的欢欣与振奋，艾丽斯却只是让船长回到了他一直以来过着的那种令人不满的生活。现在他知道，若事物仍一成不变，他就无路可逃；他痛苦的认识反映了康拉德自身的境况。康拉德成了一个被囚禁在封闭的形象系统世界里的囚徒，而这个系统之所以被创造出来，原本是为了保护他不受黑暗的伤害，他只能为他压抑的能量想象其他更受限制的世界。

160

尽管如此，他仍然继续努力。在他下一个故事《七个岛屿的弗雷娅》的前三分之一，他描绘了另一个瓦格纳式的天堂，一个更有希望的天堂。弗雷娅·尼尔森和她的未婚夫贾斯珀·艾伦，为他们自己创造了一个真正有希望的世界。在闪闪发光的太平洋七岛之一的某个高地上，弗雷娅和她的父亲生活在一起，认为她的生活是跟老头儿一起为她和贾斯珀的幸福未来做准备。当他们结婚时，这两个年轻人将住在贾斯珀优雅的双桅船“博尼托号”（*Bonito*，或译“鲣鱼号”）上。在贾斯珀不在的时候，弗雷娅花了很多时间在钢琴上弹奏瓦格纳，我们很快就了解到“博尼托号”是贾斯珀—特里斯坦和弗雷娅—伊索尔德[①]未来的爱巢。在船上，他们将一起生活，幸福得神魂颠倒，为对方遮挡世界的烦恼，摆脱所有陆地上的纠葛。然而，弗雷娅有一个相当无谓的动机来推迟婚礼：她要到21岁才结婚。请注意，这对情侣对一种想象中的终极快乐的获得是以一个完全抽象的理由的实现为前提的；说“抽象”（这是康拉德的用词），我们要理解弗雷娅想要在完全无差别的条件下开始她的婚姻生活。这不是说在她到21岁的时候会继承财产，或以某种方式改变。只不过她会到21岁，仅此而已。

弗雷娅的情况明显是康拉德的一个计谋。他给予自己和笔下人物最大的成功希望，尽管这种希望显然是不真实的。无论如何，该计划因该地区黑暗邪恶的荷兰指挥官海姆斯科克（Heemskirk）的出现而被打乱。他抱着一种罪恶的欲念渴望拥有

---

① 圆桌骑士特里斯坦与爱尔兰公主伊索尔德的爱情故事最早见于中世纪骑士传奇，在历史上多有改编流传，瓦格纳创作有歌剧《特里斯坦和伊索尔德》（*Tristan und Isolde*，1865年首演），为其代表作。

弗雷娅。在她父亲怯懦的逃避、贾斯珀鲁莽的行为和海姆斯科克恶毒的计划之间，弗雷娅的幸福被毁了。当“博尼托号”在海姆斯科克妒忌的怒火中被击沉，当贾斯珀变成一个因船失事而失心疯的赤贫者，弗雷娅明白，自己已经成了三个男人的荒谬行为的受害者。在灾难的影响下，她成了“辉煌虚空中的一个小点”（XIX.220）。她死于贫血，而她的父亲，一个懦弱的傻瓜，把这一切都归咎于不幸的贾斯珀。世界的恐怖已经夺走了她，而康拉德再一次赋予了逃生的形象以灾难性的结局。贾斯珀、弗雷娅、老尼尔森和海姆斯科克都秘密地做着同一个梦；他们共同努力摧毁了一切。

161

在对康拉德战前最后的不幸的反思之后，《马拉塔的种植园主》加上了最后的绝望之语。正如康拉德这一时期的故事中的许多前辈一样，种植园主勒努阿尔在他的头脑中过着充满希望和想象的生活。然而，他的脑海里并非充斥着逃跑和乌托邦的画面；相反，他的精神状态以康拉德所说的“清晰的幽晦（clear obscurity）”方式发挥作用（X.31, 35）。我们已经看到康拉德没有费心给他的主人公提供一个充满希望的形象或理念。在他的编辑朋友看来，勒努阿尔的这一性格特点显得既荒诞不经又真实得令人不快。当勒努阿尔爱上穆尔索姆（Moorsom）小姐时，他觉得自己的激情是一种疾病，而非像贾斯珀和弗雷娅那样是精神健康的可靠保证。勒努阿尔经常被穆尔索姆一家在他和姑娘之间设置的那些受限制的社交形式所困扰，视它们的存在为不怀好意。尽管如此，这女孩的身体魅力中没有任何可指望的东西。他心里很清楚，别人没把他的镇定沉着当回事；他做了一个关于她的怪异的梦，这是对她给他造成的不幸的一种邪恶的解释。他看到：

他完完全全的自己，提着一盏奇怪的小灯，映照在空无一物、毫无装饰的宫殿某处房间的一面长镜子里。从他自己的这副瘆人的形象中，他认出了某个他必须跟随的人——他梦中那受惊吓的向导。他穿过无数的长廊，无数的大厅，无数的门。他完全迷失了自我——他又找到了路。房间之后还是房间。最后，灯灭了，他被什么东西绊了一下，当他弯腰去拿的时候，他发现这东西又冷又重，很难搬起来。黎明苍白的光让他看清这是一座雕像的头。它那大理石头发像头盔上的粗线条，凿子在唇上留下了淡淡的微笑，活像穆尔索姆小姐。当他一动不动地盯着它，这头开始在他的指间变轻，变小，裂成碎片，最后变成了一抔粉末，一阵风吹走了。风如此之冷，他绝望地打着寒颤醒过来，从床上一跃而起。这一天果真到来了。他在船舱的桌子旁坐下，两手捧着头，好长时间一动不动。（X.31–32）

162

她是个毫无生气的形象，不会给他带来任何东西。但他无法阻止自己把她看作自身所有欲望之完满。有一次，在激情澎湃的瞬间，在他看来，她就像那从浩瀚无垠的真理中升起的维纳斯（X.36）。当然，这是现在已为人熟识的康拉德对黑暗真理的痴迷回忆。在其欲望的顶峰，勒努阿尔是这样被描述的：

他想用自己的至少一个感官尽可能长时间地留住她，他的欲望是强烈的，仿佛他的灵魂正从他的眼睛里向她流去似的，但这种强烈的欲望使他的目标落空了。她那移动着的轮廓，消融在一个由火焰和阴影构成的女人朦胧而多彩的微光

中，正跨过他家的门槛。（X.64）

当他最终向她坦白自己的欺骗，他意识到自己已经把一切都给了她，他的头脑，他的灵魂，甚至他饱受折磨的躯体。她拒绝了他，因为她是一个传统的产物，而勒努阿尔，一个被自己的激情燃烧殆尽的男人（X.77），一直坚信自己已爱上了一个闪闪发光、没有形象的真理暗影。

在我看来，这是康拉德最为悲观的一个故事，但也是一部杰作。勒努阿尔所采取的每一条通往救赎的途径都将他带回到康拉德本人心中沉闷的死胡同。对康拉德来说，承认他以自我中心、自我妥协的方式接受了英国的观念（连同随之而来的他在公众眼中的所有虚假形象）是一个令人不快的牢笼，这是一回事。但要写一个又一个故事来证明逃离它是不可能的——那是另一个更令人沮丧的认识。最终，当马拉塔的种植园主游向大海去寻求死亡和遗忘，康拉德完全摧毁了他如此苦心孤诣建立起来的经验的思维结构："一片乌云没精打采地悬在中间那座山的高岩之上；在那片阴影的神秘寂静之下，马拉塔哀伤地躺着，带着一丝痛苦的气息，沐浴在狂野的夕阳里，仿佛记起了在那边破碎了的心。"（X.86）沉默主宰了世界，只因为康拉德的英语单词既无法应付真理，也无法应付它的许多欺骗性的观念和形象。也许，美和一种痛苦的感觉依然存在，但这些都无法持续。康拉德的头脑里装了大量此类乏味的事物，现在他开始考虑回到他最早期的声音和景象中去。只有重新获得这种与生俱来的灵感，他的视野和笔触才能恢复健康流畅。他的波兰之行和战争的爆发，不管怎么说，的确恰逢其时。这一重要时期的成果是短篇小说《阴影线》，下面这段话节选自 1917 年 2 月写给悉尼·科尔文的信，为我的下

163

一章做了铺垫：

非常感谢您如此赞赏这本小书［《阴影线》］。但我不赞同一个了解当地情况的人会是这本书合适的评论者。地点无关紧要；如果是暹罗湾，那只是因为整个故事是严谨的自传。我一直想这么做，我们从奥地利回来后，当我不得不写点什么东西的时候，发现这正是我在当时的道德和脑力状况下所能写出的东西；即便**如此**，我也费了一番力气，一想起来就不寒而栗。在当时，坐下来编童话故事是不可能的。即使现在也不太可能。我是在1914年12月及1915年1月到3月间写那篇东西的。这些话（我不会说它们是真实的——它们绝对如此），我相信，口头上是准确的。这发生在1887年的三四月。贾尔斯（Giles）就是帕特森船长（Capt. Patterson），在那里是个鼎鼎有名的人物。这是我唯一改过的名字。伯恩斯先生（Mr. Burns）的疯狂作为事件中心可能有点儿被过于强调了。我和兰塞姆（Ransome）[①]的最后一个场景只是作了暗示。有些事情，有些时刻，是不能任由公众不理解，而让记者幸灾乐祸的。不。这不是一种“在街头”展示的体验。——我很抱歉让您得到一个恐惧的印象。我试图把那种纯粹的恐惧挡在外面。要想把事情搞得更糟是很容易的。您可以相信我，我经历过这一切（J'ai vécu tout cela）。不过，关于那一切，等我们见面时，我会再跟您细细道来。在这里，我只想说，经验被转换成精神术语——在艺术中，这是一件完全正当的事，只要您保留了其中所蕴

164

① 贾尔斯、伯恩斯、兰塞姆均为《阴影线》中的人名。

含的确切的真理。这就是为什么我同意这篇小说单独出版。我不喜欢把它与一本故事集里的虚构小说联系在一起的想法。这也是我把它献给博雷斯①——和其他那些人的原因。（*LL*, II.182–183）

① 博雷斯（Borys），即约瑟夫·康拉德的长子博雷斯·康拉德（Borys Alfred Leo Conrad，1898—1978），著有《我的父亲约瑟夫·康拉德》（*My Father, Joseph Conrad*，1970）。博雷斯曾参加第一次世界大战并在战争中负伤。

第九章 165

阴影线

康拉德1920年为《阴影线》所作的序言在一定程度上解释了这个故事是在怎样的限制下写就的。他在序中写道，由于战争的原因，这一主题及其处理是他“当时发现唯一可能尝试的”（XVII.ix）。然而，他给出的故事创作日期与事实并不相符，至少在完成这一故事的1915年他写给理查德·柯尔和他的经纪人平克的信中是这样写的。[1]这个故事并非如康拉德在序言中说的那样是在“1916年的最后三个月”写成的，而且虽然是纯粹的推测，但考虑一下他给出不准确的写作日期的可能原因，也是颇有兴味的。

在1916年的最后几个月里，康拉德生活中最引人注目的一件事就是，他应海军部的要求进行了一次旅行。他乘坐皇家海军的一艘帆船，英国皇家舰队“雷迪号”（H.M.S. *Ready*），前往北海侦察。“雷迪号”的船长约翰·G. 萨瑟兰（John G. Sutherland）写了一篇相当朴实无华的与康拉德同游的记述。萨瑟兰文中尤为有趣之处在于，他描述了康拉德在船上闲暇时对哈特利·威瑟斯（Hartley Withers）的《战争与伦巴第街》（*The*

War and Lombard Street）的迷恋，这本书分析了1914年战争爆发前英国财政部全面暂停信贷的措施。[2]威瑟斯的目标是将暂停令的成功——尽管彻底破产带来了可怕的商业影响——与英格兰的基础力量和孤立状态之间建立联系。此书结尾有几句话值得引用：

166

> 迄今为止，战争已经结束。总结这场战争对伦巴第街的影响，我们可以自信地宣称，它们已经有力地证明了英格兰银行的足智多谋和适应能力，政府为维持我们的贸易而抵押国家信用的谨慎和成功的勇气，以及英格兰财富的主宰力。这些事情都是值得注意的，即使是在我们将大部分注意力聚焦于我们的海上和陆地战斗部队的勇敢和技能之上的时候。[3]

康拉德最后一篇重要的海上故事的创作日期应该是与他最后一次乘帆船旅行（其间他读了威瑟斯的书）相混淆了，这一点并非完全不可理解。而且，如果我们承认，这个故事的写作，就像康拉德在“雷迪号”上的航行和暂停令，是一个发生在战争期间的重大事件，但与任何实际战斗无关，那么《阴影线》的主题（即坚毅的力量面对毁灭的威胁的方式）正是对威瑟斯发现的更大方面的一种艺术思考。这个猜测当然很大胆，但是，即使没有办法证明康拉德确实想到了威瑟斯的书，《阴影线》也是围绕着一个非常相似的主题写就的。然而，这个故事的丰富性和普遍有效性的一个标志在于，它不仅仅是对人类不屈不挠的精神的自我褒奖，相反，你会发现它是康拉德自身精神体验的重演，它充满活力，经过锤炼，然后用来之不易的洞察力重新把握和呈现。

这个故事的样式跟很多之前的故事一样，是怀旧的；康拉德采用直接的第一人称叙述者，也与他在其他故事中的做法是一致的。有一个立即展开的现在，它一直出现在读者的眼前，而且这是第一次这样处理。故事的开场白是一个温和的表态—— “只有年轻人才有这样的时刻”（XVII.3）——但我们随即被引领到一个特定的时间点，即 “介于年轻和成熟之间的朦胧地带”（XVII.26）的时刻。在写这个故事的时候，康拉德也正处于自己作为一个艺术家的青春和成熟之间。就在几年前，康拉德曾说自己作为作家的年龄非常年轻，只有 15 岁（VI.108）。他甚至在《个人札记》中这样描述自己，尽管正如我们所见，在那个过渡阶段，其洞见和能力在冷酷绝望的《马拉塔的种植园主》中已登峰造极。康拉德在他的自传中巧妙地描绘了自己的 “经济” 肖像，这一肖像的持续时间仅仅与欧洲的和平时期一样长。世界大战对康拉德的精神生活产生了巨大的影响，使他处于一个困难的境地，即首先要在审美和精神上找到自己，因为他文学的青年时代已经被迫终止。他在前言中暗示了这一点，自我辩护似的提醒读者说：“没有人会怀疑，在整整一代人的最高审判之前，我对自身幽晦的经验的微不足道的特征有着敏锐的意识。”（XVII.viii）为了与这种情绪保持一致，《阴影线》还加上了一个副标题 “一部自白”（“A Confession”），这个标签将它与之前的作品直接放在一起。它们大多是康拉德个人经验的变体，正如我所言，是为了赋予这些经验以某种连贯的意义而进行的叙述。

167

虽然这个故事本身就有相当多优点，但我认为，为了充分理解它与康拉德其余作品之间的重要关系，有两点需要强调。首先，很明显，这个故事中的大量内容与许多早期作品有着惊人的相似。然而，如果说之前的故事是对过去经验的回忆和解释，是对其的再创作，那么《阴影线》不仅是对单一的过去经验的再创

168 作，而且是对包含在其他作品中的整个经验的再创作。任何在康拉德内心生活的母体中定位他的小说的尝试，都必须将《阴影线》视为在一系列的自我戏剧化中最终的探索性再审视。康拉德在序言中写道，让“整个世界都充满了它的深度和广度”，他自身过往的全部意义，现在似乎成了不会令他尴尬的总结性审视的恰当主题。

第二点，是康拉德的航海生涯和他写作生涯中现在的实际关注点之间的联系，经历过一个复杂而丰富的蜕变。这与詹姆斯关于艺术生活的寓言不同，詹姆斯的明确主题是小说写作——“也许这是一个指标，他［詹姆斯］所处的世界并没有给他身为小说家所渴望的丰富的现实生活领域”[4]——而康拉德丰富的个人经验很容易就足以成为他小说的主题。此外，我们还发现，《阴影线》的表层结构就像是康拉德对大海的体验和他作为一名文学家的体验之间的一种控制辩证法（controlled dialectic）。这两种截然不同的经历在此处被汇集在一起，在一个非凡的综合过程中，融合了娜塔丽·萨洛特①所说的“对话（conversation）”和“潜对话（sub-conversation）”。[5]“对话”关注的是海上生活，是实际被讲述的内容，是在正式而有序的叙事中持续的主题。另一方面，“潜对话”以无声暗示的方式让人感觉到，这是康拉德作为一名作家在当前关注的实质内容。当然，这种表层和寓意的微妙交织，相对于康拉德将《青春》描述为一种“感觉”偶尔穿插其间的叙事方式，是一个进步。这种感觉在超过十六年的写作经验

① 娜塔丽·萨洛特（Nathalie Sarraute，1900—1999），法国著名新小说派作家、剧作家、理论家、律师，代表作有《向性》（1939）、《天象馆》（1959）、《金果》（1963）、《语言的应用》（1980）、《童年》（1983）等。

中得以形成和塑造，现在已经足够成熟和清晰。

康拉德在后来的职业生涯中，返回到他在许多故事和小说中已经处理过的经验，这被一些评论家认为是艺术创作的失败。但是，《阴影线》的意义——及其独具美与勇气的原因——就在于它恰恰是从承认失败开始的，在人生的那一刻，青春的一切希望都在不断探寻新的真理的过程中耗尽。对于一个水手来说，就像对于一个作家，这种失败并不容易承认，它把人带到需要另一种坦率而普遍的观察的地步。对作家和水手来说，青春“提前生活在一切绵延不绝的美好希望中”，是一座魔法花园；然而，它之所以如此，并不是因为它是“一个从未被发现的国度”。相反，“人们很清楚，所有的人类都有过此番经历。这就是普遍经验的魅力，人们从中期待一种非比寻常或个人的感觉——一点点属于自己的感觉。”（XVII.3）虽然青春的紧迫性对所有人来说是共通的，但每个人都仍希望从中寻觅到唯独属于自己的东西。

169

回想起来，这种常常落空的期望，曾是这位水手兼作家的幻灭体验，他试图拯救和保留一些精神价值（哪怕只是一个形象），在《青春》中取得了一定的成功。对幻灭的必然性的认命这一点，在《阴影线》中得到了极为简短的说明，也曾是《幸运的微笑》的主题。在那个故事里，艾丽斯的魔法花园断然拒绝一切事物，除了最为去魅的内幕揭露。但是，在年轻人令人不安地接近神秘的阴影线之前，曾经有可能获得对生活的共同经验的一种个人的全新洞见。回想一下，康拉德曾在《大海如镜》中写过入会仪式，写过一个高尚的战胜逆境的难忘形象，还写过对那个形象的忠诚。但现在，这位年轻的叙述者-主人公已经找回了自我，已经完全成为他自己，准备使他所抱那些希望的正在向前坠落的阴影与他存在的实质协调起来。他认为，要面对的“线”是他完全分离的自我与外部世界之间、内在现实与外部现实之间的那道坚固的边界。他独自一人，无需借助给予启发或给人安慰的形象，就可以做到这一点。

170 但是，当我们谈到找回自我的时候，又是什么意思呢？理想的情况是，当我们达到那种坚忍顺从的状态时，我们的希望和恐惧不再向外发散，找回自我将是寻求探索过去或未来，以寻找我们的天意的迹象。这是一种完全自持的安宁，传统上是得通过多年的逆境才能赢得的老年的好运。比如，俄狄浦斯（Oedipus）下到科罗诺斯（Colonus）的树林里时的心境。但《阴影线》开头的情况并不平静，也不允许有那般的休憩。相反，它描绘的是叙述者年轻的幻想不再能支撑他的时刻；不幸的是，晚年的平静也远非其所能至。他不能因为发现自己过去那些愿望不尽如人意，就否认这些愿望及其造成的后果；他也无法用任何新的替代选项来取代它们。也许他有感到兴奋的时刻，尽管这并没有什么真正的原因：这个世界能提供给他的新事物微乎其微。迫使他前进的习惯性动力使他躁动不安、不知满足地去寻找新的探索之路，但经验的重量不断地教导他说，他已经发现了所有的一切。

这种心态在其他地方也被当作喜剧的主题，这并非不合时宜。例如，当法布里斯[①]想在滑铁卢（Waterloo）打一仗，却错过了整个事件，他从一个声光场景跑到另一个场景，总是在期待，总是在移动，却永远找不到，这一刻正是美妙的幻灭。而且，埃里希·奥尔巴赫[②]说，这是庞大固埃（Pantagruel）的

① 法布里斯（Fabrice），司汤达（Stendahl，Marie-Henri Beyle，1783—1842）的小说《巴马修道院》（1839）中男主人公的名字。

② 埃里希·奥尔巴赫（Erich Auerbach，1892—1957），德国著名语言学家、比较文学学者和文学评论家，代表作《摹仿论：西方文学中现实的再现》（1946）。

军队，进入了这个巨人的嘴里，发现“跟我们这里一样（tout comme chez nous）”，但仍要继续前进的时刻。[6] 如果你能想象叙述者最初的活力从《阴影线》中消失，那么还有一个时刻与《白鲸》（*Moby Dick*）的开头相似，年轻的以实玛利（Ishmael）在他的灵魂中遭遇了一个黑暗的十一月。更确切地说，《阴影线》的开篇表达出了波德莱尔的一首题为《忧郁》（“Spleen”）的诗的前几行：

171

> 我好似多雨国度的国王，
> 富有而无能，年轻却朽迈，
> 鄙视导师们卑躬屈膝，
> 对狗像对其他野兽一般厌烦。[7]

那么，这些就是“无聊、厌倦、不满的时刻”，“很可能会到来”，并可能催生“轻率的时刻”（XVII.4）。

《阴影线》的叙述者现在可以保持难受的绝望姿态，受其束缚，被它无法克服的困难所打败，被它催眠般的无所作为所引诱，或者——这就是他所做的——他可以立刻用一个意志姿态来解救自身。正如他所指出的那样，拔除自己的根似乎就像是一种离婚行为，甚至是遗弃的行为（XVII.4）；但我们要理解的是，他之前的经验领域不再像对康拉德早期作品中的主人公那样对他有所要求。在包括这些早期故事在内的更大视角中，叙述者告别了大海，这种方式使他变成仅仅是海上“潜在的乘客”（XVII.8），这是对精神僵局的含蓄回避，而康拉德之前的故事已经不可避免地陷入了这一精神僵局。这种僵局曾是一种觉察，即个人不需要再进行任何活动，因为他的过去和现在已经融为一体：他与自身合一，就像《黑暗的心》结尾处的马洛，在讲述他的故事的过程中，也因为他的故事，他与他的过去和现在合一。对如此遥远而神秘的黑暗的探索，使个体性与黑暗结合。但是这一结合的代价是由个体性来承担的：它将自身的完整性交给了那些吞噬了心智的保护性的差异性范畴的阴影。

这种结合在《阴影线》中从未充分展开。叙述者之所以能够避免这一点，是因为他勇敢地拒绝接受黑暗的最终决定，也因为他同样勇敢地决定不惜一切代价采取行动。

172

他知道，他仍然珍视的“反叛的不满”（XVII.8），只会让他的正直与世界之间实现暂时的平衡。如果说“水仙号”上的人在违抗大海、拯救了韦特之后感到不安，那么从他意识到这一举动是跳离“舒适的树枝”（XVII.5），他就比他们走得更远。然而，他承认，他这一跳跃方式是“无关紧要的”，因为青春的高贵形象已经消失了：“魅力、味道、兴趣、满足——一切”（XVII.5）。然而，时间无情地向前行进，捕获了他，仿佛它是一个新陷阱，让粗心的探险者深陷其中。伴随时间不经意的流逝感而来的，是他对闷热的东方的感觉，在《青春》中，这种感觉曾向他许下如此多承诺，而现在，它似乎在以令人窒息的空虚扼杀叙述者（XVII.8）。康拉德现在必须回答的问题很明确：从此处出发，人们该何去何从？

《阴影线》讲的是一个年轻的海员突然半是任性地决定离开他的船，改变他习惯的生活方式，因为他觉得在自己现有的生活中没有新的真理可待发现。他在“一个东方港口”上岸，与他的船断了联系，在当地的“高级船员与水手之家”住了三四天，等待有船能将他带回英格兰。第一章的主要任务是建立一个介于二者之间的连续体，一方是叙述者精神深处的烦躁不安，正与它想要避开的事物交战，另一方是他周围环境中明显的无关紧要、毫无意义和怠惰无力。我们所看到的是对叙述者与日俱增的孤独的令人信服的戏剧化，因为他废弃了自己与周遭一切的联系，不是出于力量和对自我的信念，而是出于一种不满的不确定性。他的态度就像这样一个人：他希望获胜，但因为无法获胜，就从战略上摒弃一切，视之为不值得的麻烦而置之不理。矛盾的是，每一件事越是显得无关紧要和微不足道，也就越是显得正确而笃定。因此，贾尔斯船长这个海员之家的住客，也是一位“在复杂情况下进行航行”方面的专家，有时看起来“质朴、愚憨和平庸”（XVII.18），却是叙述者不得不尊敬的人，尽管他不承认这种尊重。这位年轻的海员似乎很愿意承认贾尔斯赫赫有名的充满冒险的过去，但却看不到贾尔斯身上有任何对他在精神上有帮助的东西。汉密尔顿（Hamilton）这个寄居在海员之家黑暗的坟墓里的永远的食客，被有意塑造得孱弱无能，与此同时，却又“因上帝高兴地给他安排的生活地位而充满了尊严”（XVII.11）。

173

然而，二人之间存在着明显的差异，贾尔斯如此关心叙述者的未来，而汉密尔顿则把每个人都视为“彻头彻尾的局外人”（XVII.11）。在故事的进展中，叙述者与贾尔斯越来越亲近，而与汉密尔顿越来越疏远。至少，贾尔斯是从“诚实的信念”（XVII.12）出发来说话和生活的，即使在故事的开头这些信念对叙述者来说难以理解。然而贾尔斯已经过着高尚的生活，叙述者对这一点的难以言状的觉察使贾尔斯成为了年轻水手无意中向往的一个理想。汉密尔顿不费力气就获得了自己的生活地位（我们可以再一次发现布拉德利的道德律令的堕落版本），这与阿尔万·赫维获得并占据自己地位的方式大致相同。年轻的叙述者对汉密尔顿无法抱有任何尊重。贾尔斯是从康拉德早期小说中所有那些久经考验的主人公（如库尔茨和法尔克）那里发展出来的，但在他身上，他们贪婪的帝国主义被成熟而深刻的精神视野的健全所取代。但也许汉密尔顿和贾尔斯之间的根本区别在于 D.H. 劳伦斯[①] 所谓的社会存在和人类存在之间的区别，奴隶和自由人之间的区别。贾尔斯想要继续“保持皮肤白皙”（XVII.14）、摆脱占有欲的堕落的渴望，与汉密尔顿想要提升自己并保持显赫地位而故意纵容的欲望明显对立。然而，叙述者起初只是从理智上感知这一切。

174

年轻水手既然已经离开了青春的花园，他一切行动的动机便都源于他的才智，才智的力量使他具有批判的眼光；在感情上，他依然无拘无束。他说，他保持着水手摆脱土地束缚的自由意识（XVII.19），正是这种超然离群的态度限制了他的批判。他新近达到了成为一个独立自主的个体的状态，再加上无处可去，无事可做，这使其处于类似年轻时的马洛的处境，急切地想在刚果公司寻找工作。当然，不同之处在于，叙述者（我在下文称他为“N”）在自己的灵魂中没有黑暗之处要去追求。他身后是沉重的经验，面前是战争，无法接受他可以完全相信的未来或自我的形象。这难道不就像康拉德一样吗？

因此，对 N 来说，有必要重新把握形势，在一个已经变化了的世界中，从智识上和情感上重新定位自己。曾让马洛陷入黑暗的行动机制已不再可行——N 就像已经回到佩内洛普（Penelope）

---

① D.H. 劳伦斯（David Herbert Lawrence，1885—1930），英国小说家、诗人、散文家，代表作有《儿子与情人》（1913）、《虹》（1915）、《恋爱中的女人》（1920）和《查泰莱夫人的情人》（1928）等。

身边的尤利西斯。他能很容易地看到事物的表面之下，也就是说，他既能看到事物的表面，也能将其看成是空洞。当贾尔斯给他建议，贾尔斯的声音似乎是“普遍的空洞自负”（XVII.23）的声音。语词本身并没有任何东西可以让N明显地把他的整个存在附着其上。他只能拒绝，这无疑是躁动不安的才智的标志：“在［他的］一生中，［他］从未感到如此远离尘世的一切。”（XVII.19）当汉密尔顿和卑鄙的茶房头在海员之家的接待室里嘀咕着对N的蔑视，他可以把他们斥为无所事事的阴谋家，他们正密谋得到那份他刚刚离职的工作，而他对此毫无用处。一直很关怀他的贾尔斯开始与N进行一场耗时长久、拐弯抹角的谈话，逐步向年轻人介绍他周遭的现实。事实上，贾尔斯可以静静地在现在看到未来的种子：年轻的叙述者只能在现在看到过去那已被丢弃的枯枝，却没有关心的问题或兴趣。N的反应很有特点：他认为一切都既无聊又愚蠢。 175

然而，贾尔斯用他的坚持说服了这个年轻人，让他相信，窃窃私语的阴谋家之间进行的“那场谈话”跟他“个人有关系”（XVII.21）。为了逃避“空虚的威胁”（XVII.23）和精神上的贫瘠乏味，N只能含糊地承认，他正遭受汉密尔顿和茶房头在背后的恶言中伤：他相当冷静地看待他们的诡秘行径，却意识到他们的勾结是一个实实在在的事，至少要在目前的荒谬事务中为自己清出一个位置。

《阴影线》中的这种情况与《回归》等故事中的情况有一点有趣的相似，在《回归》中，赫维在妻子身上看到了一个符号，他可以通过这个符号来命令世界，以使自己得利。N的人格是一个需要拯救的对象，因为他不希望它被无情的勾结所玷污。他还对一个扰乱海员之家陈腐传统的反常计划着迷，于是他冲上去拦住茶房头，质问他关于那封信的事。（贾尔斯告诉N，汉密尔顿打算把一封港务办公室寄给N的公函藏起来。）当时他尚未意识到，贾尔斯在这件事上提出的行动建议使他欠了贾尔斯的人情；他认为贾尔斯只是急于让自己免于被人嘲笑。他说：

> 直至今日，我仍不知道是什么使我在他身后叫道："我说！等一下。"也许是因为他瞥了我一眼；也许我还受着贾尔斯船长那种神秘而诚恳的态度的影响。嗯，那是某种冲动；是我们生活中某处力量的影响，如此这般地塑造着我们的生活。因为，如果这句话没有从我嘴里脱口而出（这与我的意志无关），那么，我的生活，当然仍然是一个海员的生活，但现在会被引向完全不可想象的航线。
>
> 不。这与我的意志完全无关。（XVII.25）

176

先前裹足不前的N，已成为叔本华笔下那种艺术家的类似物，对意志的要求不屑一顾，为了以客观的方式看待事物而否认它们。贾尔斯关于那次谈话的评论引起了N的注意，他发现，他的人格不是他自己的创造，而是环境和他人的创造。然而，他对自己的幻觉促使他把事情看成是取决于他自身的行动。具有讽刺意味的是，又是贾尔斯提醒他，这封信"必须进行调查"（XVIII.27）——并且，我们不是被要求（无论这种要求是多么具有暗示性）去回忆在《黑暗的心》中启动整个一系列行动的对观念的"调查"吗？只是在这里，正如他所说，N对这个想法的兴趣是"纯粹伦理道德角度的"（XVII.27）；也就是说，两个被怀疑是无赖的人暗中勾结，使他的人格受到牵连。从道德上讲，现在挽救自己的好名声成了N的责任。

当贾尔斯继续提到“任命（command）”一词的时候，N的反应很有趣：

> 突然之间，仿佛翻过了一本书的一页，揭开了这一页的一个词，把这本书之前的一切内容都弄明白了，我发现这件事也有伦理道德之外的另一面。
>
> 而我还是没有动。贾尔斯船长有点不耐烦了。他带着怒气吸了一口烟斗，转过身去不理会我的犹豫。
>
> 但这不是我本人的犹豫。如果我可以这么说的话，我已经精神错乱了。但当我说服自己，在我所不满的这个陈腐而无益的世界里，还有个什么拥有一艘船的船长任命之类的东西可以把握时，我就恢复了行动的能力。（XVII.28）

需要提出的问题是，N的突然开悟是否源于他发现了同样令人不安的自我和理念上的“帝国主义”，正是这种“帝国主义”，曾驱使康拉德早期小说中的主人公们开启动荡不安的经历。即使他即将成为一艘船的船长，一个为无情的法典服务的帝国主义者，他是否曾在片刻感到有一种超越道德的冲动，要挑战自己存在的基础？还是有其他原因导致了N的新认识？ *177*

我认为，存在一个新的原因，它取决于N无法正常行事，因为他已经拒绝了自己旧有的生活方式。他未拿定主意参与世界上的任何事情，无论是在陆上还是在海上，发现任何新的真理的希望渺茫，一个理论上的情况摆在他面前：有一份船长的工作等着他来做。这需要他具备最起码的自私——他接受这一工作的动机是一种明确受限的道德欲望，即想要击败那两个人，而非出于维护自己的地位的自私欲望，是想要挫败无赖行径，而非想要延续自己的权力。这次冒险所带来的想象中的成功，在他看来，由于他自身不确定的成熟而黯然失色，现在已远没有那么辉煌了。他知道，如果他得到任命，他就必须在做好工作的同时，注意将会出现的专业问题。除此之外，他只能假定，他忠实执行的船长任命将减轻他的“陈腐而无益的不满”，同时，将对某种更大的有意义的秩序模式作出贡献。无论如何，我们必须迎接这一挑战，尽管它看起来并不英勇。

与此类似，此时此刻，康拉德正无私地将追求名誉和公众认可的愿望抛在脑后，继续他的工作，以证明他希望继续创作下去，尽其所能来面对饱受战争蹂躏的欧洲令人无法忍受的无政府状态。重要的是，埃利斯船长（Captain Ellis），那位仁慈的海神尼普顿（Neptune），为没有人有足够的勇气和良知来“抓住机会”而向N表示痛惜（XVII.31）。埃利斯的话为康拉德在1918年给沃波尔的一封雄辩的信埋下了伏笔，在信中康拉德指出，即使国家逃避对责任的召唤，个人却可以接受召唤，而且实际上是必须接受召唤（*LL*, II.211）。

178

在与埃利斯见面之前，N走进港务长办公室，对这个世界机器般的本质的记忆重新唤起了他的恐惧，动摇了他的决心。他说道：

> 就是在那里，我失去了往日的快乐。官场的氛围会扼杀任何呼吸着人类奋进之心的事物，在纸墨的至高权力之下，希望与恐惧同归于尽。港口汽艇的马来舵手为我掀起帘子，我步履沉重地走了进去。办公室里除了两排忙碌写字的文员之外，没有其他人了。可是船务主管从他的高座上单脚跳下来，匆匆走在厚地毯上，到宽阔的中央通道上迎

接我。（XVII.29）

这些句子呼应了马洛走进刚果公司在那座白色坟墓般的城市里的办公室时的不安；然而，N 立刻感觉到他和船主之间存在着一种利益共同体。N 能如此轻易地感受到这个共同体，也许反映了康拉德对英国传统的王朝延续性的默认，这一传统在《个人札记》中被更为老套地用红旗来象征。正是这个拥有无可质疑的传统和责任的强大王朝，将引导 N 走过《阴影线》的剩余篇章。

在康拉德的短篇小说中，我们第一次看到一个主人公毫不怀疑地接受了传统责任及其国籍的含义。这难道不是反映了康拉德对他第二国籍的新的、宽容的接受，被视为是向欧洲主义的普遍建立迈出的第一步吗？例如，我们记得，马洛曾被认为是要取代被残忍而任性地杀害了的费雷塞尔文（Freselven）的人，而马洛所能做的就是让他的前任的记忆不在他的脑海中出现。此外，马洛选择寻找库尔茨作为他的职责，他认为自己进入黑暗的旅程是“忠于［他］选择的噩梦”（XVI.141）。马洛所做的每件事似乎都是在他过去的恶性事件中准备好的；没有什么是真正原创或开放的积极行动。他所有的行为都令人不快地联想起梦境，他以似曾相识（déjà-vu）的感觉看待事物。但 1915 年之后，噩梦和不适的回忆不再是康拉德小说的基调。这是一种对任命的个人召唤，N 接受了它，因为它具有新鲜的“道德性”，也因为他有明确的愿望使这种任命发挥作用。如果说库尔茨和费雷塞尔文是马洛的象征，如果说韦特是“水仙号”上的男人们的象征，那么现在 N 意识到这样一个事实：他是埃利斯的象征，是责任链上的一个棋子（XVII.34）。N 知道他不能总是指挥一切，他也知道自己必须成为别人的象征。在以前的故事中，符号逐渐显露出空洞和

179

不足；现在是控制意识让自己接受这个角色的时候了，它冒着风险，并寻求以某种方式将符号转化为人类的意义。N 先前对这一事实的隐约感知让我们进入到故事的第二部分。

通过接受船长任命进入了抽象伦理的领域后，N 现在感觉自己在处理“梦中的东西”：他行动起来就像一个困于枷锁的人，脱离了世界的形式和颜色（XVII.33）。当他再次见到茶房头的时候，他意识到自己的想象力一直在常规的渠道中运行，因为他曾设想自己需要经过漫长的升迁过程才能最终获得任命。然而，现在某种权力强加给 N 一个船长的任命，这种权力“高于商业世界里那些平平无奇的机构”（XVII.36）。这些都是重要的观察，而且，因为它们似乎在一些批评家看来使人联想到“超自然的”现象，我们最好在此处暂停，并加以研究。

180 首先，N 对做梦的感觉与康拉德笔下早期主人公们的感觉并无不同，他们觉得自己已离开事实的世界，进入了一个奇特的非现实的世界。然而，在那些早期的故事中，每当梦闯入生活——回顾一下，比如，凯亦兹和卡利尔或扬科·古拉尔——总有一个可识别的元素在其中。受困扰的个人在梦中看到了他一直害怕的东西，并在梦中认出了他自己几乎已遗忘大半的想法。在这里，N 意识到他已描绘过一种相当传统的晋升模式，一种忠实于社会强加在我们的期望之上的限制模式。在这个奇怪的新梦想中，不仅有一丝全然的陌生感，还有一种自我提升感。从外部传来的对 N 的召唤，似乎是驳斥他对缓慢获得成功的胆怯而不够英勇的确信。他了解到，他应该相信自己拥有看似不可能实现的理想，这些理想必须取代不再相宜的属于年轻人的想象。因此，从模糊地重现青年时期最为恐惧的梦想，到最终实现那些承载一个人最高

尚愿望的梦想的过程，就是从青春走向成熟的航程。因为在最佳情况下，一场由恐怖的具体形象构成的噩梦只能被推翻；在最坏的情况下，它在现实中得到证实。但理想的自我实现之梦想，最佳情况是在现实中逐步得到证实；而最坏的情况下，它会因个人努力的失败而受挫。

这段从噩梦到理想化的变化过程之所以特别令人信服，是由于其对康拉德自身生活的直接应用。作为一名青年小说家，看到自己的所有梦想都与饱受战争蹂躏的欧洲的情况相呼应（这一点在他的战时书信中得到了充分的体现），他只能诉诸于植根于其自身责任承担的乐观理想。只有这样的个人行动，才能战胜那些陷入权力争夺的国家的混乱动荡。同样地，N 的道德本性起初对茶房头的可疑阴谋有所退缩，但他看到，虽然阴谋已经部分实施，但仍有事情可做。他直接到港务办公室，不费吹灰之力就得到了船长任命；渐渐地，他意识到，有必要采取主动，而不是神秘地接纳，这一点在康拉德早期的主人公中从未有过。在他艰难的指挥过程中，他将发现，主动出击首先意味着让他的头脑摆脱所有阻碍性的萎缩形象，这些形象暴露了他对真理的逃避，这种逃避基本上是自我中心的。如果真理是黑暗而困难的，就必须负责任地接受它，无论其负担是多么危险而艰难。只有贾尔斯意识到了这一点；从一开始，“任何发生的事情……都逃脱不了他的伟大经验”（XVII.38）。

181

在快速地接受了任命之时，N 已经迈出了向前的第一步；当他不可救药地继续相信自己身处一个童话故事之中时，他又一次以一个稚嫩的年轻人的姿态作出反应。从人的角度来说，这是可以理解的：新的情况，新的决定，不可避免地使人不知所措。在第一轮热情高涨过后，人们又会回到更为熟悉的事物上来。他的抽象的指挥权，他的船——所有这一切极为一致地形成了他已经习惯了的又一种附魅状态。它取代了青春年华时的魔法花园，当他焦虑不安地想到它的时候，给了N“一种存在的强烈感觉，这是我以前或以后均未感受过的”(XVII.40)。他发现他的天职必须在海上实现：在那里，在那冷漠而美丽的海面上，他必须证明自己。故事现在进入了与《秘密分享者》的洞察相对应的阶段。但《黑暗的心》的真知灼见也在其中。因为N可以在海上描绘出他要行进的路线——就像马洛理解平面地图一样——尽管不像马洛(但像《秘密分享者》中的年轻船长)，N对他要做的事情有着清晰的概念。在这一点上，《阴影线》关注三个元素：年轻的船长及其任命(一个由比“平庸的机构”更高的权力发起的被施了魔法的整体)，N对自己的行动方向的抽象认识，以及对职责的抽象认识。他的过去现在在N看来似乎像一块破碎的经验，他刚刚与之脱离，而且，当他登上将载他去接收任命的那艘轮船上时，他屈尊承认，那个烦人的船长的存在完全就是荒唐而无情的。N不再是一个躁动不安、迷茫烦恼的青年，他对自身的重要性有了新的认识。

182

当N接近他自己的船，人们会愈发觉得这个故事是在重演康拉德的经历，尤其是当叙述的语气变得更像一种自白。“自白”正是康拉德自己给这个故事起的副标题，而N的坦白与N的创造者相关，也并非偶然。在一片不确定的汪洋之上追求一个困难的职业，这相当合理地描述了N的状态以及康拉德多年前的状态，那时作为一个年轻的作家，面对他的职业的极高要求，他也接受了这一职业的怀疑和风险。N承认他为这艘船的美而欣喜若狂，这驱散了他怀疑的恐惧，如同驱散了一场噩梦：“只是梦境过后不会留下羞耻，我一时对自己无端的怀疑感到一阵羞愧。”

（XVII.49）N 曾经用幼稚的童话故事来缓解空虚感，如今这空虚感也不复存在。相反，他的整个人都被这艘船填满了，船的“设计和整体上漆永远不会显得陈旧……一个罕见的尤物，其存在就足以唤醒人们无私的喜悦。让人觉得活在有她存在的世界上真好”（XVII.49）。对美好命运的可能性所抱的怀疑——如此不幸，但又是如此人性的反应——在明显存在的好运气到来之前已化为乌有，并给人带来信心。N 和他的船之间的圆满结合就像一个实践艺术家和他的艺术之间的结合，这无疑是康拉德自身经验中最深刻的现实和真理。

183

> 第一次踏上她的甲板，我感到了一阵深深的身体上的满足。没有什么能与那一刻的充实感相比拟，能与那种臻于完美的情感体验相媲美，我没有经历过默默无闻的职业生涯最初的艰辛和幻灭就得到这一切。
>
> 我快速扫视着她，用目光包裹住她，占有她的形体，她的形体使我的船长任命这一抽象情感化为具体。在那一瞬间，一个海员所能感知到的许多细节清晰地映入我的眼帘。此外，我看到了她脱离自身存在的物质条件的束缚。她所停泊的海岸仿佛根本不存在似的。地球上所有的国家对我来说算什么？在世界上所有被通航水域冲刷过的地方，我们彼此之间的关系都是一样的——而且比语言所能表达的更亲密。除此之外，每个场景和插曲都只是过眼烟云。在主舱口忙忙碌碌的那帮黄种苦力，还不如构成梦境的东西来得实在。（XVII.50）

理想的圆满、自我的实现、永恒——这些的确是令人向往的东西，但令人震惊的是N自觉已达到这些目标的这份轻松惬意。这个故事暂时离开了康拉德小说中习以为常的世界，取而代之的是一个令人心满意足的天堂，类似于莉娜（Lena）和海斯特（Heyst）[①]在孤岛上的生活。对N来说，这是一个没有经济的世界，一个扩展和幸福的世界，似乎已经从任何可能摧毁它的腐败中被拯救出来。N现在想到，既然“抽象的”纯洁的力量如此使他着迷，使他感到幸福，也许同样的事情也曾发生在别人身上。他试图理解被传统和历史延续所保留的事物之美，这让他意识到自己的力量——他照镜子看自己——与此同时，这使他对海军指挥的历史背景和传统有了一定的了解。请注意，历史现实的实现是基于他的个人责任——N所说的“寻找与自己的亲密关系”（XVII.50）——因为那种现实是由基于共同的人类经验的“传统人生观”（XVII.53）所创造的。正是由于他对这两件事的认识，即他自觉地坚持传统的努力和他在本质上简单而广阔的水手世界中的生活，才产生了N的问题。他发现忠于传统和一个水手的简单生活并不容易，因为他自己是一个复杂的人，工作的直接压力使他紧张不适。这段短暂的理想主义时期几乎在开始之时就已结束；它曾是一种愿景，他必须通过接受自己的特定情况的具体现实来重获这一愿景。一旦他采取具体的行动，这就开始侵入他的感性。

184

N最初的计划仅仅是开始在身体上和精神上着手把握新事物，现在他的新环境已经允许他这么做。他的第一个障碍是他的前任，那个忧郁的船长的故事；这个故事对整艘船的影响将会耽误他，使他难以完成自己的目标。船员们还处在上一任船长莫名

① 康拉德小说《胜利》（1915）中的人物。

其妙失踪的震惊中，没有工作的劲头。康拉德的非比寻常之处在于，N坚持将他对船长职务的理解重新表述为一个贵族王朝的延续；正是这种认识，使得他给老船长打上可耻的传统背叛者的标签。我们记得，在康拉德早期的大部分故事中，一个人物的羞耻感是由他自身过去的一个事件引起的，他觉得自己对这件事负有直接责任。N对此有不同的解释：

> 我已经是负责指挥的人了。我的感觉不可能和船上其他人的感觉一样。在那个群体里，我独自站一个等级，如同一国之君一般。我指的是世袭的国王，而不仅仅是民选的国家元首。我被带到那里来统治一个远离人民的机构，对他们来说，这个机构就像上帝的恩典般不可捉摸。
>
> 而且，我如同一个王朝的成员，感觉到与死者之间有一种近乎神秘的联系，我被我的前任深深地震撼了。
>
> 除了年龄，那个人在本质上和我如出一辙。然而，他的生命的终结是一种彻底的叛国行为，是对一个传统的背叛，在我看来，这个传统和地球上的任何指引一样重要。看来，即使在海上，一个人也可能成为恶灵的牺牲品。我的脸上感觉到一股未知力量的气息，它左右着我们的命运。（XVII.62）

185

人们可以将N的情绪与康拉德自己在战争期间的情绪进行类比。他个人生活中的问题在欧洲战时的斗争中得到了反映。清晰地看到自己的问题，就会增加采取行动的必要性：康拉德一定感到，在处理国家重大问题上的因循迁延，会让这些问题陷入无可挽回的地步。N对他自己和他的船员下达狂热的命令，要求启程上路，避免“像丧钟一样……有着致命意义的……延误”

（XVII.66），这正是源自对灾难威胁的相同感受。然而，康拉德和N最初都含糊不清，“启程上路”是否有必要，到底是出于个人安全的考虑，还是因为它是一个人的岗位所要求的抽象职责的履行，而不管这个岗位可能是什么，是小说家、水手、医生或是商人。然而，当N理解到，即将丧失的一种超越人格的生活习俗或理念，与他自身的存在息息相关，这是一个人从生活的破产中得到的拯救，他认识到他必须坚持这一理念，甚至不惜冒着生命的危险。

当然，所有这些都可能是信贷暂停令教给康拉德的教训之一：英国也一样，为了在破产中生存下来，不得不冒着拿自己在世界上稳固的经济地位冒风险，忍受艰难困苦。在暂停所有信贷的过程中，英国已经妥协甚至牺牲了自身的经济生活，以使一个更大的目标——即英国作为国家继续存在——能够在欧洲的动荡中幸存下来。前任船长生活中神秘的间歇性情绪发作和分心消遣（可能是对康拉德早年生活困难的一丝隐晦暗示）成了N现在指挥中显而易见的问题：他的船，就像康拉德眼中的欧洲一样，开始行动反常。如果在解决这些问题的过程中，必须忍受巨大的个人痛苦，N愿意承受此代价。一种更大的理想价值必须要保存下来；对于N来说，这就是他对职业责任的理解。对康拉德来说，这也许是种英国观念，无论好坏，他都已经与之结盟。N必须杀出一条通向大海的道路——友好、安全而纯洁——而且他由此得出了他的伟大理念：“大海现在是我所有烦恼的唯一良药。”（XVII.71）而康拉德在欧洲主义之中为自己的困境寻求出路。

186

N想要找到一个有利的环境来解决他的问题，这愿望往往会挫败他将一个理念坚持下去的努力。我最好马上说，N对这一可悲事实的了解，给《阴影线》注入了一股失败主义的气息，但它被显著地提出并得到了解决。N 被迫理解“做自己”的真正含义，即越过未实现的朦胧野心的界限，进入一种受限的可怕现实（并非格外友好或纯粹的），而这种现实总是达不成那些野心。康拉德可能也已经理解了他作为一个初学者的处境，处在由他人创造的环境中，他不承担直接责任。他的职责是推动自己和他人向前进，以最小的愤世嫉俗的怀疑态度和最大的毫不气馁的能量，尽其所能去做他所知道的在理想中正确的事情。

每一种情境，当一个人身处其中之时，可能都像一场噩梦，但至少有一种慰藉，即知道在梦想之外，还有一个最终可实现的理想——在履行职责中实现自我价值。我们可能会发现，这是一种令人失望和谦卑恭顺的回归（return），回到了过去不妥协的布拉德利主义（Bradleyanism）的岗位和职责，但在《阴影线》中，这也是一种回报（return），是通过那些只会带来灾难的不幸事件，痛苦而积极地赢得的回报。N 的每一个困境都像一座濒临虚无边缘的监狱。无法被摧毁的是 N 对有利机会的难以言喻的信念，这种机会将由偶然或意志（他并不总是确定是哪一种）来发挥作用；这将使他获得自由。

187

最后的监狱，公海上死寂的平静，迫使 N 独自面对自己，这是康拉德的故事中从未呈现过的可能情形。N 既非法尔克，亦非麦克惠尔，他们扮演垄断者的角色，是为了保全自己，并无任何高贵的理由；与之相反，N 是一个愿意冒着被毁灭的危险去追求一个持久理念的人。

最终，正是 N 对连续性或其本身的持久却又备受困扰的信念，而非因为任何个人利益，造就了康拉德最具个人肯定性的故事，从某种意义上说，也是他最具人性的故事。N 以他意识清醒的理性接受传统的连续性（他只是对传统作出了一点贡献）；因为意识本身有能力同时注意到每一行动的直接价值和理想价值。也就是说，他的意识中怀有一种理想；当N执行一项行动时，他的意识比照这一理想来衡量它。这就是康拉德在1918年3月17日写给悉尼·科尔文的信中所说的每个人类动作姿态的"'理想'价值"（*LL*, II.185）。对意识本身的拯救已经至为重要，也许这是康拉德最终吸收叔本华对自杀的人本主义否定思想的结果。[8]

在第四章中，船已出海，而N的常识受到了威胁，他说，因为他被困在一股似乎来自林岛①的风平浪静之中。在《秘密分享者》的结尾，莱格特所逃往的正是这座岛。现在N被神秘的嘲弄力量困住了。伯恩斯胡言乱语，坚称这些力量是由死去的船长的鬼魂指挥的。N在总是处于视野内的这座岛附近所受到的迁延羁留，有可能被阐释为康拉德对《秘密分享者》的记忆所制造的一种嘲讽玩笑。这座岛曾经是莱格特和他的秘密分享者的希望之源，但对N来说却恰恰相反。这是康拉德表现他新的现实感的另一种方式。

188

重要的一点是，N由于形象所承诺之物而对其畏惧——那些绝望沙漠中的虚幻绿洲。大地、海洋、天空，这一切都是黑暗的，而且都对N痛苦的探索毫无助益，甚至太阳也把一切"变成纯粹的黑暗蒸汽"（XVII.77）。此处，康拉德急于将N的意识限制在其时空处境的现实性之中。"这是一场双重战斗，"N说，"前有恶劣的天气困住我们，后有疾病这追兵。"（XVII.85）他无法指望得到任何放松；打个比方，他也没法回头去跟身后船员们寻求

① 林岛（Island of Koh-Ring），康拉德杜撰的位于泰国湾东侧的一岛屿名。灵感可能源自柬埔寨的高龙岛（Koh Rong）。

支持。就N而言，唯有可怕而令人窒息的此刻。

然而，伯恩斯是一具来自过去的胡言乱语的游魂遗骸。他活在过去，被挥之不去的丑陋记忆所折磨，那些记忆是关于他受挫的野心和他所侍奉的那个神秘人的。换句话说，他在某种程度上可以算是“水仙号”上的一个船员，在驱逐反常的船长的过程中，清除了船上致病的延误，但现在却为一个草率的行动付出了代价。年轻的厨师兰塞姆是N最得力的盟友；然而他的胸中也有“一个［秘密的］致命的敌人”，那就是他那糟糕的心脏（XVII.68）。每当他想起兰塞姆头顶悬着的那把剑时，N对自己的问题可能有过的任何其他考虑都变得微不足道了。N必须让他的脑子一直想着兰塞姆的困境以及伯恩斯的困境，因为伯恩斯如此坚持不懈，而可怕的静风仍在继续。

N断定，风平浪静比狂风暴雨更糟糕，因为它没有呈现可与之战斗的有形威胁。船员们的疾病，伯恩斯对鬼魂的确信，兰塞姆的心脏病，恶劣的天气，这些力量的共同作用把N完全囚禁在目前的特定状况之下，使他的灵魂无法呼出一个有益的拯救形象。他意识到必须在船桥上展开战斗。只有在那里，在与他的船上的仪器尽可能密切的接触中，他才能挽救他对船的理念（以及它所带来的更深层次的个人利益）。 *189*

不幸的是，这艘船缓慢驶入了贾尔斯所熟知的暹罗湾（Gulf of Siam）。正是在这片海湾上，无风无浪的平静天气开始造成最严重的后果。但N能够强迫自己继续前进：

> 在贾尔斯船长的帮助下，我得到了从天而降的首个船长任命，我急切地抓紧它带来的欢欣鼓舞，但心里却有不安之感，这样的好运也许要以某种方式来偿还。我以职业态度

对我的机会加以审视。我有足够的能力胜任。至少，我是这么认为的。我对自己的准备工作有了大体的认识，这只有追求自己所热爱职业的人才会懂。这种感觉在我看来是世界上最自然不过的事情。如同呼吸一般自然。我想，没有这种感觉，我可活不下去。

我不知道自己期待的是什么。也许只是那种强烈的存在感，此乃青春抱负的精髓。无论我期待的是什么，我都未曾想到会受飓风的侵扰。我知道不会的。在暹罗湾不会有飓风。但我也没有想到，我发现自己的手脚被绑，以至陷入无望的地步，随着时日的推移，我逐渐明白了这一点。（XVII.83）

大海如今成了他终极的劲敌，终极的现实，他曾幼稚地将自己追求稳固和纯洁的成就的愿望投射其中。也许 N 希望的耗尽，正是康拉德希望在他最为个人化的作品中回到他最初经历的现场的自然结果，他决心让大海吐露它的秘密。但它只是变成了另一座监狱，“在风平浪静中变得像钢板般平滑光亮”（XVII.87），真的成了一面满是 N 的绝望的巨大镜子。当疾病暴发，甚至变得更加无法控制时，N 相信还有最后一样东西能让他“重新开始”：那就是药箱里的奎宁。

但即使这也成了一个无用的希望，N 无所依凭——无论是人、物、地方还是自然力量，都无法给他任何帮助。那位医生、他的船员，甚至贾尔斯和兰塞姆在 N 的脑海中（就像叙述者眼中的“水仙号”一样）呈现出一种看似不可触及的绝对之美，一种纯粹病态的完美退化。N 过分“魔幻”的想象力，加上这种想象力发现生活荒谬性的倾向，并没有为他做好充分准备，可以去面对他那

190

无助孤独的真相，这总是灾难性的，比童话故事更难接受一千倍。而如果奎宁似乎已变成了盐，伴随着这一转变而来的还有伯恩斯更反常、更无理的荒谬举动：他无缘无故地剪掉了自己的胡子。随着船变得越来越像“一座漂浮的坟墓”（XVII.92），N意识到，比如说，完全沉浸在自己的疯狂世界中的伯恩斯，才是“一个沉着冷静的典范”，像堂吉诃德一样，私下里适应了他的世界的系统化非逻辑。N因为只有麻烦要面对，而且麻烦就在此时此地，所以不能以这种方式控制自己：在这可怕的不合逻辑的局面下，他感到自己有发疯的危险。

这个故事现在有了更为集中的情感和智识上的重要性，因为N开始感觉到两种同样强烈的想法。一个是，整个存在机制已经把他诱入一个陷阱，但他无法理解这一机制的秘密目的。另一个是这样表达的：“我永远无法原谅的人是我自己。任何事情都不应该被认为是理所当然的。永久悔恨的种子已在我心中播下。”（XVII.95）一种羞耻感和对编织机的信仰同时存在于N受压迫的头脑中：他在深不可测的生存事实与无处不在的背叛和羞辱事实之间发现了一种新关系，在这种关系中，宇宙和个人之间的责任是平均分配的。然而，他也知道，他必须努力使自己和船脱困，摆脱“这种萦绕着死亡的可怕任命”（XVII.98），他正是被“诱骗”才当了指挥这艘船的船长。他必须重新找回他最初接受的那个职位的抽象概念，通过共同努力使船上的生活继续下去，把这个职位从目前那令人堕落的泥沼中救上来。“被可怕的画面所困扰”，他的生活“靠不可战胜的痛苦来维持……［那种］地狱般的兴奋剂”（XVII.105），N并不期望成功。他唯一能听到的声音是他自己的声音：“尤其是在夜里，它在不动的船帆之间分外孤寂地回荡着。”（XVII.101）N说服自己，他“逃离出去”的欲

191

望“……纯粹是一种对亲密宽慰的个人需要，而不是一种自我主义的召唤”（XVII.106）。

在他最为灰心丧气的时刻，N在日记中写下这些句子：

> 天空中正在发生着什么，像是一种分解，像是那一如往日平静无风的空气在腐蚀。毕竟，只是云而已，可能带来风雨，也可能什么都不带来。好奇怪，这事竟让我如此烦恼。我觉得好像自己所有的罪孽都已暴露。不过，我想，麻烦在于这艘船仍然一动不动地躺在那里，不听指挥；还在于我无事可做，只能任由我的想象力驰骋在可能降临到我们身上的最糟糕的灾难景象之中。会发生什么？也许什么都不会发生。或者任何事都有可能。可能会来一场狂风暴雨的前奏。甲板上有五个人，可他们的劲头和力气，差不多只顶两个人。我们所有的帆可能都会被吹走。自从15天前……或是15个世纪前，我们从湄南河口起锚以来，每一寸帆布都一直挂在船上。在我看来，在那个重要的日子之前，我的整个生活似乎已无限遥远，成了无忧无虑的青春正在消逝的记忆，是阴影的另一面的什么东西。是啊，帆很可能会被吹走。而那对船员们来说就像是判了死刑。我们在船上没有足够的力气再挂起一套帆来；这想法难以置信，却是真的。或者我们的桅杆甚至可能被吹断。船只在暴风中被摧毁，仅仅是因为它们应对得不够快，而我们也没有力量使帆桁旋转起来。这就像手脚被捆绑住，等着被割喉一般。最令我惊骇的是，我不敢上甲板去面对这一切。由于这艘船，由于甲板上那些人——他们中的一些人一听到我的话，就准备献出他们最后一点力气。而我却退缩了。因眼前的景象而退缩。我第

192

一次被任命为船长。现在我明白了过去那种奇怪的不安全感。我一直怀疑自己可能一无是处。而这里就有一个确凿的证据，我在逃避，我不行。（XVII.106-107）

分崩离析的威胁和黑暗的终结，作为N懦弱的“确凿证据”的极度不安全感的自我揭露——所有这些恐惧都在他周围翻腾，耗尽了他在自我主义中任何最后可能的庇护。我们也在见证康拉德旧有个性的解体——他所有关于姿态、不安全感、恐惧和羞耻的个人史——以及相伴而来的现代欧洲的解体。但是，正如奥威尔曾经写道：“你经常说要去找狗——好吧，狗就在这里，你已经找到它们了，你受得了。它消除了很多焦虑。”[9]同样地，在他命运的最低谷，N说：“笼罩在我身上的寂静就像是毁灭的预兆。这给了我一种安慰，仿佛我的灵魂突然与永恒的盲目的静止和解了。”（XVII.108）令人欣慰的事实是N的“海员本能在他的道德瓦解中幸存了下来”（XVII.109）。这个类比是英国基本道德力量的事实，它既经受住了信贷暂停令（信贷结构的瓦解），也经受住了战争。N茕茕孑立，相信那不朽的本能，命令船员们行动起来。在阴影线的另一边，这有力地证明了海员们的基本职责中仍然存在着纯粹的力量。主帆桁摆正了。

黑暗持续着——但仍然健康的船员们也在咬牙坚持。

我也向前走，走出亮圈，进入了像堵墙一样矗立在我面前的黑暗。我一跨步就迈了过去。这一定是创世前的黑暗。它已在我身后闭合上了。我知道掌舵的人看不见我。我也什么都看不见。他是孤独的，我是孤独的，每个人在自己所在之处都是孤独的。而且一切有形之物也都不见了，桅杆、

193

> 帆、管件、栏杆；一切都被遮蔽在深夜那可怕的平稳之中。（XVII.112–113）

这是对黑暗的心的另一种回忆，在那里，任何有形之物都无法分辨，这在康拉德的小说中是前所未有的，只有在履行职责的过程中的人，只有完全投入自身职责中的人，才能有意识地区分出来。片刻之后，暴风雨袭来，黑暗化成了水，一种触手可及之物取代了虚无的延伸。就像黑暗让出了一条通道让水流过去一样，N期待着黑暗一直将其隐藏在中心的那个东西会显形：

> 那是一个大大的活物。不是狗——更像是一头羊。但是船上没有动物。动物怎么可能……这是一种新添的奇异恐怖，我无法抗拒。当我爬起来的时候，我连头发都在瑟瑟发抖，吓得要命；不是像一个成年人的害怕，害怕的时候他的判断力和理智还在试图抵抗，而是完完全全、无休无止地害怕，好似天真无邪地害怕——像个小毛头似的。
>
> 我看得见它——那玩意儿！黑暗，刚才有那么多都变成了水，已经减弱了一点。它就在那儿！但我并没有想到，伯恩斯先生会四肢着地地从同伴中冒出来，直到他试图站起身，甚至在那时我的脑海中先闪过的念头是以为这是一头熊。（XVII.115）

伯恩斯在疯狂的迷失中现身，实属天意。因为N在他“天真的”恐惧中，行使了他最基本的人性，把伯恩斯从死亡线上救了回来。N的行为坚定地把充斥着无政府主义和令人不安的静止的笼罩性黑暗（野兽般的东西）从他脑海中驱散出去，取而代之的是他在与同伴关系中所赢得的“岗位及其职责”的强大概念。人类在履行职责过程中成功完成的行为，即布拉德利所说的“具体的普遍性”，正是道德的基础。[10] 现在，船正在驶向港口的途中。

船甫抵港，N 和兰塞姆站在一起：

> “我想离开去个什么地方静一静。任何地方都行。医院也行。” 194
>
> “可是兰塞姆，”我说，“我不想和你分开。”
>
> “我必须得走，”他打断我的话，“我有这权利！”他喘着粗气，脸上流露出一种近乎野蛮的决心。刹那间他变成了另一个人。在这个人的价值和美好之下，我看到了事物卑微的现实。生活对他来说是一种恩赐——这种风雨飘摇的艰苦生活——而他为自已提心吊胆、忧心忡忡。（XVII.129）

N 所看到的卑微的现实是，生命是一种祝福：任何生命，即使是病态的艰难生命，都值得活下去。为了救伯恩斯的生命，实际上更是全体船员的生命，N 确实做了些事，完成了一个完整的行动。从表面上看，兰塞姆对自己心脏的担忧只是身体健康的问题。然而，对 N 来说，它的作用是提醒他精神上的妥协，每个人都必须坦然无愧地与自己的生命作出精神上的妥协。我们每个人内心都潜伏着一个“秘密敌人”：兰塞姆有一颗脆弱的心脏，N 则是可耻的不安全感，而康拉德有他自己痛苦的过去。在执行职责的过程中，只有一心一意地去行动，才能防止这敌人来找麻烦。这也是生命的恩赐。随着工作的放松，对敌人的戒备也就放松了。因此，一个人必须求助于一种大于其自身的保护：对兰塞姆来说，就是医院；对 N 来说，是与可敬的贾尔斯共度的岸上时间；对康拉德，则是信仰欧洲主义。“事实是，”正如贾尔斯睿智地警告N的那样，“一个人不能对生活中的任何一件事情做得太多，无论好的还是坏的。”（XVII.131）如果“好”是去完成“我的岗位及其职责”所指向的任务，那么“坏”就是一个人在有意识地行使道德本性之时，其间出现的偏差失误。接受这些事实，但又不过分重视其中任何一个，是一个人生活中唯一有效的现实。关于这种对事实的接受，贾尔斯也告诉N：“一个人应该勇敢地面对他的厄运、他的错误、他的良心，以及所有这类事情。为什么——你还有什么别的需要去对抗的呢？”（XVII.131-132）

195 （在贾尔斯看似简单的提法中）要有某种东西可以抵抗，就是要有品格（character），要有一种自我认识，能在道德上准确地判断抽象的戒律和具体的经验、判断好坏和混乱的事件对人的要求。而这种品格正是N在《阴影线》的结尾所拥有的。

阴影线是黑暗的边缘，人跨越这边缘以创造品格。没法保证一个人真的离开黑暗，或保证他的品格永远属于他自己。但是，既然已经走出黑暗，走出一个如此令人不安、如此无法整体把握的无区别的真理，人们也就可以肯定这次航行的结果。首先，黑暗没有隐藏任何东西，不存在邪恶残忍的机器。N对伯恩斯的拥抱，是康拉德意识到，无论我们害怕什么东西或是被什么东西所吸引，一旦我们接近它，它就会被转化，不是变成恐怖的形象，而是变成另一个与我们的追求相同的个体。这种对个体的拥抱是人性的“彻底的纯真”，也是品格的开端。其次，为了穿越黑暗，人必须把他的信心安放在一个具有不朽价值的划分等级层次的历史连续体之上。因此，船长制是英国传统秩序中的一种任命，而英国传统来源于（康拉德开始相信的）欧洲传统。但这些抽象概念必须由每个个体的参与来填补。在履行职责的过程中，一个男人描绘了——借用奥尔巴赫丰富的词汇——历史；[11] 他用自己的经验来填充历史，恢复了历史拯救人性的功效，并为他人拯救了历史。

最后，一个人摆脱黑暗的航程如此短暂，使他进行回忆的头脑集中在航程的哲学模式上：从责任、同情和自我反省等本能与文明问题的起点，穿越可怕的精神贫瘠的静风状态，到达精神的憩息之港。或者，用海德格尔①的术语来说，航行是从具体的介入（实存的，existenziell）到这种介入的普遍的人类结构（生存的，existenzial）的过渡。从《阴影线》提供的有利角度来回顾康拉德小说的主体，就是要看到康拉德对这一段航程的逐渐把握。马洛在黑暗中有着如此鲜明的个人经历，首先让位于《秘密分享者》中智识的虚构，然后是在《阴影线》中获得的经验和理解之间的完全和谐。人们认识到，品格提供的不是保护性的孤立，而是一个活生生的理想，需要在经验中不断更新：品格与生活的节奏和压力（加强音，stresses）相协调，是一段困难的固定旋律（cantus firmus）的强烈对位。

196

康拉德的成就在于，他将自身存在中的种种混乱，重组为一种高度模式化的艺术，准确反映并控制其所处理的现实。无论是作为作家还是普通人，他的经历在英国文学中都是独一无二的：没有哪个人的流亡像他那样完整或复杂，没有哪种文学创作像他那样奇特而富有创造力。因为他，像他笔下的许多人物一

① 海德格尔（Martin Heidegger，1889—1976），德国哲学家，20世纪存在主义哲学的代表人物之一。代表作有《存在与时间》（1927）、《形而上学导论》（1935）、《荷尔德林诗的阐释》（1936—1938）、《泰然任之》（1959）等。

样，过着极端的生活，他更有强烈的群体意识，即使大多数时候，他的观点是消极的或批判性的。他戏剧性地描述了一个人的困境：他脱离了过去，但仍被过去所牵连；他忠于社会，却被社会所击垮。他被自己的个体性所驱使，接受了它的负担以及它对现实毫不妥协的悲观看法。他不断地努力去弄清楚自己内心那些模糊的、可怕的、令人生畏的东西，1914 年，他在欧洲舞台上作出了类似的努力：西方列强终于将注意力转向了康拉德所说的潜伏在其内部的敌人。他的私人斗争的公开化身，使他有机会纪念他和英国的力量；他在《阴影线》中就做到了这一点，这是一个亲密而有意义的故事，歌颂了迟来的和解与安宁。在那之后，直到 1924 年他去世，康拉德在他的小说中返回到了源于自己过去经历的情节，时而完成他曾经开始写的故事，时而理想化，几乎总是在作哀歌。那些经历着极端经历的自我折磨的人物，他曾是他们的编年史记录者，现在他被取代了，要么是《漫游者》里的佩罗尔那样的强壮老人，要么是《金箭》里的丽塔（Rita）和乔治（George）那样苦恼的年轻人；无论老少，康拉德都让他们得到了最后的救赎，就像一个仁慈的管理者，一个由库尔兹转变而来的圣人，将痛苦转化为宁静与和平。他自己在《阴影线》之后的生活给他带来了更高的名声，但却几乎没有真正的休息或安全感：这是一个典型的康拉德式讽刺，他终究无法把自己所有的痛苦转化为赢得的和平。

197

年表，1889—1924

199

1889 年秋至 1894 年四月：写作《阿尔迈耶的愚蠢》（出版于 1895 年）。

1895 年，九月：《海隅逐客》完成（出版于 1896 年）。

1896 年，四月及之后：断断续续地写作《拯救者》。

四月至五月：《白痴》完成。

6 月 22 日：寄送《进步前哨》给爱德华·加内特。

八月：《礁湖》完成。

十一月：返回英格兰；写作《“水仙号”的黑水手》。

1897 年，1 月 19 日：《“水仙号”的黑水手》完成。几周后作前言。

三月：搬家至艾薇墙（Ivy Walls）。

4 月 14 日：《卡伦》完成。继续写《拯救者》。

9 月 27 日：《回归》完成。

临近年末：写作《拯救者》。

1898 年，三月：仍在写作《拯救者》。

六月：《青春》完成。开始创作《吉姆爷》。

八月：写作《拯救者》。

十二月中旬：开始创作《黑暗的心》。

1899年，二月第一周：《黑暗的心》完成。

二月下旬：继续写作《吉姆爷》。

1900年，三月：《继承者》完成。

7月13—14日：《吉姆爷》完成。

七月底：和福特一家在布鲁日（Bruges）。不久之后开始写作《塞拉菲娜》（*Seraphina*）。

九月：开始创作《台风》。

1901年，一月：《台风》完成。

五月：《法尔克》完成。

6月20日：《艾米·福斯特》完成。

本年度剩余时间——写作《罗曼司》。

1902年，1月16日：《明天》完成。

早春：写作《走投无路》。

6月24日：《走投无路》的前两部分被焚毁。

十月：《走投无路》完成。康拉德终止与布莱克伍德的合作协议。

临近年末：开始写作《诺斯托罗莫》。

1903年，八月：《诺斯托罗莫》完成了四万两千词。

十二月：创作海洋小品文（后来成为《大海如镜》；这些小品文占据了康拉德1903年、1904年和1905年的时间）。

1904年，8月30日：《诺斯托罗莫》完成。

十月：《亨利·詹姆斯》和其他两篇海洋小品文完成。《加斯帕尔·鲁伊斯》早期版本完成。

1905年，三月:《独裁与战争》完成。(他是在几周前去意大利卡普里岛旅行时开始写此作品的。) 200

六月:《只待明日》(*One Day More*,《明天》的舞台剧版)上演。

十二月：另两篇海洋小品文和《加斯帕尔·鲁伊斯》完成。

1906年，年初:《大海如镜》完成。开始写作《密探》。

十一月:《密探》完成。

1907年，四月:《决斗》完成。开始写作《机缘》。

秋天：放弃《机缘》。开始写作《拉祖莫夫》(Razumov)。

1908年，四月:《黑人大副》完成。

本年度剩余时间：写作《拉祖莫夫》(即《在西方目光下》)和《个人回忆》(*Personal Reminiscences*，即《个人札记》)。

1909年，十一月末至十二月初:《秘密分享者》完成。

六月:《个人札记》完成(1912年以成书形式出版)。

十二月:《在西方目光下》完成。

1910年，六月：搬家至卡佩尔之家(Capel House)。

十二月:《幸运的微笑》《罗曼亲王》和《伙伴》完成。

1911年，二月:《七个岛屿的弗雷娅》完成。

1912年，三月:《机缘》完成。

十二月:《缘起美金》和《马拉塔的种植园主》完成。

1914年，六月末:《胜利》完成。

7月25日：离开英格兰前往波兰。

11月3日：返回英格兰。

1915年，年初：开始创作《阴影线》。

11—12 月：《阴影线》完成。

1916 年，前几个月：《勇士的心》和《一个故事》完成。

十一月：英国皇家海军“雷迪号”之旅。

1917 年，八月：开始创作《金箭》。

1918 年，6 月 4 日：《金箭》完成。

5 月 25 日：《拯救》完成。写作一个合集版本的“作者注解”。

十月：搬进奥斯瓦尔兹（Oswalds）。

1920 年，完成“作者注解”。

1921 年，一月：科西嘉岛（Corsica）之旅。之后开始写作《悬疑》。

12 月 9 日：一篇“短篇故事”完成五千五百词（《漫游者》）。

1922 年，六月：《漫游者》完成。

1923 年，四月：美国之行。

六月：返回英格兰。

1924 年，8 月 3 日：康拉德去世（享年 66 岁）。

致 R.B. 坎宁安・格雷厄姆的信

201

1899 年 2 月 8 日

最亲爱的朋友，

看到你迄今为止像“D. 的 H.”一样，我简直欣喜若狂。你真的在保佑我。你可别为了同样的事再骂我。还有另外两期，这个想法是如此包裹在次要的概念里，以至于你——甚至是你！——可能会错过。而且你必须记住，我不是从抽象概念开始的。我从明确的形象开始，由于它们的呈现是真实的，所以产生了一些小效果。到目前为止，这封信与你的信念相一致，——但之后呢（mais après）？有一个之后（après）。但我认为，如果你稍微研究一下这些情节，你会发现其中正确的意图，尽管我担心没有什么实际效果。

总而言之，这是一个愚蠢的故事，如果我能把它写下来，它可能会很好。

West. Gar. 上的东西极好，极好。我最感兴趣的是你的工作和旅行计划。我不知道对哪个最感兴趣。我们将讨论这一切。

至于和平会议。如果你想让我来，我更想听你说。但是，——我不是一个爱好和平的人，不是一个民主主义者（我不知道这个词的真正含义是什么），如果我来了，我将走进大厅里去。我想听你说话，——就像我一直想读你的来信一样。我不能在事件发生后或之前我不能在事后或事前成为包括我如此不喜欢的西方性（westerness）[？] 在内的任何种类的兄弟会的帮凶。这个宣言！你觉得呢？会有俄国人。不可能！我不能认可博爱（fraternity）的理念，不是因为我认为它不切实际，而是因为其宣传（跟它有关的唯一切实可见的东西）往往会削弱民族情绪，而维护民族情绪是我所关心的。五年前我在波兰时，设法与华沙的大学青年取得了联系，我跟他们做宣讲，大骂他们的社会民主倾向。民主理念是一个极美的幻影［原文如此］，追逐它也许是一项很好的娱乐运动，但我坦白，我看不出它注定要弥补什么罪恶。它赋予饶勒斯先生①和李卜克内西先生②等人以殊荣，而你的支持也使其增光。国际间的博爱可能是值得努力奋斗的目标，而且，冷静地说，既然它得到了你的支持，我就会试着严肃看待它，但这种错觉仅仅是由于其规模而造成的。老实说（Franchement），你对促进住在同一条街上的人们之间的博爱有何高见？我甚至都不提相邻的两条街。就说同一条街从头到尾。

202

我们已经有了尽可能多的博爱——而那仍然很少，那么少是没有用的。博爱是什么意思？无私，——自我牺牲是有些意义的。除了该隐—亚伯的事，博爱毫无意义。这才是你真正的博

① 饶勒斯先生（Messieurs Jaurès），即让·饶勒斯（Jean Jaurès，1859—1914），法国和国际社会主义运动的著名活动家，法国社会党领导人之一，历史学家、哲学家。作为一名反军国主义者，于 1914 年第一次世界大战爆发时遭暗杀。

② 李卜克内西（Karl Liebknecht，1871—1919），德国无产阶级革命家，德国社会民主党和第二国际领袖，德国共产党创始人之一，1919 年与罗莎·卢森堡（Rosa Luxemburg，1871—1919）一起被反革命势力杀害。

爱。够了。[1]

人是种邪恶的动物。其邪恶必须是有组织的。犯罪是有组织存在的必要条件。这个社会本质上是犯罪的——或者根本不存在。自私拯救了一切，——绝对拯救了一切，——拯救了我们所憎恨的一切，拯救了我们所热爱的一切。一切都是相互关联的。这就是为什么我尊重极端无政府主义者。——“我希望看到全体灭绝。”非常好。这是正确的，更重要的是，这很清楚。妥协是用语言达成的。还没完。这就像一片没有人知道出路的森林。当我们大喊“我得救了”的时候，我们却迷失了方向。

不。需要一个明确的原则。如果民族国家的理念带来了苦难，其施行导致了死亡，那么它总是比施行于一个已经死亡的雄辩的阴影要好，因为它没有身体。请相信我，如果我告诉你，这些问题对我来说是非常严肃的，——比对饶勒斯先生、李卜克内西先生之流要严肃得多。你，你本质上是个投石党人一般的叛逆者。你这样是允许的。顺便说一句，是贵族们制造了投石党运动[2]。至于我，我从一个非常黑暗的过去的深处看未来，发现除了对一个绝对失败的事业、对一个没有未来的理念的忠诚之外，没有什么是允许我去做的。

所以我经常不去想它。都消失了。剩下的只有真理——一个阴森而难以捉摸的影子，无法确定其形象。我什么都不后悔，——我不抱任何希望，因为我意识到后悔和希望对我的人格

---

① 自“够了”至结尾原文均为法语。

② 投石党运动（la Fronde，1648—1653），又译投石党乱、福隆德运动，是一场西法战争（1635—1659）期间发生在法国的反对专制王权的内战，代表法国贵族与国王作战的最后尝试，以法王路易十四的胜利告终，战争结果破坏了经济、加强了王权。

都毫无任何意义。这是我在自己身上使用的一种理性而野蛮的自我主义。我安于此。然后，这个念头又回来了。生活重新开始，悔恨、回忆和比黑夜更黑暗的绝望。

我不知道为什么今天要告诉你这些。这是因为我不想让你认为我无动于衷。我并非对你感兴趣的东西漠不关心。只是我的兴趣在别处，我的思想走了另一条路，我的心渴望着别的东西，我的灵魂在另一种无能为力中受苦。你明白吗？你们这些将自己的热情和才能奉献给人类事业的人，无疑会理解为什么我必须——我需要——保持我的思想完整，作为对已失败事业的最后忠诚的致敬。这就是我所能做的。我把我的生命抛给了天上的风，但我保留了我的思想。这是件小事，——它是全，它是无，——它是生命本身。

203

这封信和我的存在一样不连贯，但最高的逻辑即在此，——导致疯狂的逻辑。但每天的忧虑使我们忘记了残酷的事实。真是幸运。

永远记挂你在心。

附：杰西向你亲切问好，并感谢你对那个故事的留言。它让人喜悦。我将和加内特谈谈你的作品。他是个好人。眼睛和耳朵？嗯？还不算太糟糕。但愿我能像你一样写作——但愿我知道你所知道的一切，——但愿我相信你所相信的一切！但愿，但愿，但愿！

［信件出自 G. Jean-Aubry, *Joseph Conrad, Life and Letters* (Garden City. New York: Doubleday, 1927), I, 268–270)。］

参考文献精选

Aubry. *See* Jean-Aubry.

Auerbach, Erich. *Mimesis: The Representation of Reality in Western Literature*, trans. Willard Trask. Princeton: Princeton University Press, 1953.

Baines, Jocelyn. *Joseph Conrad: A Critical Biography*. London: Weidenfeld and Nicolson, 1959.

Blackmur, R. P. *The Lion and the Honeycomb*. New York: Harcourt, Brace and Company, 1955.

Bradbrook, M. C. *Joseph Conrad: Poland's English Genius*. Cambridge, Eng.: The University Press, 1941.

Bradley, F. H. *Ethical Studies*. 2nd ed. London: Oxford University Press, 1927; paperback reissue, 1962.

Brown, E. K. "James and Conrad," *The Yale Review*, no. 35 (Winter 1946), 265–285.

Brunetière, Ferdinand. *Essais sur la littérature contemporaine*. Paris: Calmann Levy, 1892.

Conrad, Jessie. *Joseph Conrad and His Circle*. London: Jarrolds, 1935.

—. *Personal Recollections of Joseph Conrad*. London: privately printed by Strangeways, 1924.

—. *Joseph Conrad as I Knew Him*. Garden City, New York: Doubleday, Page and Company, 1926.

Conrad, Joseph. *Complete Works*. 26 vols. Garden City, New York: Doubleday, Page and Company, 1925.

—. *Conrad to a Friend, 150 Selected Letters from Joseph Conrad to Richard Curle*, ed. Richard Curle. New York: Doubleday, Doran and Company, 1928.

—. *Joseph Conrad: Letters to William Blackwood and David S. Meldrum*, ed. William Blackburn. Durham: Duke University Press, 1958.

—. *Joseph Conrad's Letters to His Wife*. London: privately printed by Bookman's Journal, 1927.

—. *Last Essays*, intro. Richard Curle. Garden City, New York: Doubleday, Page and Company, 1926.

—. *Lettres françaises*, ed. G. Jean-Aubry. Paris: Gallimard, 1930.

—. *Letters of Joseph Conrad to Marguerite Poradowska, 1890–1920,* transl. from the French and ed. John A. Gee and Paul J. Sturm. New Haven: Yale University Press, 1940.

Curle, Richard. *The Last Twelve Years of Joseph Conrad*. London: Sampson Low, Marston, 1928.

Edel, Leon. *Literary Biography*. Toronto: University of Toronto Press, 1957.

Ford, Ford Madox. *Joseph Conrad: A Personal Remembrance*. Boston: Little, Brown, and Company, 1924.

Galsworthy, John. *Castles in Spain*. London: Heinemann, 1928.

Garnett, Edward. *Letters from Joseph Conrad, 1895–1924*. Indianapolis: Bobbs-Merrill Company, 1928.

Goldmann, Lucien. "Introduction aux premiers écrits de Georges Lukacs," *Les Temps modernes*, no. 195 (August 1962), 254–280.

Gordan, John. *Joseph Conrad: The Making of a Novelist*. Cambridge: Harvard University Press, 1940.

Guerard, Albert J. *Conrad the Novelist*. Cambridge: Harvard University Press, 1958.

Hay, Eloise Knapp. *The Political Novels of Joseph Conrad*. Chicago: University of Chicago Press, 1903.

Heidegger, Martin. *Existence and Being*, intro. Werner Brock. Chicago: Henry Regnery Company, 1949.

Hewitt, Douglas. *Conrad: A Reassessment*. Cambridge, Eng.: Bowes and Bowes, 1952.

Hopkins, Gerard Manley. *The Letters of Gerard Manley Hopkins to Robert Bridges*, ed. Claude C. Abbott. London: Oxford University Press, 1955.

James, Henry. *The Art of Fiction and Other Essays*, ed. Morris Roberts. New York: Oxford University Press, 1948.

Jaspers, Karl. *The European Spirit*. London: SCM Press, 1943.

Jean-Aubry, G. *Joseph Conrad, Life and Letters*. 2 vols. Garden City, New York: Doubleday, Page and Company, 1927.

—. ed. *Twenty Letters to Joseph Conrad*. London: The First

Edition Club, 1926.

Joseph Conrad Korzeniowski: Essays and Studies. Warsaw, 1958.

"Joseph Conrad Today." *London Magazine Symposium*, November, 1957.

Lawrence, T. E. *The Letters of T. E. Lawrence*, ed. David Garnett. London: Jonathan Cape, 1938.

Leavis, P. R. *The Great Tradition: George Eliot, Henry James, Joseph Conrad*. New ed. London: Chatto and Windus, 1960.

—. "Joseph Conrad," *Sewanee Review*, LXVI (April-June 1958), 179–200.

Lewis, R. W. B. "The Current of Conrad's *Victory*," in *Twelve Original Essays on Great English Novels*, ed. Charles Shapiro. Detroit: Wayne State University Press, 1960.

Lohf, Kenneth A., and Eugene P. Sheehy. *Joseph Conrad at Mid-Century: Editions and Studies, 1895–1955*. Minneapolis: University of Minnesota Press, 1957.

Lukacs, Georg. *The Historical Novel*, trans. Hannay and Stanley Mitchell. London: Merlin Press, 1962.

—. *Existentialisme ou Marxisme?*, trans. E. Keleman. Paris: Les Editions Nagel, 1961.

—. *Histoire et conscience de classe*, trans. K. Axelos and J. Bois. Paris: Les Editions de Minuit, 1960.

—. *La Signification présente du réalisme critique*, trans. Maurice de Gandillac. Paris: Gallimard, 1960.

Megroz, R. L. *A Talk With Joseph Conrad: A Criticism of His Mind and Method*. London: Elkin Mathews, 1926.

Morf, Gustav. *The Polish Heritage of Joseph Conrad.* London: Sampson Low, Marston, 1950.

Moser, Thomas. *Joseph Conrad: Achievement and Decline.* Cambridge: Harvard University Press, 1957.

Newman, John Henry. *Fifteen Sermons Preached Before the University of Oxford.* London: Rivingtons, 1872.

Niebuhr, Reinhold. *The Self amd the Dramas of History*. New York: Charles Scribner's Sons, 1949.

O'Connor, Frank. *The Lonely Voice*. Cleveland: World Publishing Company, 1963.

Ortega y Gasset. *The Revolt of the Masses*. New York: W. W. Norton and Co., 1957.

Rilke, Rainer Maria. *Letters to a Young Poet*, trans. M. D. Herder Norton. Rev. ed. New York: W. W. Norton and Co., 1954.

—. *The Notebooks of Malte Laurids Brigge*, trans. M. D. Herder Norton. Rev. ed. New York: The Norton Library, 1964.

Russell, Bertrand. *Portraits from Memory*. New York: Simon and Schuster, 1936.

Santayana, George. *Soliloquies in England and Later Soliloquies*. New York: Charles Scribner's Sons, 1922.

Sartre, Jean-Paul. *The Emotions: Outline of a Theory*, trans. Bernard Frechtman. New York: Philosophical Library, 1948.

Schopenhauer, Arthur. *Studies in Pessimism*, trans. T. Bailey Saunders. London: George Allen and Unwin Ltd., 1937.

—. *The World as Will and Idea*, trans. R. B. Haldane and J. Kemp. 3 vols. London: Routledge and Kegan Paul Ltd., 1950.

Stallman, R. W., ed. *The Art of Joseph Conrad: A Critical Symposium*. East Lansing: Michigan State University Press, 1960.

Sutherland, John G. *At Sea with Joseph Conrad*. London: G. Richards, 1922.

Valéry, Paul. *Variété*. Paris: Gallimard, 1924.

Withers, Hartley. *The War and Lombard Street*. New ed. London: Murray, 1917.

Zabel, Morton Dawen. *Craft and Character in Modern Fiction*. New York: Viking Press, 1957.

注 释

209

第一章 个体性的诉求

1. "Henry James to Joseph Conrad," in *Twenty Letters to Joseph Conrad*, ed. G. Jean-Aubry (London, 1926).

2. Richard Curle, *The Last Twelve Years of Joseph Conrad* (London, 1928), p. 25.

3. Jean-Paul Sartre, *The Emotions: Outline of a Theory* (New York,1948), p. 48.

4. 康拉德在书信中传达的苦难和关注构成了他小说自由思索和痛苦的背景。海德格尔《论真理的本质》("The Essence of Truth")一文中有几句话阐明了这种联系。下文中,"让-是"(letting-be,或译"泰然任之""安顿")就是我所说的康拉德的痛苦,而"阐述"(exposition)则是他个人惯用表达方式的结果:

> **让**什么事物**存在**(To let something be, *Seinlassen*)实际上就是**与它有关系**(*sich einlassen auf*)……让"是存在者(what-is)"**成为**(*be*)其所是,意味着参与某些敞开之物及其敞开,在那里,一切"是"之物占据其位置,并需要这种敞开……"让-是",即自由,在其自身中是**"展开着的"**(*aus-sstzend*)和**"绽出的"**(*ek-sistent*)。
>
> 从真理的本质的角度来看,自由的本质现在将自身显示为进入存在者被解蔽本质的展开。[Martin Heidegger, "The Essence of Truth" (trans. R. F. C. Hull and Alan Crick), in *Existence and Being* (Chicago, 1949), pp. 307–308.]

5. R. L. Megroz, *A Talk with Joseph Conrad: A Criticism of His Mind and Method* (London, 1926), p.54.

6. Johan Huizinga, "The Idea of History," in *The Varieties of History*, ed. Fritz Stern (New York, 1956), p. 292.

7. Georg Lukacs, *Histoire et conscience de classe* (Paris, 1960). 亦可参看：Lucien Goldmann, "Introduction aux prémiers écrits de Georges Lukacs," *Les Temps modernes*, no. 195 (August 1962), pp. 254–280.

8. R. P. Blackmur, *The Lion and the Honeycomb* (New York, 1955), p. 123.

9. Bertrand Russell, *Portraits from Memory* (New York, 1956), p. 86. 亦可参看福特·马多克斯·福特的影射（Ford Madox Ford, *Joseph Conrad* [Boston, 1924], pp. 3, 55, 77）等。

10. Reinhold Niebuhr, *The Self and the Drama of History* (New York, 1955), pp. 3–75.

11. Joseph Conrad, "The Congo Diary," in *Last Essays* (Garden City, N.Y., 1926).

12. Albert Guerard, *Conrad the Novelist* (Cambridge, Mass., 1958), pp.3–7.

13. George Santayana, *Soliloquies in England and Later Soliloquies* (New York, 1922), p. 160.

14. Ortega y Gasset, *The Revolt of the Masses* (New York, 1957), p. 78.

第二章　性格、角色和编织机，1896—1912

1. 将康拉德的文字与勒内·马利亚·里尔克的《给青年诗人的信》（*Letters to a Young Poet*［New York, 1954］, p. 67）中的文字进行比较是很有趣的："对于成了独处者的人来说，一切距离，一切尺度都在变化；所有这些变化都可能突然发生，然后……异乎寻常的想象和奇特的感觉出现，似乎超出了所有的承受范围。但我们也有必要体验这一点。我们必须尽可能**宽泛地**假设我们的存在，无论以何种方式；在其中一切皆有可能，甚至是闻所未闻的。这实际上是我们所需要的唯一勇气：要有勇气去面对我们可能遇到的最不寻常、最为奇特和最难以解释的事物。"（1904 年 8 月 12 日通信）。

2. Thomas Mann, *Stories of Three Decades* (New York, 1948), p.383.

第三章　虚构小说的主张，1896—1912

1. 例如，参看康拉德收录于《人生与文学札记》（*Notes on Life and Letters*）的文章《海上故事》（"Tales of the Sea"）（III.53–57）。

2. John Henry Newman, "The Theory of Developments in Religious Doctrines," in *Fifteen Sermons Preached Before the University of Oxford* (London, 1872), pp. 345–346.

3. Gerard Manley Hopkins, *The Letters of Gerard Manley Hopkins to Robert Bridges* (London, 1955), p. 187.

4. Samuel Taylor Coleridge, *Selected Poetry and Prose* (New York, 1951), Essay IV from *The Friend*, p. 495.

5. Leon Edel, *Literary Biography* (Toronto, 1957), p. 30.

6. James，同引自上书，pp. 31–32。

第四章　战火世界，1912—1918

1. Henry James, “The New Novel,” in *The Art of Fiction and Other Essays*, ed. Morris Roberts (New York, 1948), pp. 198–206.

2. Sigmund Freud, “Thoughts for the Times on War and Death,” in *Collected Papers*, vol. 4, trans. Joan Rivière (New York, 1959), pp. 288–317.

第五章　新秩序，1918—1924

1. Karl Jaspers, *The European Spirit* (London, 1948), p. 37.

2. Curle, *Last Twelve Years of Conrad*, p. 79.

3. Paul Valéry, “La Crise de l’esprit,” in *Variété* (Paris, 1924), p. 20；为作者所译。

第六章　过去和现在

1. Rainer Maria Rilke, *The Notebooks of Malte Laurids Brigge* (New York, 1964), p. 138.

2. 同上，p. 68。

3. 劳伦斯的信写于 1920 年 3 月 20 日。我所指的段落是这样的：“你知道，出版康拉德的作品一定是件难得的乐事，他绝对是有史以来最个人主义的散文作家，但愿我能知道他写的每一段话（你注意到它们都是段落吗：他很少写单个句子？）是如何在停止后，像次中音钟（tenor bell）的音符一样，一波一波地响下去的。它不是建立在普通散文的节奏之上，而是建立在只存在于他头脑中的某样东西的基础之上，**因为他从来没有说过他想说的，他所有的事情都以一种饥饿告终**，暗示着他不能说，不能做，不能想的东西。”（黑体为作者所加）*The Letters of T. E. Lawrence*, ed. David Garnett (London, 1938), pp. 301–302.

4. Frank O’Connor, *The Lonely Voice* (Cleveland, 1963).

5. E. K. Brown, “James and Conrad,” Yale Review, no. 35 (Winter 1946), p. 269.

6. “有人可能会更进一步说，在（短篇）故事中，危机之前发生的事情变成了危机的后果——**这**就是已经发生的事情，**那**必定是危机之前发生的事情。” O’Connor, p. 105.

7. Rilke, *Notebooks*, p. 67.

8. 1896 年 7 月致费舍尔·安温（Fisher Unwin）的信，引自：John Gordan, *Joseph Conrad: The Making of a Novelist* (Cambridge, Mass., 1940), pp. 221–222.

9. Sartre, *The Emotions*, pp. 61–62.

10. Georg Lukacs, *La Signification présente de réalisme critique* (Paris, 1960, p. 138). 关于康拉德，卢卡奇这样写道：“他所描述的冲突纯粹是一种道德冲突，并且只涉及作为个体的个体：关键在于这些个体是否能够保留他们的人格，或者他们是否能够接受人格的丧失。”（为作者所译）

11. R. W. B. Lewis, "The Current of Conrad's *Victory*," in *Twelve Original Essays on Great English Novels*, ed. Charles Shapiro (Detroit, 1960), p. 205.

12. John Galsworthy, *Castles in Spain* (London, 1928), p. 91.

13. Thomas Mann, *Essays of Three Decades* (London, 1947), p. 409.

14. Arthur Schopenhauer, *The World as Will and Idea* (London, 1950), I, 24, 191–195, 345.

15. 在费迪南德・布吕内蒂埃的文章中，康拉德很可能知道他收入《当代文学论文》（*Essais sur la littérature contemporaine*, Paris, 1892）的《叔本华的哲学及悲观主义的后果》（"La Philosophie de Schopenhauer et les conséquences du pessimisme"）一文。

16. F. H. Bradley, *Ethical Studies* (London, 1927), pp. 160–162.

17. 例如，参见康拉德致艾德蒙・高斯的信（*LL*, II.14）；亦可见《阴影线》的题词和《大海如镜》的标题。

18. Thomas Moser, *Joseph Conrad: Achievement and Decline* (Cambridge, Mass, 1957), pp. 77, 124; Guerard, *Conrad*, pp. 96–99. 对《回归》颇有好评的批评家是汤姆・霍普金森，见：Tom Hopkinson，"The Short Stories," in *London Magazine Symposium*, *Joseph Conrad Today* (London, 1957), p. 36.

19. F. R. Leavis, *The Great Tradition* (London, 1960), p. 177.

20. Bradley, *Ethical Studies*, pp. 64–65, 等各处。

21. Schopenhauer, *World as Will and Idea*, I, 199–211, 369–397.

22. Schopenhauer, *Studies in Pessimism* (London, 1937), p. 50.

第七章　现在的技艺

1. Simone de Beauvoir, *Pyrrhus et Cinéas* (Paris, 1944), p. 32.（为作者所译）

2. Charles Baudelaire, *Oeuvres complètes* (Paris, 1961), p. 993.

3. 同上，p. 1045。

4. 同上，p. 877。

第八章　真理、理念和形象

1. Schopenhauer, *World as Will and Idea*, I, 143–144, 224ff.

2. 同上，pp. 251–253。

3. Paul Verlaine, *Poèmes choisis* (Paris, 1950), p. 214.

4. Georg Lukacs, *Existentialisme ou Marxisme?* (Paris, 1961), pp. 25–42.

第九章　阴影线

1. 乔斯林・贝恩斯（Jocelyn Baines）在其《约瑟夫・康拉德：一部批评性传

记》（*Joseph Conrad: A Critical Biography*, London, 1959）一书第488页注释130、131中提及。

2. John G. Sutherland, *At Sea with Joseph Conrad* (London, 1922), p. 53.

3. Hartley Withers, *The War and Lombard Street* (London, 1917), p. 131.

4. John Holloway, "The Literary Scene," in *The Modern Age*, ed. Boris Ford (London, 1961), p. 55.

5. Nathalie Sarraute, *The Age of Suspicion* (New York, 1963), pp. 75–117.

6. Erich Auerbach, *Mimesis* (Princeton, 1953), p. 270.

7. Baudelaire, *Oeuvres complètes*, p. 70.

8. Schopenhauer, *Studies in Pessimism*, p. 50.

9. George Orwell, *Down and Out in Paris and London* (London, 1954), p.21.

10. Bradley, *Ethical Studies*, pp. 176–177. 关于这个概念的简短讨论，参见：Mary Warnock, *Ethics Since 1900* (London, 1960), pp. 11–76.

11. 参见 Auerbach, *Mimesis*, pp. 73–76. 关于这一理论进行更为详尽广泛的论述，参见奥尔巴赫《形象》（"Figura"）一文，收录于 Auerbach, *Scenes from the Drama of European Literature* (New York, 1959), pp. 11–76。

215

索 引

注：下文中的页码是指英文原版书的页码，请参见本书页边码